Summit

DU MÊME AUTEUR :

Les enquêtes de Qaanaaq Adriensen :

Qaanaaq,
Éditions de La Martinière, 2018
Points, 2019

Diskø,
Éditions de La Martinière, 2019
Points, 2020

Nuuk,
Éditions de La Martinière, 2020
Points, 2021

MO MALØ

Summit

Éditions
de La Martinière

978-2-7324-9721-1

© 2022 Éditions de La Martinière
Une marque de la société EDLM

La plongée en milieu groenlandais peut être déroutante pour un lecteur français, notamment quand il s'agit de retenir les prénoms et patronymes.

Pour vous guider dans votre lecture, une liste des personnages figure en fin d'ouvrage.

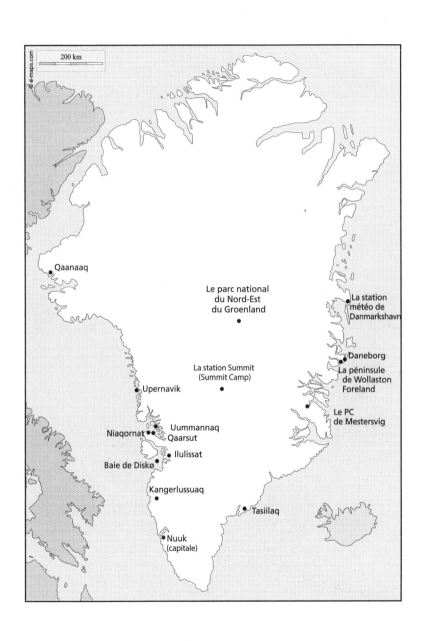

200 km

Qaanaaq

Le parc national
du Nord-Est
du Groenland

La station
météo de
Danmarkshavn

Daneborg

La station Summit
(Summit Camp)

La péninsule
de Wollaston
Foreland

Upernavik

Le PC
de Mestersvig

Uummannaq
Niaqornat
Qaarsut

Ilulissat

Baie de Diskø

Kangerlussuaq

Tasiilaq

Nuuk
(capitale)

« Nous ne croyons pas. Nous avons peur. »

Propos du chamane Aua
à Knud Rasmussen

« Si tu as peur, change de chemin. »

Proverbe inuit

Prologue

Il n'y a plus ni nord, ni sud, ni est, ni ouest. Pas plus qu'il n'y a de soleil, de lune ou d'étoiles dans le ciel éteint.

Où que l'homme pose son regard, ne subsiste qu'un aplat uniforme et sans cap, d'un blanc bleuté par la nuit polaire. C'est tout juste s'il distingue les quelques accidents d'un vague relief, séracs, failles ou pics rocheux qui hérissent l'horizon lointain.

L'inlandsis.

Il ne peut s'agir que de cela. Cet infini de vent et de glace, insondable. Ce vide absolu, négation de toute vie, animale, végétale ou humaine, si ce n'est la sienne, égarée là, et si précaire à présent.

Mais comment ?

Après son atterrissage à Kangerlussuaq, en provenance de Reykjavik, il se souvient être sorti de l'aéroport. Deux ou trois heures à tuer avant qu'on ne le récupère. Il a fait le tour de la petite aérogare, hameau sans charme ni intérêt particulier, au milieu d'un nulle part enneigé.

Il a rêvé quelques instants au pied de ce mât, où des pancartes indiquaient des destinations exotiques, vues d'ici : *Moscou, Rome, Tokyo, Paris...* Trois heures et quinze minutes de vol seulement jusqu'au pôle Nord, prétendait l'une d'entre elle. En feuilletant son guide, dans l'avion, il avait trouvé cette note :

En partant de l'aéroport par la route principale, Tankegarfiup aqquttaa, en direction du nord-ouest, il est possible d'atteindre une première colline offrant une vue splendide sur l'inlandsis en une heure de marche environ. Les plus courageux poursuivront leur progression pendant sept à huit heures jusqu'au célèbre point 660, porte d'accès la plus fréquentée à la calotte glaciaire, et point de départ de très nombreux treks.

Il n'avait ni le temps ni le courage pour une telle expédition, juste assez pour s'offrir la vue splendide promise. Après avoir déposé son bagage à la consigne, il s'est engagé sur le chemin balisé. Il n'est pas le plus sportif de ses camarades, mais deux heures aller-retour, ça restait à sa portée.

Il marchait depuis dix minutes à peine – en se retournant, il distinguait encore les projecteurs bordant la piste – quand, dans un douloureux foudroiement sur sa nuque, un noir plus profond s'est ajouté à l'obscurité ambiante. Il ne se souvient même pas de s'être écroulé dans la neige dure et coupante.

Puis il s'est réveillé ici. Loin de tout et de tous.

Son premier réflexe a été de fouiller ses poches. Pour constater que ceux qui l'avaient transporté en ce lieu avaient pris soin de le dévaliser. Plus de portable. Plus de guide ou de plan. Plus de portefeuille ni de passeport. Pas même un mouchoir ou une pièce de monnaie. Rien dans les poches. Rien aux alentours.

Le néant livré au néant.

Ne lui reste plus que ses vêtements, censés être adaptés au climat ; or chaque rafale gelée nie un peu plus cette ultime réalité.

Mais s'il a été victime d'un banal vol à la tire... Alors pourquoi l'avoir trimballé là, au milieu de nulle part, à ce qui semble être à des kilomètres du lieu de son agression ? Ça n'a aucun sens. Quel voleur s'embarrasserait de telles précautions ?

14

La panique qui le gagne tournoie en lui comme le blizzard qui peu à peu l'enveloppe. Pourrait-il signaler sa présence à d'autres randonneurs ? Est-il proche du point 660 ? Et si tel est le cas, vers où doit-il avancer ? Cette nappe blanche ou ce rebond immaculé ? Il n'aperçoit aucun signe, aucune balise. Quand tout est identique ou presque, comment distinguer ce qui nous entoure, comment se distinguer ? Ses pensées givrent et se figent. Il doit prendre une décision avant de divaguer tout à fait. Choisir un cap et s'y tenir. Opposer son opiniâtreté, aussi droite et résolue qu'une flèche, à l'immensité infinie. Sans nourriture ni assistance, combien de temps a-t-il devant lui ? Il chasse cette question et bien d'autres. Et plus son sang reflue de ses membres vers son cœur, plus son énergie emprunte une voie inverse. Ses cuisses brûlent, mais chaque pas est une victoire qu'il remporte sur le froid et la mort, galvanisé par un espoir forcené.

Il avance toujours, muscles contractés, tête baissée, lorsqu'une ombre blanche surgit des confins cristallisés. La masse progresse vers lui, sans presser le pas, avec majesté. Un traîneau et son attelage ? Trop lent. Un groupe de trekkeurs ? Trop gros. Trop calme. Si sûr de son fait malgré l'adversité omniprésente. Bien peu humain, en somme.

Un ours... Déjà il lui semble percevoir le grognement affamé.

Dire qu'il a failli lui faire signe, et même le héler. Mais si l'animal est là, à quelques dizaines de mètres seulement, si loin de la côte et de son terrain de chasse ordinaire, c'est bien qu'une promesse l'a conduit jusqu'ici.

Probablement une odeur.

Son odeur.

Crier famine, et comprendre qu'on constitue le prochain dîner.

Première partie

Température réelle : –16 °C
Température ressentie : –22 °C

1

Nuuk, rue Paarnarluit, chez Qaanaaq Adriensen – 1er février

Chacun était livré à son propre bourreau. Chacun souffrait à son rythme. Telle une vague engendrée par le geste infligé, la douleur déferlait, crispant leurs visages parfois en communion, parfois en décalé.

Qaanaaq était tenaillé par l'envie de passer sa main sur son crâne, un geste qui l'apaisait, mais ses poignets ligotés aux bras du fauteuil lui interdisaient tout mouvement. Subir, il fallait subir et se taire, alors que chaque nouvel assaut sur sa peau le conduisait un peu plus près du point de non-retour, là où les cris deviendraient irrépressibles.

Face à lui, figée dans une posture identique, Massaq semblait mieux maîtriser les effets du supplice. Sans doute pensait-elle à Bodil, un an à peine, qui reposait à quelques pas, dans son transat.

Le couple échangea un regard où la peine le disputait aux remords. Comment avaient-ils pu se mettre dans une aussi fâcheuse posture ? Qui plus est au sein de leur propre foyer ?

Penchées sur leurs avant-bras, les tortionnaires n'en finissaient plus de labourer leur chair, avec l'application de deux enlumineurs imperturbables. Qaanaaq ne pouvait s'empêcher de se questionner. Y prenaient-elles du plaisir ? Leurs visages n'exprimaient tout au plus que la satisfaction de l'ouvrage accompli. Et surtout, une concentration extrême.

Infliger cette peine : plus qu'un métier, une vocation. Un héritage.

La soudaine stridulation du téléphone fixe rompit le silence pesant. Aussitôt, les pleurs du bébé résonnèrent dans la pièce surchauffée.

– *Pis !* gronda Qaanaaq. On peut jamais se faire torturer tranquille !

Entravés comme ils l'étaient, impossible de décrocher. La plus vieille des deux tatoueuses, une élève de feu Uki Uyarak[1], interrogea du regard le maître de maison. Devait-elle prendre la communication à leur place ?

Mais d'un hochement de tête, le patron du Politigarden déclina l'offre. À une heure aussi matinale, c'était certainement le travail. Et s'il s'agissait d'une affaire de police, mieux valait qu'il réponde en personne. L'Inuite libéra ses poignets puis, d'un simple coup de dents, coupa le fil qui liait l'aiguille à l'épiderme ensanglanté. Le motif inachevé, une femme à l'interminable chevelure, en tous points semblable à celui apposé sur le bras de Massaq, devrait patienter quelques instants avant de les unir pour l'éternité.

Qaanaaq se rua sur le combiné tandis que la tatoueuse prenait l'enfant hurlant dans ses bras potelés.

– Adriensen, j'écoute…

Ou tout au moins tenta-t-il d'entendre son interlocuteur : alertés par la sonnerie puis les braillements de leur petit frère, Jens et Else venaient de débouler avec fracas dans le salon où rien ne parut les étonner, ni les tatouages en cours, ni leur mère adoptive encore ligotée, ni même Bodil dans les bras d'une inconnue.

– Tu vois que tu ronfles, lança la fillette à son jumeau. C'est toi qui l'as réveillé.

1. Voir *Nuuk*.

20

– C'est *toi* qui ronfles, grosse patate.

« Chut », mima Massaq du bout des lèvres, désignant leur père d'un regard implorant. La chamaillerie se poursuivit en sourdine, et Qaanaaq s'éloigna en direction de la cuisine, où flottaient des parfums de pain poêlé et de café.

– Dis-moi, boss, ça a l'air animé chez toi ! s'exclama Apputiku à l'autre bout du fil. Tu commences la journée par un *kaffemik* ou quoi ?

Depuis près de quatre ans qu'il s'était établi sur la terre de ses origines, Qaanaaq avait eu le temps de faire sienne la tradition groenlandaise de ces petites fêtes improvisées.

– Crois-moi, j'aurais préféré, répondit-il d'un ton bourru.

– Ah, mais oui, c'est vrai, vous aviez votre séance de *tunniit*[1] ce matin !

Lorsque le couple Adriensen lui avait parlé de son projet, une idée de Massaq, Appu l'avait approuvé avec chaleur. Ainsi marqué et lié à sa femme par ce *kakileq*[2], un motif exprimant le passage de son porteur à l'âge adulte, Qaanaaq achèverait de devenir un authentique Inuk[3]. Un véritable Groenlandais. Et quel meilleur symbole que Sedna, alias Arnakuagsak, déesse de la Mer nourricière, allégorie de la sagesse et de l'éternité ?

– Oui, et tu t'es bien gardé de me dire que ça faisait un mal de chien !

Le rire de crécelle d'Appu retentit dans l'écouteur. En effet, il ne s'était pas étendu sur cet aspect des choses lorsqu'il avait rapidement décrit cette pratique à Qaanaaq pour la première fois, près d'un an auparavant. À sa décharge, les circonstances d'alors n'invitaient pas vraiment à s'étendre sur le sujet ; Uki la tatoueuse avait été assassinée par le duo de tueurs qu'ils pourchassaient et Mikkel, le pilote d'hélico

---

1. Nom inuit des tatouages cousus traditionnels.
2. Kakileq signifie « premier tué » en langue inuite, ce tatouage symbolise donc le premier gibier tué, et le passage dans le monde des adultes.
3. Singulier d'Inuit, désigne tout Groenlandais de souche.

du Politigarden, était mort noyé en mission, dans le crash de son appareil. Quant à Qaanaaq, il avait bien failli y rester. Les douleurs persistantes dans sa jambe droite s'employaient à le lui rappeler.

Apputiku reprit sur un ton plus grave :

– Je suis à l'aéroport de Kangerlussuaq.

– Tu as récupéré notre invité ?

– Ben, justement.

– Quoi, justement ?

– D'après le personnel au sol d'Air Greenland et les agents de l'immigration, un Islandais du nom de Jonas Horason a bien débarqué tôt ce matin par le vol de Reykjavik...

– Mais ? J'imagine qu'il y a un *mais* ?

Bien que pressant, le ton de Qaanaaq conservait sa coutumière inflexion douce, presque onctueuse. Autorité de fer dans une voix de velours.

– On ne peut rien te cacher : apparemment, il est sorti se promener hors de l'aérogare en attendant que je vienne le cueillir. Et personne ne l'a revu depuis.

– Il a disparu ?

– Ben, ça ressemble pas mal à ça, oui. Les dernières personnes qui l'ont aperçu disent qu'il est parti seul sur le sentier menant au point 660.

Au bord de l'inlandsis.

Qaanaaq accueillit la nouvelle sans broncher. Au vu de la situation, son subordonné et ami ne pouvait être mis en cause. Si quelqu'un avait quelque chose à se reprocher, c'était plutôt cet Islandais de malheur qui avait pris des risques inconsidérés.

Mais Arne Jacobsen que tous surnommaient la Fourmi, grand patron de la police judiciaire danoise, maître de Niels Brocks Gade, le siège copenhaguois des forces de l'ordre, et supérieur d'Adriensen, ne l'entendrait pas de cette oreille.

– Rassure-moi, reprit Qaanaaq, tu n'as pas informé la Fourmi de ce petit *raté* ?

Il importait d'autant plus de le cacher pour le moment à Jacobsen qu'il était lui-même à l'initiative de cette toute première réunion des criminologues de la Scandinavian Police Association (SPA)[1]. Quatre autres flics nordiques, tous des cadors dans leur genre, étaient attendus au Groenland : un Norvégien, un Finlandais, un Suédois et, bien entendu, un Danois.

Au goût de Qaanaaq, ce genre de séminaire ne constituait qu'un gadget superflu, le type même de réunion transnationale aux enjeux plus diplomatiques que professionnels. Le tout englué sous des couches de sourires, courbettes et autres singeries protocolaires. En somme, tout ce qu'il détestait.

Las, la Fourmi ne lui avait guère laissé le choix. Un impératif que Karl Brenner, le vieux complice d'Adriensen, depuis peu à la retraite, lui avait confirmé au téléphone quelques jours plus tôt :

– Si j'étais toi, j'accepterais sans trop discuter.

– Ah bon ? Et pourquoi j'aurais pas mon mot à dire ?

Après tout, et en dépit de la tutelle danoise qui persistait, il était bien le patron de la police groenlandaise. À ce titre, il demeurait seul décisionnaire de ce qui se déroulait sur son territoire en matière de sécurité.

– Parce que d'après ce qui circule à Niels Brocks Gade, le ministère de l'Intérieur envisagerait de transformer ton Politigarden en vulgaire poste de province. Du genre tampons sur les passeports et patrouilles de proximité. Exit les enquêtes criminelles.

– Ils les réintégreraient à Copenhague ?! s'étrangla Qaanaaq.

– Je te dis pas que c'est fait. Mais c'est ce qui se murmure.

Et si Brenner avait capté cette rumeur, on pouvait lui donner une certaine crédibilité. Malgré son départ, Karl restait très proche de ses ex-collègues, en prise directe avec le bouche-à-oreille de la flicaille danoise. Une source fiable.

---

1. La Scandinavian Police Association est une invention de l'auteur, mais il existe bien des accords de coopération entre services de police européens.

Qaanaaq digérait encore la mauvaise nouvelle lorsque Massaq, à son tour libérée des fils enduits d'encre, vint se coller à son dos. Des senteurs d'épices et de fleurs coupées s'élevaient de sa peau soyeuse et de sa longue chevelure noire. De ce filet-là, mailles plus serrées encore que les cheveux de Sedna, il ne voulait plus se libérer. Jamais.

D'ailleurs un an plus tôt, au terme de sa tournée des postes éloignés, il lui en avait fait la promesse solennelle.

– Ne me dis pas que tu vas repartir ? souffla-t-elle à son oreille.

Sa voix, douce et grave, roulait à la manière d'un *qilaut*[1]. Mais le tempo de la colère tambourinait déjà sous la mélopée envoûtante.

– Alors je ne te le dirai pas, répondit-il.

– Mais tu vas y aller quand même, c'est ça ?

Jetant un coup d'œil sur leurs bras respectifs, il lui apporta la seule réponse possible :

– Je ne pars pas vraiment. Regarde. On est cousus l'un à l'autre, maintenant. On ne sera plus jamais séparés.

Elle se détacha de lui et recula d'un pas. Dans les bras de sa nounou de fortune, Bodil s'était enfin tu, comme s'il cherchait à écouter la dispute assourdie de ses parents.

– Et les enfants, tu en fais quoi ? Tu vas les coudre, eux aussi ? lança Massaq, tranchant net le symbole, un peu trop facile à ses yeux.

1. Tambour traditionnel inuit.

2

Nuuk, rue Paarnarluit, chez Qaanaaq Adriensen – 1er février

Entre eux, les promesses s'étaient enquillées comme autant de poupées russes. L'une renfermant l'autre. D'abord celle de s'unir à jamais. Puis celle de ne plus jamais se quitter, quelles que soient les circonstances. Enfin celle de partir tous les deux en voyage, sans enfants, n'importe où pourvu que ce ne soit pas Nuuk ou ses environs.

« Un voyage de noces », avait annoncé Qaanaaq à sa femme, quelques semaines après le jour ô combien désastreux de leur mariage[1]. Ils avaient évoqué ce Danemark où elle n'avait jamais mis les pieds, mais aussi d'autres pays européens, pourquoi pas l'Italie, l'Angleterre ou la France. Bien qu'un peu clichés, Paris et son vernis romantique les tentaient par-dessus tout.

Mais depuis lors, il repoussait cette perspective au gré des urgences, l'enfouissant chaque jour un peu plus sous le tapis du quotidien. Entre le Politigarden et leurs trois enfants, les prétextes ne manquaient pas.

Quand Jacobsen lui avait exposé son projet de séminaire SPA, il s'était bien gardé d'en parler à Massaq. À raison, pensait-il à présent, face à la colère sourde de son épouse.

---

1. Voir *Nuuk*.

« Si tu t'en vas maintenant, ne reviens pas », lui avait-elle dit un an plus tôt.

Cette fois, elle s'enferma dans ce mutisme stoïque dont elle était coutumière. Et le silence d'aujourd'hui parut à Qaanaaq plus menaçant encore que l'ultimatum d'hier.

– Peu d'hommes valent un père, mais personne ne vaut une mère, lâcha-t-il après quelques instants.

Bodil ne hurlait plus et les grands étaient remontés dans leur chambre, leurs bols de céréales tout juste avalés. Au salon, les deux tatoueuses s'éclipsaient elles aussi, bien conscientes qu'elles n'achèveraient pas leur ouvrage ce jour-là.

– C'est tout ce que tu as à m'offrir ? Une de tes saletés de proverbes ?

– *Aasavakkit*[1], bafouilla-t-il dans son kalaallisut approximatif, les yeux baissés vers le parquet ciré.

– Moi non plus, répondit-elle, en français dans le texte.

Une voix haut perchée brailla devant leur porte, rompant leur tête-à-tête.

– Qaanaaq ! Qaanaaq, *dit skrammel*[2] !

Sans demander leur bénédiction, une femme aux joues et au ventre rebondis fit irruption dans le vestibule de la grande maison verte, puis fonça dans leur cuisine.

– Bébiane ? s'exclamèrent-ils de concert.

Mme Apputiku Kalakek en personne. Elle d'ordinaire si paisible et joviale fulminait par tous les pores de sa peau. Et en dépit du froid de février, elle n'avait même pas enfilé une veste sur son pyjama pour traverser les quartiers nord de la ville enneigée.

– Vous vous êtes bien foutus de notre gueule, ton pote et toi ! Vous pensiez faire quoi ? Nous envoyer une carte postale de Daneborg pour nous prévenir ?

1. « Je t'aime » en kalaallisut, le groenlandais officiel.
2. « Espèce d'ordure », en danois.

26

– Bébiane, calme-toi... Calme-toi.

De toute évidence, elle venait elle aussi d'apprendre le départ précipité des officiers du Politigarden à l'autre bout du pays – son mari avait même déjà franchi la première étape vers Kangerlussuaq. Mais rien ne justifiait qu'elle s'emporte de la sorte. La Bébiane qu'ils côtoyaient et appréciaient depuis des années, celle qui ne refusait jamais de garder les jumeaux et Bodil quand ils la sollicitaient, aurait accueilli ce genre de nouvelle avec un simple hochement de tête goguenard.

D'où sortait cette furie ? Cette valkyrie inuite ?

– Demande-moi encore une fois de me calmer, éructa-t-elle, et je te jure que je te balance mes hormones en pleine figure !

Les regards de Qaanaaq et Massaq se croisèrent. Se posèrent sur l'abdomen saillant de l'intruse. Se consultèrent à nouveau. Avaient-ils bien saisi l'allusion ?

Certes, Bébiane n'avait rien d'une sylphide. Pourtant, la rondeur qui se profilait sous son haut de pyjama leur parut soudain d'une ampleur inédite.

– Tu es enceinte ? s'écria Massaq.

– Ben non, j'ai juste mangé trop de *kiviak* hier soir. À ton avis ?

Son amie se jeta dans ses bras. Légèrement surprise, Bébiane résista un peu avant de s'abandonner à la chaleur si spontanée de cette étreinte.

– C'est génial ! dit Qaanaaq.

Bébiane grogna et se dégagea avec douceur.

– Eh bien, va dire ça à mon corps de presque quarante ans. Tu verras si c'est si génial que ça !

En quelques phrases inquiètes, elle leur expliqua les risques encourus dans le cadre d'une grossesse aussi tardive.

– Mais pour l'instant, ça va, non ? demanda-t-il.

– Oui, ça peut aller. Mais je suis sous surveillance médicale étroite pendant les neuf mois. Et avec vos cachotteries, Appu ne sera même pas là pour l'échographie de début de deuxième trimestre.

– Celle où on peut déterminer le sexe, décoda Massaq pour son mari.

– On attendait cet examen-là pour vous en parler.

Se rappelant ses devoirs d'hôte groenlandais, Qaanaaq la prit par le bras, l'accompagna jusqu'au canapé le plus proche, et lui servit d'autorité un café fumant.

– Dans mon état, j'évite.

– Promis, on ne dira rien au bébé, plaisanta-t-il, un léger sourire aux lèvres. Bois. Tu es gelée.

Une tasse à la main elle aussi, Massaq les rejoignit au salon, du côté du poêle ronronnant. Au-dehors, un matin timide et uniforme déployait sa toile blanche sur la baie de Nuuk. C'est à peine si, dans les lointains, on devinait les sommets entourant la capitale. Un vrai temps à rester au chaud.

– On parle de choses sérieuses, là, dit-elle à son époux avec gravité. Tu ne peux vraiment pas repousser votre camping entre flics ? Ne serait-ce que d'une semaine ?

– Le souci, tu vois, c'est que c'est un peu plus qu'une colonie de vacances. Il est question d'un sommet entre les meilleurs criminologues scandinaves. Et je vois mal la Fourmi accepter le report d'un événement pareil pour des raisons personnelles.

– Ce ne serait pas la première fois que tu lui tiendrais tête.

En effet, depuis son arrivée au Groenland, les occasions n'avaient pas manqué. Lors de l'affaire des corps déchiquetés du Primus. Puis celle des icebergs fourrés aux cadavres. Jusqu'à cette insubordination pure et simple, un an auparavant, quand Qaanaaq avait mené son enquête sur cette série de suicides suspects malgré les menaces de suspension.

– Il semblerait que je ne puisse plus tirer sur la corde...

– Qu'est-ce que tu veux dire ?

Cette fois, il put passer la main sur son crâne glabre et les replis soucieux de son front. Son regard accrocha le tatouage cousu inachevé sur son avant-bras droit. Les yeux de Sedna paraissaient le fixer, chargés de reproches.

– Je veux dire que le Politigarden est sur la sellette. Un faux pas de plus, et Jacobsen réduira la boutique à un vulgaire guichet.

L'information ne provoqua aucune réaction sur les traits à nouveau impassibles des deux femmes. De leur point de vue, s'agissait-il d'une si mauvaise nouvelle ?

– De toute façon, il va bien falloir faire un choix, ajouta Massaq.

Il avait peur de comprendre ce que sa femme entendait par là.

Choisir entre les siens et sa passion pour son métier.

Entre son foyer et les folles équipées.

Entre Nuuk et Copenhague.

Entre un présent qui désormais s'inscrivait pleinement dans ce territoire, et un passé lointain.

Choisir entre l'Inuk et le Danois qui s'affrontaient en lui. *Ou pas.* Ces deux pôles étaient-ils aussi antagonistes qu'elle voulait bien le dire ? N'existait-il pas une voie médiane, celle d'un compromis acceptable par tous ?

– Pour Appu et toi, conclut Massaq en s'adressant à Bébiane, je ne peux pas faire grand-chose. Il faut vraiment que vous vous parliez, tous les deux.

Quittant leur invitée des yeux, elle dévisagea Qaanaaq.

– Mais pour nous, j'ai peut-être une solution. Temporaire. Et à usage unique. Mais une solution quand même.

Massaq n'était pas que sa cousine[1], sa femme, son amie, sa maîtresse, ou la mère de ses trois enfants. Elle était la plus extraordinaire créature qu'il eût jamais croisée sur cette planète. Pourquoi ? Parce que comme le vent et les éléments, comme *Nuna*, cette nature si belle et parfois si exigeante, elle demeurait imprévisible.

---

1. Voir *Qaanaaq*, où l'on apprend que Massaq Nemenitsoq est en effet la fille de son oncle Ujjuk, et donc la cousine de Qaanaaq Adriensen.

3

[IMG_0018.jpg / 1er février 2022 / 14 h 47 / Hall de l'aéroport de Kangerlussuaq, buste de Knud Rasmussen]

À l'instar de beaucoup d'hommes, rien ne dissipait mieux les angoisses de Qaanaaq qu'un nouveau gadget. Son Leica flambant neuf en main, il était si absorbé par l'exploration des fonctions de ce joujou numérique, remplaçant de feu son Hasselblad, qu'il ne captait plus rien du bruit environnant.

Pourtant, autour de lui, le vrombissement entêtant du Dash-8-200 d'Air Greenland le disputait au babil de ses collègues. L'appareil transportait une dizaine de passagers. À quelques sièges, les vannes potaches fusaient entre Lotte Brunn, la médecin légiste, et Søren, l'un des cadres du Politigarden mais aussi son technicien attitré. Depuis le temps que ces deux-là s'asticotaient, la drague un peu lourde du second n'incommodait plus vraiment la première :

– Dis donc Lolotte, tu as regardé un peu le trombinoscope de nos invités ?

– Non, pourquoi ?

– Parce que je suis sûr qu'il y en a au moins un ou deux à ton goût. Le Finlandais est pas mal. Enfin, si t'aimes les beaux gosses super sportifs.

– Eh bien, tu le testeras pour moi et tu me feras ton petit rapport. On fait comme ça ?

Elle était loin, la fonctionnaire timide qui avait débarqué à Nuuk près de trois ans auparavant, pour remplacer Kris Karlsen[1]. Désormais, à chacune des chicanes de ses camarades, Lotte dégainait la parade appropriée, du tac au tac.

Et si elle avait renoncé pour de bon à ses vues sur Qaanaaq – pour rien au monde elle ne mettrait en péril le couple qu'il formait avec Massaq, à ses yeux idéal – elle ne succomberait pas pour autant aux assauts malhabiles de son confrère.

– Par contre, reprit-elle, si tu veux avoir tes chances, va falloir soigner un peu plus ton look.

D'un coup de menton railleur, elle désigna l'éternel maillot noir et blanc des Tottenham Spurs revêtu par ce fan invétéré de la Premier League. Chelsea, Arsenal, ManU ou City, sa garde-robe ne comprenait que des « jerseys » échappés du championnat de foot anglais.

Depuis un fauteuil situé deux ou trois rangées plus loin, un rire cristallin valida cette pique. Massaq n'avait été ajoutée à la liste de bord que quelques minutes avant le décollage de ce vol intérieur, mais sans doute était-elle la plus enthousiaste des participants à cette équipée. S'imposer dans le déplacement professionnel de son mari, telle était la « solution » qu'elle avait imaginée.

Qaanaaq avait rechigné. Qaanaaq avait bougonné. Jusqu'au dernier moment, il avait cru à une farce. Mais comme bien souvent, il avait fini par capituler devant la tendre résolution de sa femme. En dépit de son état, Bébiane avait accepté sans sourciller d'assurer la garde des enfants. « Oh, tu sais, lui avait-elle dit alors que Bodil s'endormait dans ses bras, Jens et Else s'entendent tellement bien avec les garçons que je ne les vois presque plus quand ils sont ensemble tous les quatre ; ça me fait des vacances ! »

Leur étrange « voyage de noces » pouvait commencer. Et

---

1. Kris Karlsen était le précédent légiste du Politigarten de Nuuk, tombé dans l'affaire dite du Primus (voir *Qaanaaq*).

lorsque Massaq s'était présentée à l'embarquement de la petite aérogare de Nuuk, son sac en cuir à la main, si belle en cette fin de journée précoce, il s'était secrètement réjoui. Il y a quelques années encore, sans doute l'eût-il renvoyée vers leur foyer au dernier moment. Mais il n'était plus ce genre d'homme, désormais, pas plus qu'elle n'était le genre de femme à se laisser imposer ses choix. Certes, la présence de son épouse en plein séminaire ne contribuerait ni à sa disponibilité, ni à sa concentration. Lui qui n'appréciait rien tant que le mélange des genres, il se sentait servi – et, par-dessus tout, aimé de la plus absolue des manières. Quel mari serait-il s'il se plaignait que son amour le poursuive aux quatre coins du pays ?

– Tu as bien donné toutes les consignes à Pitak ? demanda-t-il soudain à Søren, par-delà la travée centrale.

Déjà, les secousses annonciatrices de l'atterrissage agitaient le bimoteur rouge sang. À travers les hublots, le relief blanchi de neige récente, et bleui de nuit polaire, défilait plus vite. Plus proche.

– T'inquiète pas, patron. Il est briefé à mort.

De fait, Qaanaaq plaçait une entière confiance en son suppléant pour les quelques jours à venir. Le Politigarden et ses agents seraient bien gardés. Bien qu'il fût le plus jeune enquêteur de la police groenlandaise, Pitak brillait par son application et son sérieux.

– Au fait, pourquoi on ne les reçoit pas plutôt à la maison, nos potes scandinaves ? Daneborg, ce n'est ni un camp de vacances, ni la porte à côté.

Un point pour Søren. En effet, plus de mille six cents kilomètres et au moins deux correspondances séparaient Nuuk, au sud-ouest, de Daneborg, au nord-est de l'île géante.

– Requête expresse de Jacobsen, dit Qaanaaq, sans parvenir à masquer son agacement. Il a pensé qu'un séjour « à la dure » dans la patrouille Sirius contribuerait à nous rapprocher, et à tisser des liens inédits entre nos services.

Réputée dans tout le monde nordique, la célèbre unité à traîneaux de l'armée danoise avait pour mission première de surveiller l'immense territoire sauvage du parc national du Nord-Est du Groenland.

– Ah bon, tu as l'intention de les faire coudre, eux aussi ?

– Me tente pas !

D'inexistants, les rapports entre les polices judiciaires membres de la Scandinavian Police Association étaient passés ces dernières années à glaciaux. Chacun renvoyait sur ses voisins géographiques la responsabilité de flux migratoires incontrôlables ou d'une criminalité organisée galopante. C'était d'ailleurs l'objectif de la réunion de Daneborg : sans jeu de mots, et en dépit des conditions sur place, réchauffer les relations afin d'esquisser les contours d'une meilleure coopération.

Au-delà du scepticisme que lui inspirait une telle initiative, Qaanaaq ne pouvait s'empêcher de nourrir une intuition funeste – et les intuitions, il en faisait son ordinaire. La disparition de Jonas Horason sonnait à ses oreilles comme le premier d'une longue série de glas. Le tocsin annonciateur d'un enchaînement funeste.

– Pakak Arnatsiaq, chef de la police de Kangerlussuaq.

Ainsi se présenta l'homme venu les accueillir au pied du De Havilland, une fois celui-ci immobilisé sur le tarmac. Très grand pour un Groenlandais, il arborait un visage long et blanc typiquement danois, qui jurait avec son patronyme. Les civilités expédiées, il entra dans le vif du sujet. Pragmatique et direct, comme le sont souvent les Inuits, il résuma l'état des recherches en cours sur la personne de Jonas Horason, citoyen islandais et officier de police judiciaire à Reykjavik :

– Les environs ont été ratissés, on n'a rien retrouvé. On a mobilisé tout le personnel au sol disponible, une bonne vingtaine de personnes à motoneige.

– Dans quel rayon, les recherches ? s'enquit Qaanaaq.

L'approche frontale. Il n'y avait rien de mieux pour contraindre ses subordonnés à un semblant d'efficacité.

– Une quarantaine de kilomètres à la ronde.

– Ça inclut le point 660 ? intervint Apputiku, qui avait rejoint leur groupe.

– Bien sûr. Mais là non plus, on n'a rien retrouvé de notable. Ni corps, ni traces, ni objets ou déchets particuliers.

Il faut dire que ce n'est pas la saison la plus favorable aux départs de treks sur l'inlandsis. Y a pas grand monde dans les parages, ajouta-t-il, de sa voix au timbre qui râpait autant qu'une toile de jute.

L'hypothèse du banal accident de randonnée se dissipait aussi sûrement que le jour autour d'eux.

– Il devait quand même bien avoir un bagage ? s'impatienta Qaanaaq.

– *Aap*[1], il l'a déposé dans une consigne à son arrivée ici. Juste une valise cabine. Un des employés de l'aéroport se souvient de l'avoir vu faire.

– Vous l'avez ouverte ?

– La valise ? C'est-à-dire que…

– Que quoi ? aboya-t-il.

– Elle a disparu aussi, commandant. Quand on a recueilli ce témoignage, le casier était déjà vide.

– Forcé ?

– Je dirais plutôt crocheté.

– Et j'imagine que pour le coup, personne n'a aperçu celui ou celle qui l'a récupérée ?

À voir les traits déconfits de son interlocuteur, il imaginait bien. Un simple visage muet en disait tant, parfois. Si on lui avait donné les rênes de l'académie de police danoise, Qaanaaq aurait inscrit un cours de décryptage des expressions humaines au programme. Une aptitude que lui avait transmise sa mère adoptive, Flora, flic légendaire de Niels Brocks Gade, et désormais un simple souvenir.

---

1. « Oui », en kalaallisut.

Tel un troupeau de bœufs musqués, l'échine lourde, le groupe de policiers se dirigea vers le bâtiment administratif le plus proche, histoire de poursuivre cet échange à l'abri du vent glacé. Dans l'aérogare, ils passèrent devant le buste en bronze de Knud Rasmussen, le mythique explorateur de l'Arctique groenlandais. Seul Qaanaaq lui jeta un coup d'œil respectueux, déclenchant son Leica à la volée.

Parvenus dans une pièce calme faisant office de PC sécurité, ils purent visionner à loisir les divers enregistrements des caméras de surveillance. Malheureusement, aucune ne couvrait l'étroit couloir où s'alignaient les casiers de consigne. Impossible d'identifier le voleur du bagage d'Horason. Quant aux éventuelles empreintes sur le verrou du casier, elles devaient se compter en dizaines.

– Søren, tu peux passer un coup de fil à notre *ami* le lieutenant Krabbe, aux écoutes ?

– Je lui demande de trianguler le portable d'Horason ?

Ce dernier avait fourni son numéro en prévision du séminaire SPA.

– Ce serait parfait.

Chez Qaanaaq, l'emphase cachait toujours un euphémisme un peu chagrin. Autant dire qu'un bornage précis du portable du disparu était le minimum qu'il attendait. Mais lorsque Søren eut raccroché avec son contact danois, le résultat obtenu fut très en deçà de ses espérances.

– Il bipe bien ici après son débarquement. Puis sur le sentier de randonnée qui va vers le point 660, environ vingt minutes plus tard. Mais le signal disparaît d'un coup, à plus ou moins dix minutes de marche en direction de l'est. Comme si son mobile et sa carte SIM avaient été détruits.

– Sur ce chemin-là, vous n'avez rien remarqué non plus ? demanda Qaanaaq à Pakak Arnatsiaq.

– Non. Mais on peut retourner y faire un tour, si vous voulez.

Se pouvait-il qu'Horason ait volontairement brouillé les

pistes conduisant jusqu'à lui ? Mais dans ce cas, pourquoi déposer sa valise à la consigne pour la récupérer en douce quelques minutes plus tard ? À moins qu'il n'ait bénéficié de l'aide d'un complice...

S'il s'agissait au contraire d'un enlèvement, le mystère s'épaississait un peu plus encore, à l'image de la nuit qui enveloppait à présent l'aérodrome polaire. Qui ? Pourquoi ? Et plus encore, *comment* ? Les questions tournoyaient entre eux, aussi déroutantes que des rafales de blizzard.

Pour le coup, Qaanaaq eût été bien en peine de saisir la moindre piste sur les visages affligés de ses compagnons, tous aussi impénétrables que celui de Massaq qui les attendait dans le hall voyageurs.

Pour l'instant, il était sûr d'une seule chose : un des si précieux invités dont il avait la charge s'était volatilisé en bordure d'inlandsis. Et en moyenne, sans équipement adéquat et sans assistance, on ne survivait guère plus de vingt-quatre heures dans un tel environnement.

Moins les sept ou huit qui venaient déjà de s'écouler.

4

[IMG_0033.jpg / 1ᵉʳ février 2022 / 16 h 09 / Chemin de randonnée en direction du point 660 à Kangerlussuaq]

– Je vous préviens, Adriensen, si vous ne vous pointez pas, je vais finir par renvoyer vos invités chez eux ! Je suis officier, moi, pas nounou !

Malgré sa véhémence, l'appel d'Emil Bornberg, commandant en chef de la patrouille Sirius, sonnait plus comme un regret anticipé que comme une menace. En cette saison, quand le parc national du Nord-Est du Groenland et ses abords tutoyaient les –40 °C, les visiteurs se faisaient rares. Être l'hôte d'une aussi prestigieuse réunion de talents n'était pas un fait si courant pour son unité. À l'exception de Jonas Horason, les policiers scandinaves attendus à Daneborg étaient déjà arrivés sur place, pour une majorité d'entre eux sur un vol spécialement affrété par le ministère de l'Intérieur danois, au départ de Copenhague.

– Vous verrez, il y a une surprise pour vous, avait cru bon de l'appâter le militaire, afin d'accélérer sa venue. Une surprise de taille.

Qaanaaq ressassait cette contrariété – si son retard remontait aux oreilles de la Fourmi, il aurait bien du mal à le justifier –, les deux pieds dans la neige fraîche et le nez congelé. Il ne s'était pas encore résolu à enfiler le bonnet offert en son temps par Appu, mais il hésitait, la main crispée sur le couvre-chef en laine, au fond de sa poche de parka.

– C'est ici qu'il s'est volatilisé, tu es sûr ? demanda-t-il à un Søren lui aussi transi.

Il était à peine plus de 16 heures, mais la nuit était déjà tombée sur le sentier menant au point 660. Un vent catabatique venu des sommets environnants les fouettait par intermittence. Dans leur dos, les collines enneigées masquaient les lueurs de Kangerlussuaq. C'est fou comme, dans ce pays, on pouvait se sentir loin de tout, à quelques foulées seulement de la civilisation.

– Oui, d'après les coordonnées fournies par Krabbe, il n'y a aucun doute. C'est pile ici.

Pourtant, le tronçon de chemin sinueux, en pente légère, présentait le même aspect inviolé que les arpents qu'ils venaient de parcourir depuis l'aéroport. Aucune trace de pas, de patins ou autres chenilles. La faute sans doute au poudroiement blanc qui constellait l'obscurité ambiante, comme autant de lucioles cristallisées.

– Tu penses que le ménage a été fait après coup, boss ? suggéra Apputiku.

– Difficile à dire. Mais pas impossible.

Du regard, les trois flics du Politigarden fouillaient ces alentours désolés où noir, bleu et blanc se fondaient en une seule couleur indéchiffrable. Difficile de repérer des empreintes plus lointaines dans ces conditions, y compris sous le faisceau de leurs torches.

L'inspection se prolongea un moment. Mais Adriensen semblait plus pensif que concerné par leur tâche.

– Si c'est le séminaire qui t'inquiète, l'apostropha Appu, je peux aller assurer l'accueil pendant que tu poursuis les recherches ici.

Après tout, il n'y avait pas si longtemps, il avait assuré l'intérim de Qaanaaq durant plusieurs semaines, et de plutôt belle manière. Les épreuves partagées ces quatre dernières années l'avaient peu à peu aguerri. Sous son naturel bonhomme, parfois même dilettante, avait éclos un flic de premier ordre.

– Ne crois pas que je n'apprécie pas l'offre, dit Qaanaaq après quelques secondes abîmées dans la contemplation du paysage illisible. Mais je dois y aller en personne.

– Pourquoi ? C'est une exigence de Jacobsen ?

De temps à autre, Appu butait encore sur certains mots danois un peu soutenus. Mais quand il s'agissait de la Fourmi, il maîtrisait parfaitement le terme « exigence ».

– On peut dire ça comme ça, oui.

Qaanaaq se racla la gorge avant de reprendre à voix basse pour que seul son adjoint l'entende. En deux ou trois phrases, il résuma le péril qui pesait sur leur équipe, tel qu'esquissé par Karl Brenner.

– Si cette connerie de réunion SPA n'est pas un succès total, conclut-il, Jacobsen aura tous les arguments voulus pour nous couper la tête. Je ne te raconte pas sa réaction s'il apprend qu'on a *perdu* un de nos camarades.

– Couper la tête ?

– Au minimum, fermer l'unité criminelle du Politigarden. Le reléguer au rang de simple poste à paperasses. Tu imagines ce que ça signifierait pour moi.

Appu n'opposa d'abord à cette nouvelle que son regard rond et incrédule, visage d'enfant puni. Puis il glapit :

– Attends… Tu veux dire qu'ils te renverraient définitivement à Copenhague ?!

– Entre autres. Mais sans doute aussi Lotte. J'ai pas les détails. Pour l'instant, c'est encore qu'un plan foireux dans la tête de la Fourmi. Mais tu sais ce dont il est capable pour parvenir à ses fins.

Appu acquiesça. Un an plus tôt, le patron de la police judiciaire danoise n'avait-il pas réussi à le manipuler et à le retourner contre son ami[1] ?

1. Voir *Nuuk*, quand Arne Jacobsen exige d'Apputiku qu'il espionne Qaanaaq pour son compte, à l'aide d'une balise GPS placée dans la parka de celui-ci.

– Massaq est au courant ?

À l'heure qu'il était, depuis le lobby de l'aérogare où elle était restée tout ce temps, le nez collé aux immenses baies donnant sur les pistes, celle-ci accompagnait le bain et le repas des enfants par visio. Sous la surveillance amicale de Lotte.

Qaanaaq haussa des épaules impuissantes. Lors de leur dernier accrochage, il s'était gardé d'évoquer de telles conséquences. Mais d'expérience, il savait qu'il ne pouvait rien lui cacher très longtemps. Même un cœur aussi granitique que le sien ne tardait jamais à s'ouvrir à celle qu'il aimait. Un amour à pierre fendre. Littéralement.

– En tout cas, pour le moment, je compte sur toi pour ne rien dire aux autres.

– Oui, oui, bien sûr, bredouilla un Appu hébété. Mais si ça virait comme tu dis...

– Eh bien ?

Un sourire emprunté se dessina sous la fine moustache de son adjoint.

– Tu... Tu regretterais un peu, tu crois ?

– Je suis pas sûr de te suivre, là. Regretter quoi ? Mes embrouilles avec la Fourmi ?

– Non, corrigea le flic inuit, balayant la nuit d'un revers de main gantée. Ici. Tout ça.

Nous, omit-il d'ajouter. *Moi.*

Tu me poses vraiment cette question-là ? semblaient dire les yeux embués de Qaanaaq. Mais il se contenta de poser une moufle sur la nuque dégagée de son partenaire, comme toujours revêtu de son éternel blouson bleu trop léger pour les frimas locaux, et de le secouer. Comme pour faire s'envoler ses doutes concernant son attachement. À lui comme à ce pays.

Pourtant, les mots prononcés le matin même par Massaq lui revenaient sans cesse : « Il va bien falloir faire un choix. » En serait-il capable ?

– On fait comme prévu, reprit Qaanaaq après ce temps de communion silencieuse. Tu continues les investigations ici en attendant l'arrivée de Pitak. Et tu nous rejoins à Dane-borg après.

– OK, boss. Et si on me demande pourquoi je suis à la bourre ?

– Tu n'as qu'à dire qu'on avait un bagage perdu dans la correspondance.

Excuse plausible, étant donné les aléas des transports et du fret dans le pays.

– Ça marche. Au fait, la surprise dont t'a parlé Bornberg, t'as une idée de ce que c'est ?

5

[IMG_0057.jpg / 1ᵉʳ février 2022 / 21 h 28 / Daneborg, mess de la patrouille Sirius]

La surprise annoncée arborait une chevelure blonde relevée en chignon et des yeux d'un bleu irréel. Sous le halo d'un projecteur fixé au bâtiment principal, une tourelle à section carrée qui dominait le quartier général de la patrouille tapissé de neige fraîche, elle apparut à Qaanaaq comme une créature échappée d'une légende scandinave. Si diaphane qu'on hésitait à valider son existence.

– Camilla Feg, dit-elle en tendant une main menue.

Poigne molle et fuyante.

La présentation était suffisante. Biographe et écrivaine suédoise de renom, épouse du criminologue Henrik Kudström, le représentant officiel de la police suédoise au sein de la SPA, la quadragénaire s'était illustrée à plusieurs reprises en participant à des enquêtes criminelles, toutes largement médiatisées. Les journalistes l'affublaient du surnom de Sexy Marple, en référence au personnage de détective créé par Agatha Christie. Le chapeau cloche en moins et la beauté glaçante en plus.

– Qaanaaq Adriensen.

Je sais parfaitement qui vous êtes, sembla-t-elle répondre d'un sourire entendu, le fixant de son regard azur.

– Ne le prenez pas mal, grommela Qaanaaq, mais j'attendais plutôt votre mari.

– Henrik est désolé, mais son service est sur les dents. Vous ne voyez pas d'inconvénients à ce que je le remplace au pied levé ?

La question, posée sur un ton cordial, laissait peu de place au débat. Camilla Feg était ce genre de femmes auxquelles le mâle occidental ordinaire cédait tous les caprices. Un ascendant dont elle jouait sans doute depuis son plus jeune âge. Et puis, si elle se trouvait là, c'est que le commandement de la police suédoise avait validé son intérim. Que pouvait-il objecter à cela ?

D'un geste un peu bougon – il détestait autant les surprises que l'arrogance des beautés blondes –, Qaanaaq l'invita à le suivre jusqu'au mess voisin. Là, parmi les membres de la Sirius, douze jeunes hommes n'ayant pas atteint la trentaine, il repéra au premier coup d'œil les trois autres invités du séminaire concocté par la Fourmi.

Faisant le tour de l'immense table où ils avaient tous pris place, Qaanaaq salua chacun d'eux avec autant de chaleur que sa récente contrariété le lui permettait.

Il identifia d'abord Emet Girjas, le Norvégien d'origine sami, officier de la célèbre police des rennes. Penché sur son assiette de potage, le doyen des convives, au faciès de vieux dogue fatigué, était le seul à ne pas échanger avec ses voisins. *Poigne ferme, main calleuse, celle d'un homme rompu aux travaux de force.*

Qaanaaq pouvait deviner bien des choses à la façon dont une personne saisissait sa main. Ce que préfigurait le contact de leurs doigts entrecroisés se vérifiait le plus souvent. Oui, l'autre, quel qu'il fût, révélait beaucoup de lui-même dans ce rapprochement fugace.

Non loin, se trouvait Niko Mäkinen, reconnaissable à sa carrure d'athlète et à son sourire candide – comme l'avait prédit Søren, les regards obliques de Lotte sur la plastique irréprochable du Finlandais trahissaient un intérêt manifeste, à moins qu'elle fût captivée par sa faconde. A priori, il n'avait pas fallu plus de quelques secondes à Mäkinen pour s'intégrer à la conversation des mushers de la patrouille, pour la plupart aussi jeunes et costauds que lui.

Poigne franche, main puissante, capable de briser un os d'une seule pression.

La seule que Qaanaaq ne sut pas nommer était assise en bout de table. Une parka rouge sang reposait sur le dossier de sa chaise. Il s'approcha assez pour qu'ils puissent se parler en dépit du joyeux brouhaha.

– Sara Kaspersen, se présenta-t-elle. Police judiciaire de Copenhague.

Poigne indéfinissable, douce et résolue tout à la fois.

La ressemblance de la jeune femme avec Massaq, assise à proximité, le laissa sans voix. Mêmes cheveux de jais, mêmes pommettes saillantes, mêmes yeux effilés – une version plus occidentale, toutefois. Quelque chose de dur, de presque minéral, émanait de son beau visage hâlé et de ses yeux de chat. Non seulement la Fourmi s'était gardé de mentionner Sara Kaspersen dans la liste des invités au séminaire, mais jamais Qaanaaq ne l'avait croisée dans les interminables couloirs de Niels Brocks Gade. S'agissait-il d'une recrue récente ?

Qaanaaq la salua puis retourna s'asseoir. En passant, il remarqua que Søren semblait captivé par l'envoyée d'Arne Jacobsen. Il n'était pas le seul, d'ailleurs. Plusieurs soldats de la Sirius avaient déjà entrepris de baratiner la jolie Danoise, laquelle n'opposait qu'un sourire indifférent à leurs platitudes. Revenu à la seule chaise laissée vacante, à la gauche du commandant Bornberg, Qaanaaq constata avec un léger agacement que Camilla Feg s'était réservé la place voisine de la sienne. Il était clair qu'elle recherchait sa compagnie. Par chance, Emil Bornberg l'accapara quelques instants :

– Si mon souvenir est bon, dit-il, vous vous intéressez à la photo.

47

– Un peu, répondit Qaanaaq en désignant son Leica posé à même le plateau en bois brut.

– Eh bien, vous pourrez peut-être participer à notre petit concours. On affiche les dix meilleures images de l'année.

D'un mouvement de bras, Bornberg balaya les murs du réfectoire, tous tapissés de clichés en noir et blanc représentant le quotidien de la patrouille. Certains d'entre eux étaient saisissants.

– En principe, on le réserve à nos gars. Mais on ne reçoit pas tous les jours des gens aussi sensibles que vous à cet art. D'ailleurs, si ça vous dit, on a notre propre chambre noire pour développer et tirer.

L'officier profita ensuite de ce moment pour introduire chacun de ses hommes et leurs fonctions respectives : le musher en chef, le mécanicien, l'électricien, le menuisier, l'intendant, le responsable des vêtements ou de l'accastillage, ou, plus étonnant encore sous cette latitude, le pompier de service. Malgré leurs spécialités, ces hommes se montraient tous polyvalents. C'était *la* règle absolue de la Sirius : chacun devait être capable de tout faire, de la cuisine aux réparations sur les attelages, des soins donnés aux chiens au maniement des armes ou de la radio.

À la gauche de Qaanaaq, Camilla picorait à peine dans le sauté de porc au menu du dîner, dérogeant à la tradition locale qui voulait qu'on fît honneur à chaque plat – autour d'eux, les autres convives gloutonnaient avec voracité. De toute évidence, elle attendait son tour pour capter l'attention de son hôte groenlandais. Quand elle perçut le moment opportun, elle posa l'une de ses mains délicates sur l'immense battoir d'Adriensen. Le prenant de court.

– Vous savez que je suis en train d'écrire sur votre famille…

– Pardon ? s'étrangla-t-il.

Sans le voir, il sentit le regard assassin de Massaq sur la scène. Un clone d'elle-même et une séductrice professionnelle, cela faisait un peu trop de concurrence au goût de sa femme. A fortiori pendant leur voyage de noces.

– Je m'apprête à publier la première biographie complète de votre père, O.A. Dreyer.

Même s'il n'avait jamais rien lu d'elle, Qaanaaq savait que Camilla Feg s'était fait une spécialité des portraits d'écrivains. Tout ce que la Scandinavie comptait de plumes célèbres y était passé. Et voilà qu'elle s'attaquait aux champions de la littérature populaire.

– Knut était mon père adoptif, corrigea-t-il d'une voix rêche.

– Je sais bien. Je me penche d'ailleurs sur les raisons pour lesquelles Knut et Flora ont choisi d'adopter un enfant ici, au Groenland, plutôt qu'au Danemark. À l'époque, ils n'étaient pas si nombreux à franchir le pas.

Qaanaaq se raidit. Il goûtait peu cette intrusion pour le moins abrupte dans son histoire familiale. Elle comportait trop de zones d'ombre pour qu'il laisse à autrui, qui plus est à une étrangère, le soin de s'y balader comme en terrain conquis.

– Mes parents ne sont jamais allés au Groenland, répliqua-t-il, luttant pour ne pas laisser affleurer sa colère, tout juste contenue. J'ai été adopté à Copenhague, à l'orphelinat Josephine Schneiders Børnehjem.

– Alors pour le lieu de votre adoption, vous avez raison. C'est aussi l'information qui m'a été donnée par l'état civil.

Voilà qu'elle s'arrogeait le droit de valider ce qui était ou non authentique dans son propre récit de vie ! Le toupet sans limites de cette scribouillarde augurait des jours de cohabitation à venir plutôt pénibles.

– En revanche, poursuivit-elle sur sa lancée, désolée de vous contredire, mais vos parents se sont bel et bien rendus au Groenland.

– En quelle année ? demanda-t-il d'un ton sec.

– Durant l'hiver 1972. Environ trois ans avant... avant *vous*.

49

La nouvelle le statufia, faisant aussitôt surgir le souvenir d'un échange avec Appu, un an auparavant, sur le parvis de la cathédrale de Nuuk. Ce jour-là, celui où Bodil avait reçu le sacrement du baptême, son ami avait évoqué le contenu d'un des romans de la série Loksen, le personnage de flic récurrent d'O.A. Dreyer. Dans ce tome-là, que Qaanaaq n'avait pas plus lu que les autres livres de son père, Loksen adoptait un enfant lors d'un séjour au Groenland. Cette décision intervenait quelques mois après la mort d'un premier fils, biologique, suicidé au très jeune âge de onze ans.

Fiction et réalité allaient-elles une nouvelle fois s'entrelacer ?

– Qu'est-ce qu'ils venaient faire ici ? Du tourisme ?

Camilla Feg n'était pas écrivaine pour rien. Comme feu Knut Adriensen, elle savait maintenir son public en équilibre sur ce fil si fragile qu'on appelait suspense :

– Ça, mon cher, il va falloir attendre que je finisse mon livre pour le découvrir. Tout ce que je peux vous dire au vu de mon enquête, c'est qu'il contiendra plus d'un scoop. Ne le prenez pas mal...

Comme un écho revanchard à sa propre formule, lors de leur poignée de main initiale.

– ... mais plus j'explore le parcours de votre père adoptif, plus j'en viens à penser que sa vie privée était autrement plus passionnante que son œuvre.

À court de proverbes susceptibles de lui clouer le bec, Qaanaaq se sentait à deux doigts d'exploser, mais la lourde main familière qui se posa alors sur son épaule rétablit in extremis la digue de la raison et de la bienséance. La bille ronde d'Appu se profila dans son dos. Tout juste arrivé de Kangerlussuaq où Pitak avait pris le relais des investigations en cours, il paraissait éreinté. Qaanaaq aurait juré que depuis le matin, un cheveu gris s'était invité dans la tignasse noire du flic inuit.

Après avoir signifié sa présence à son patron, Apputiku fit ce qu'il savait si bien faire : être apprécié de tous. Assiette et fourchette en main, il s'intercala tour à tour entre divers convives, distillant sourires et anecdotes avec sa bonne humeur coutumière. L'air de rien, il déployait sa sympathie, dont il usait comme d'un filet pour pêcher des observations et des confidences utiles.

Auprès de Massaq, il glana un sentiment d'aigreur et de jalousie qui ressemblait peu à Mme Adriensen. Elle n'avait pas imaginé ses vacances avec Qaanaaq comme ça. Et l'intérêt manifeste de la gent masculine pour Sara Kaspersen, son double juvénile, réveillait en elle un vieux relent d'insécurité. Qui sait si son homme ne trouverait pas cette dernière à son goût.

En passant près de ladite Sara, il capta des bribes de conversation elles aussi empreintes d'une certaine tension. La jeune officière danoise s'inquiétait à voix haute de l'absence de nouvelles de leur confrère islandais Jonas Horason.

Mais ce qu'Appu apprit de la bouche de certains patrouilleurs Sirius le troubla plus encore. Contrairement à ce qui était prévu, Sara Kaspersen n'avait pas fait le voyage jusqu'à Daneborg dans l'Hercule C-130 emprunté par les autres invités, Feg, Mäkinen et Girjas. Elle était arrivée sur place une bonne dizaine d'heures après eux, dans un hélicoptère Airbus H125 en provenance d'un lieu inconnu. Quant au pilote de l'appareil, il était reparti aussitôt, et ne pouvait plus être interrogé sur cette anomalie.

– Vous avez fait bon voyage ? tenta Appu en posant son assiette à côté de celle de Sara.

– Très bon, merci. Et vous ?

Le sous-entendu était clair : pas plus qu'elle ne lui donnerait les raisons de son arrivée décalée, elle ne le questionnerait sur son propre retard.

De Qaanaaq, Apputiku Kalakek ne possédait ni les intuitions, ni l'attention aux détails – insignifiants aux yeux des autres – qui confinait à la paranoïa. Mais d'expérience, il le savait : tout ce qui provenait d'Arne Jacobsen et semblait suspect... *était* suspect. Et que pouvait être Sara Kaspersen parmi eux, si ce n'était l'émissaire personnel de la Fourmi ?

6

[IMG_0072.jpg / 2 février 2022 / 09 h 31 / Daneborg, baraquement rouge, dos de Massaq, penchée sur son tatouage]

– Vous pouvez m'expliquer ce bordel, Adriensen ?!

Depuis toujours, le poids d'une faute originelle semblait écraser Qaanaaq dans ses rapports avec Arne Jacobsen. Un tort qui lui incomberait éternellement et dont il ne connaissait ni la nature ni le remède. Du temps où Flora Adriensen officiait encore à Niels Brocks Gade, elle jouissait d'un prestige sans égal auprès du patron de la police judiciaire. Mais pour une raison qui échappait à Qaanaaq, l'aura de sa mère adoptive pesait désormais sur lui comme un handicap qu'aucun de ses mérites propres ne paraissait pouvoir alléger. Pas même ses exploits groenlandais des quatre années passées.

– Oh, je vous parle : qu'est-ce que vous avez fichu d'Horason ?

Qaanaaq laissa s'étirer un nouveau silence sur la ligne. Allongé sur l'un des deux lits simples du baraquement, il observait du coin de l'œil la bouderie de Massaq, qui elle aussi s'éternisait. Dos tourné. Depuis la veille, elle ne s'était déridée qu'au moment de la visio quotidienne avec les enfants, une heure plus tôt.

– Il était en retard au point de rendez-vous, finit-il par lâcher dans le combiné. C'est tout.

– Vous vous foutez de moi ?! Un type qui manque à l'appel et que personne n'a vu depuis son départ, je n'appelle pas ça un retardataire. J'appelle ça un disparu !

Qu'avait pu rapporter Sara Kaspersen à la Fourmi en plus de l'absence de l'Islandais à Daneborg ? A priori, pas grand-chose. Qaanaaq s'était montré très clair auprès de ses trois subordonnés : pas un mot aux flics de la SPA sur les circonstances dans lesquelles Jonas Horason s'était évanoui. Pas tant qu'ils n'en apprendraient plus eux-mêmes, grâce à Pitak.

Mais Jacobsen ne lâchait pas l'affaire. Sa voix aussi râpeuse que du papier de verre crépita dans l'écouteur :

– Je viens d'échanger avec le ministère de l'Intérieur islandais, et je vous garantis qu'ils ne prennent pas ça pour un vulgaire problème de vol à la bourre. Horason est injoignable. Il ne répond plus à leurs appels depuis au moins vingt-quatre heures.

– Les frères de table se retrouvent toujours, cita Qaanaaq de tête.

– *Pis !* Balancez-moi encore un seul de vos proverbes et je vous colle à la circulation sur le boulevard Andersen !

L'un des axes les plus denses du centre-ville de Copenhague.

Jamais il n'avait entendu la Fourmi jurer de la sorte. Animal à sang-froid, il s'illustrait au contraire par un self-control que rien ne semblait pouvoir entamer. La pression qu'il subissait de la part de sa propre hiérarchie devait être maximale pour qu'il sorte ainsi de ses gonds.

– Je vais être très clair : si on ne retrouve pas son représentant dans les meilleurs délais, Reykjavik nous menace d'une sortie pure et simple de la SPA. Et sans les Islandais, c'est toute l'organisation qui pourrait imploser. Ça vous parle, ou j'ai besoin d'en remettre une couche ?

Que pouvait-il répondre ? Si on ajoutait à ça les rumeurs colportées par Karl Brenner, les tensions entre son pays et celui d'Horason auraient raison de *son* Politigarden encore plus tôt que prévu.

Sur l'autre lit, Massaq s'était retournée vers lui, mais sans lui accorder un regard. En tant que couple, ils avaient bénéficié d'un traitement de faveur : l'un des binômes de la Sirius leur avait cédé son bungalow préfabriqué, d'un rouge extérieur aussi écarlate que le traîneau associé. Avec des gestes doux, sa femme s'employait à étaler sur son avant-bras le baume fourni par la tatoueuse. Ce n'est pas parce que le motif était incomplet qu'il ne fallait pas en prendre soin. Ce n'est pas parce qu'une chose pouvait être considérée comme inachevée, ou à l'issue hasardeuse, qu'il ne fallait plus s'en soucier.

– Le directeur Kollman est au courant ? demanda Qaanaaq d'une voix blanche.

Si Alexander Kollman, directeur général de la police danoise et supérieur direct de Jacobsen, s'emparait de l'affaire, celle-ci ne se bornerait pas à une simple formalité administrative.

– Évidemment que je l'ai informé. Vous croyez quoi ? Que tout le monde s'amuse à se faire des cachotteries ?

Le « comme vous » implicite fut bien assez clair pour que Qaanaaq en ressente la charge. De plein fouet. Une nouvelle fois, il prit le temps de la réaction. Il connaissait assez Jacobsen pour savoir que les colères froides de son patron ne fondaient pas face aux brasiers de ses propres emportements. Mieux valait laisser déferler les vagues successives de reproches sans broncher, comme un navire surnage sous les paquets de mer. C'était encore le meilleur moyen d'abréger de telles tempêtes.

– Si vous me permettez d'ajouter un mot au sujet d'Horason...

– Allez-y, gronda la Fourmi.

– Eh bien, d'après les infos que nous avons glanées sur place, à Kangerlussuaq, il apparaît que notre ami islandais a pris quelques risques.

– Des risques ? Avec son vol ? Il y a deux minutes, vous me parliez d'un banal retard.

– Non, des risques avec ses pieds.

Pour ne pas raviver les foudres de son supérieur, Qaanaaq s'empressa de corriger cette expression un peu malheureuse et délivra la version la plus expurgée possible de la disparition d'Horason. S'il valait mieux ne pas lui dévoiler les détails, il devenait malgré tout urgent de donner certaines informations à Jacobsen.

– Bref, s'il ne s'était pas aventuré seul et en pleine nuit sur la route du point 660, je pense qu'il serait parmi nous à Daneborg.

– Et maintenant, c'est de sa faute si vous ne l'avez pas récupéré en temps et en heure ! tonna l'autre. On croit rêver !

– Je n'ai pas dit ça.

Massaq en avait fini avec ses soins. Elle laissait ses yeux noirs flotter sur la baie enveloppée d'obscurité polaire. Trois jours passeraient encore avant qu'un peu de lumière ne leur revienne.

– Faites *très* attention, Adriensen. Le boulevard Andersen se rapproche, je suis on ne peut plus sérieux. Soit vous remettez la main sur Horason aujourd'hui même, et de préférence en un seul morceau...

L'allusion perfide à ce qui s'était passé un an auparavant[1] décomposa les traits réguliers de Qaanaaq. Jusqu'aux plis sur son front, comme offusqués eux aussi.

– ... soit vos amis du Politigarden et vous, vous pouvez faire vos valises pour Copenhague.

– Mes amis ? bredouilla-t-il, anéanti.

– Kalakek, Brunn et toute la bande.

C'était bien ce qu'il craignait.

– On se passait de section criminelle à Nuuk avant votre arrivée, reprit Jacobsen. Et au vu des résultats, on s'en passera très bien après votre départ. C'est compris ?

En quelques mots, le bruit de couloir s'était mué en une sommation des plus claires.

1. Voir *Nuuk*.

Par-dessus son épaule, Massaq lui adressa un sourire de paix, dont l'indulgence le blessa plus encore qu'elle ne le rassura. Si le chantage de la Fourmi tournait en leur défaveur, comment lui annoncerait-il la sanction ? Comment pourrait-il l'arracher à tout ce qui faisait d'elle la femme qu'il aimait ? Quelle sève restait-il dans un arbre quand on tranchait net ses racines ?

Comme la plupart des Inuits, restés animistes en dépit de leur adhésion forcée au christianisme, Massaq n'habitait pas le Groenland. Elle *était* le Groenland, infime et sublime partie de cette immensité. Cristal parmi les cristaux. Et *Kaalit Nunaat*[1] palpiterait en elle aussi longtemps qu'elle vivrait.

– C'est compris ? répéta Jacobsen.

1. Nom du Groenland en kalaallisut, littéralement « le pays des Groenlandais ».

7

Copenhague, Niels Brocks Gade, bureau d'Arne
Jacobsen – 2 février

10 heures précises, constata Arne Jacobsen sur la pendule
accrochée face à son bureau, au moment de raccrocher.
Le directeur de la police judiciaire avait toujours aimé la
Suisse : sa précision, son ordre, sa propreté. Même le dra-
peau helvète, cette croix blanche centrée sur fond rouge qui
ornait le cadran, lui apparaissait comme une version plus
harmonieuse de l'étendard national danois. Si cela n'avait
tenu qu'à lui, c'est avec la Suisse qu'il eût noué un accord
de coopération, plutôt qu'avec les autres pays scandinaves.
Pour le moment, à l'instar du mécanisme qu'il fixait, son
plan se déroulait à la perfection.
Penser à récompenser Horason, ajouta-t-il à la longue liste
de ses notes mentales. En orchestrant sa disparition avec
une telle virtuosité – il ignorait comment, mais l'Islandais
avait réussi à effacer toutes les traces derrière lui – celui-ci
avait dépassé ses attentes. D'ailleurs, il n'avait pas été bien
difficile à convaincre. Les promesses ordinaires de promotion
au sein de la SPA et de primes variées y avaient suffi.

Quant à Adriensen...
La Fourmi laissa glisser son regard de myope par la
fenêtre, dénombrant machinalement les quarante-quatre

colonnes doriques dressées dans la cour, routine rassurante. Une grande paix intérieure l'habitait à chaque fois qu'il contemplait cet ordonnancement si régulier. Dans une vie antérieure, il avait dû être moine.

Quant à Adriensen, il ne tarderait plus à être disqualifié pour de bon. Et avec lui l'équipe de bras cassés composant la section criminelle du Politigarden de Nuuk. Fini les escapades au grand air, les équipées foutraques à travers l'île gelée. Retour à la saine grisaille copenhaguoise. Dès lors, soit Qaanaaq accepterait de réintégrer le placard des Archives, auprès de son vieux camarade Christian Zakker, soit il refuserait et les ressources humaines de Niels Brocks Gade se feraient un plaisir de négocier avec lui une retraite anticipée – très partielle, cela allait sans dire.

Évincé. Déclassé. Appauvri.

À présent que Flora n'était plus là pour veiller sur lui, rien ne pourrait plus empêcher la chute inévitable du fils adoptif des Adriensen.

À cette idée, un frisson d'aise parcourut son échine corsetée de popeline blanche et ceinte d'une cravate en soie grise. Mais Arne Jacobsen n'était pas du genre à se complaire dans les triomphes prématurés. Il lui restait plus d'une tâche à accomplir pour arriver à ses fins. Et il n'était pas homme à repousser les échéances, aussi pénibles fussent-elles.

Il reprit alors son téléphone fixe et composa le premier numéro figurant sur son listing.

– Cher ami, comment allez-vous ? Quel temps fait-il à Stockholm ?

Ce badinage ne lui ressemblait guère, mais il le savait indispensable à l'entretien des bonnes relations avec ses homologues. Son alter ego suédois, par nature plus affable, s'égara en une longue digression sur les hivers dans sa capitale. Jacobsen rongea son frein, puis il put enfin exposer comment Camilla Feg et le pays qu'elle représentait sortiraient grandis du séminaire SPA en cours. Un peu de pommade savamment étalée ne nuisait jamais.

– Quel temps fait-il à Oslo ?

– Quel temps fait-il à Helsinki ?

Les appels se succédèrent, en tous points identiques. Arne Jacobsen s'employait à valoriser son interlocuteur, ainsi que le profit personnel que celui-ci tirerait de la réunion internationale de Daneborg : à travers les exploits réalisés par son poulain lors des exercices prévus – le programme établi par le commandant Bornberg était exigeant –, c'est *lui* qui brillerait, à n'en pas douter.

Quand vint enfin le tour de Reykjavik, le ton de l'échange se dégrada vite une fois passées les politesses liminaires.

– Si je comprends bien, Horason va vous servir de chèvre, grinça Hallmar Enginnson. Le minimum aurait été de me prévenir avant le début des réjouissances, vous ne croyez pas ?

De toute évidence, le patron de la police judiciaire islandaise appréciait assez peu le procédé. Depuis quand la police danoise s'autorisait-elle à recruter et à piloter en sous-main des officiers d'élite étrangers pour ses opérations occultes ?

– Hallmar, voyons, répondit Jacobsen, de son ton le plus cauteleux. Nous sommes alliés. Nos intérêts sont les vôtres, et je ne doute pas un instant que la réciproque soit vraie.

– Je ne sais pas ce que vous cherchez à prouver avec votre petite mise en scène...

Lors de leurs premiers contacts à ce sujet, quelques semaines auparavant, la Fourmi – depuis le temps, son surnom avait passé les frontières – lui avait vendu le projet comme une sorte de team building un peu poussé. Un scénario gardé secret et destiné à éprouver la solidarité entre les membres les plus éminents de la Scandinavian Police Association. Mais aussi à exalter les qualités de chacun d'eux en situation de crise. Il s'était juste gardé d'en spécifier les aspects impliquant Jonas Horason. *Leur* représentant.

– Un peu de patience. Vous verrez, vous ne serez pas déçu.

– Et Horason, il va bien ? Vous avez de ses nouvelles ?

En réalité, non. Cet idiot d'Islandais ne répondait plus sur son mobile depuis près de vingt-quatre heures. Voilà au moins un point sur lequel il n'avait pas menti à Adriensen. Mais en matière de diplomatie, la vérité brute se révélait rarement le meilleur des fluidifiants.

– Ne vous inquiétez pas. À l'heure qu'il est, il se trouve en lieu sûr. Vraiment, tout est sous contrôle. De toute façon, mon agent à Daneborg veille au grain. S'il devait se passer quoi que ce soit d'anormal ou d'imprévu, je serais informé dans la minute.

L'assurance et la duplicité des uns. La crédulité des autres.

Tic-tac, approuva l'horloge suisse.

8

Quelque part à l'ouest de l'inlandsis – 2 février

Plus le décor autour de lui se figeait, monolithe immaculé à perte de vue, plus ses espoirs fondaient.

Pourtant, tout n'allait pas si mal. L'ombre blanche avait joué à cache-cache avec lui durant plusieurs heures, avant de s'évanouir dans les lointains obscurcis. S'était-elle lassée ? Avait-elle jugé la proie trop modeste à son goût pour justifier une traque en bonne et due forme ?

Jonas Horason ne connaissait rien à ces animaux. Mais depuis son réveil dans cette immensité, il comprenait ce qu'économiser ses efforts voulait dire. Dans un tel environnement, la moindre dépense superflue d'énergie pouvait être fatale. Chaque mouvement faisait l'objet d'un débat intérieur, ce qui lui restait de raison soupesant les pour et les contre.

D'un stage sur l'îlot d'Elliðaey, au sud de l'Islande, réputé sur les réseaux sociaux comme abritant la maison la plus isolée du monde, il avait retenu quelques notions élémentaires de survie par ces températures extrêmes : porter trois couches de vêtements, conserver ceux-ci le plus au sec possible, couvrir en permanence sa tête et son cou, et par-dessus tout éviter de s'échauffer, l'évaporation de la transpiration entraînant un refroidissement du corps inévitable.

Alors il marchait sans s'arrêter et néanmoins avec mesure.

Sans cesse déchiré entre l'excès de dépense et l'excès de prudence. Brûlant à chaque pas – au moins l'espérait-il – la juste quantité de calories.

Mais c'était sans prendre en compte le vent, ce maudit vent, ce satané blizzard qui balayait l'étendue infinie. De mémoire, une brise modérée autour de dix à douze nœuds divisait la température réelle par deux : –10 °C devenaient –20 °C ; –20 °C se vivaient comme –40 °C ; –30 °C... Il préférait ne pas y penser.

Ce qu'il éprouvait là était sans commune mesure avec ce qu'il avait pu expérimenter en la matière, à Elliðaey ou ailleurs, lors des hivers islandais. Chaque rafale lui semblait ronger son visage nu.

Le vent.

C'était lui, le monstre tant redouté. Lui qui le dévorait, minute après minute, étirant le supplice pour mieux s'en délecter. Les fins cristaux qui le piquaient bourrasque après bourrasque tapissaient peu à peu sa peau. Masque de glace.

Par instants, le souffle entêtant lui murmurait de bien funestes propos. Il lui parlait de sa femme. Disait qu'il exaucerait leurs vœux de séparation, si souvent formulés au cours des derniers mois. Il hurlait la même colère, ressassait la même litanie de griefs. Toujours trop ceci, ou pas assez cela. Mais bientôt, concluait le vent, viendrait l'apaisement. Lui seul saurait apporter à Jonas cet ultime réconfort.

Dans un flash de lucidité, le policier islandais songea qu'il ne s'était même pas demandé quel rôle Arne Jacobsen avait joué dans son enlèvement et sa disparition. Le patron de la police judiciaire danoise avait-il eu peur qu'il dévoile leur plan ? Avait-il préféré le sortir du tableau, plutôt que de prendre le risque d'une indiscrétion ?

Alors qu'Horason contournait un hummock, monticule produit par le choc de deux plaques de glace, le ciel s'alluma soudain au-dessus de lui. À la pénombre bleue, interminable, se substitua un jour diffus, tamisé de brume et de neige. Durant une poignée d'heures, il ne naviguerait plus au jugé, à la merci des bêtes comme des accidents de terrain. Ses yeux redeviendraient ses meilleurs alliés. Mais ce qui aurait pu regonfler sa détermination eut l'effet contraire. Dans la nébulosité presque uniforme, la superposition des couches grises et blanches gommait la position de l'astre aussi sûrement que la nuit. Pas de soleil, pas d'étoiles, encore moins de lune. Pas même les langues vertes d'une aurore boréale pour le narguer. Rien ne permettait de s'orienter dans ce désert.

Partout le même linceul.

L'ouest vers lequel il croyait cheminer depuis la veille, l'ouest de la côte, salvateur, n'était sans doute qu'un mirage. Peut-être même n'avait-il fait que tourner en rond. *Comment savoir ?*

Un soudain regain du vent, aussi dense et abrupt qu'un mur, le décida à marquer une pause. *Quelques minutes d'arrêt seulement*, se promit-il. Il ne s'assoupirait pas, hors de question. Il reprendrait juste un peu de force.

À une dizaine de mètres devant lui, une ombre circulaire dans l'épaisseur de glace attira son attention. En quelques pas, il la rejoignit. Ce n'était pas une illusion, mais bien une cavité percée dans la masse de l'inlandsis. Le trou lui parut assez large pour laisser passer un homme de son gabarit. Prudent, il plongea d'abord une jambe jusqu'à l'aine, afin de sonder les dimensions et la résistance du fond. Sa semelle ne tarda pas à heurter une paroi rigide. Aucune soupe liquide à l'intérieur. La perspective le rassura. *Ce n'est pas un puits.*

Plutôt une sorte de grotte. Peu lui importait la manière dont les éléments avaient pu creuser ce refuge providentiel. L'essentiel était le soulagement qu'il lui procurerait. Même temporaire.

Aussitôt lové dedans, il ressentit un intense sentiment de bien-être. Aussi gelés fussent-ils, les murs de sa niche opposaient un écran protecteur à la folie extérieure. L'effet d'une bulle. Jusqu'au gémissement du blizzard qui s'amenuisait.

Il ne ferma les yeux qu'un instant, ne goûta cette paix qu'un flocon de secondes.

Car un autre grondement supplantait à présent celui du vent.

Par l'ouverture de sa tanière, il aperçut l'ombre blanche. Et cette fois, elle n'était plus seule. Deux silhouettes plus menues l'accompagnaient.

Une mère et ses petits.

Bien décidée à récupérer *sa* maison. Résolue à protéger les siens.

Alors Horason comprit que tout ce temps, c'est lui qu'on avait pris pour le prédateur. Mais que ce fragile ascendant s'achèverait là. Dans ce ventre froid et stérile.

Et déjà, la gueule effroyable fouillait l'entrée.

9

Bien plus souvent que Qaanaaq ne l'aurait voulu, cela ne donnait rien. La parfaite mécanique de l'appareil ne produisait qu'une bouillie de pixels indigeste, sans composition claire. La plupart du temps, son œil de photographe était en cause. Mais cette fois-ci, il lui semblait que même avec tout le talent du monde, il n'aurait rien pu tirer de la nuit polaire qui s'était abattue sur la baie de Daneborg. Elle opacifiait ce qu'elle recouvrait, nivelait tout ; aucun détail ne ressortait. Pas le moindre contraste ou éclat lumineux pour s'illustrer dans cet aplat bleu-gris, aussi impénétrable que leur avenir.

Il se promenait depuis une bonne demi-heure à travers le campement de la patrouille Sirius et n'avait pas réalisé le moindre cliché convenable. Il repasserait pour le concours maison. Pourtant, certains des vingt-trois bâtiments composant le site valaient qu'on s'y attarde ; l'armurerie, l'atelier de mécanique ou encore le hangar des traîneaux. À chaque halte, et ce malgré l'heure très matinale, il croisa au moins un soldat en train de s'affairer. Mais aucun des échanges cordiaux qu'il eut avec leurs hôtes ne parvint à dissiper son vague à l'âme. Les questions tournaient en lui avec l'entêtement d'un vent furieux.

Ferait-il de la recherche de Jonas Horason une priorité, ou se consacrerait-il à ses invités ?

Satisferait-il dès à présent les attentes de Massaq, ou repousserait-il à plus tard le moment d'apaiser leurs tensions ?

Arracherait-il Appu à sa terre, ou parviendrait-il à sauver le Politigarden en même temps que leur amitié ?

Ce n'était plus un dilemme, c'était un véritable méli-mélo moral. Aussi inextricable que l'enchevêtrement de traits en nylon qu'un équipier d'attelage s'employait à démêler sous ses yeux.

– Compliqué, hein ?

La voix grave derrière son épaule le fit sursauter.

Durant une seconde, Qaanaaq ne sut dire si Emet Girjas commentait la scène qui se déroulait devant eux ou ses propres pensées.

– Il y a des choses comme ça qu'on ne sait jamais trop par quel bout prendre, répliqua Adriensen, évasif.

Le vieux flic norvégien approuva d'un clignement. Quelque chose de serein et de las émanait de son visage de bonze nordique, semblable à ces masques qui en ont trop vu et préfèrent se taire.

– Et quel est le programme du jour ? demanda-t-il comme s'il se fichait pas mal de la réponse.

– Ça, il va falloir le demander au commandant Bornberg. Mon patron a tenu à ce que le contenu du séminaire soit une surprise pour tout le monde, y compris pour moi. Tout ce que je sais, c'est qu'on est censé en apprendre plus dans la matinée.

Non seulement Jacobsen lui avait imposé cette assemblée piégeuse avec ses homologues de la SPA, mais en plus il l'avait exclu de son organisation. Qaanaaq se retrouvait dans cette position, ô combien paradoxale, de se sentir banni d'un événement qu'il réprouvait.

– Je vois, éluda Emet. De toute façon, il n'y a rien de plus blanc pour notre regard que le lendemain.

Girjas connaissait-il son amour pour ce genre de sentences ? Ou bien se contentait-il d'exprimer un penchant personnel ?

Qaanaaq valida le dicton d'un sourire en coin. Ce taiseux lui plaisait bien. Si l'on exceptait les rares cheveux visibles sur son crâne, il lui apparaissait comme son double plus âgé. Ce à quoi il ressemblerait à n'en pas douter d'ici quelques années. Lorsqu'à son tour, il serait revenu d'à peu près toutes les illusions.

– Proverbe sami ?

– L'un des rares que mon père et mes oncles aient daigné m'apprendre. Ça non plus, ça n'est pas simple.

– Quoi ? La transmission de la culture autochtone entre générations ?

– Oui, si vous voulez. Mais je pensais plutôt à sa cohabitation avec notre boulot.

En effet, être un flic norvégien *et* sami ne devait pas être facile tous les jours. Comme accorder ses devoirs de policier danois et cette identité inuite qui avait ressurgi en lui.

– J'imagine que vous l'avez remarqué : à la minute où l'on représente l'ordre dans le regard des siens, ils oublient notre origine. D'ailleurs, pour être honnête, c'est ce que je n'ai jamais réussi à accomplir, renchérit Girjas. Faire un choix clair.

– Un choix ?

– Eh bien, est-ce que je suis plus flic ou plus sami.

– On n'est pas obligé de trancher, non ?

Une nouvelle fois, les mots de Massaq lui revenaient. Une nouvelle fois, il cherchait à les esquiver, louvoyant autant que possible entre ces deux pôles d'apparence antagoniste.

– Non, c'est sûr. La plupart du temps, les circonstances décident à notre place. À ce propos, commandant...

– Vous pouvez m'appeler Qaanaaq.

Il avait prononcé son prénom à l'inuite, « Hraanaak », tel qu'Appu le lui avait enseigné à son arrivée sur l'île, quatre ans plus tôt.

– Je peux me permettre un conseil ?

– Dites toujours.

– Étant entendu que ce ne sera jamais que l'avis d'un vieux policier sami proche de la retraite. *Laissez vos pudeurs de renard polaire au placard et ne vous faites plus prier*, l'encouragea Qaanaaq d'un léger sourire qui éclaira son regard kaki.

– Même si vous n'êtes pas convaincu par son intérêt, concentrez-vous sur ce séminaire. Et laissez votre jeune adjoint régler l'affaire Horason à Kangerlussuaq.

Qaanaaq sentit sa mâchoire se décrocher en silence. Comment diable le Norvégien pouvait-il connaître ces détails ? Sous ses airs discrets, Emet Girjas était-il du genre fouineur, à écouter aux portes ? Ou peut-être avait-il d'autres raisons d'en savoir autant sur leur situation critique ? Jusqu'à quel point était-il impliqué dans cette machination ?

Pourtant, Bornberg et ses hommes avaient été formels à ce sujet : à aucun moment, Girjas n'avait quitté le groupe des invités depuis leur départ de Copenhague à bord du C-130.

– S'il y a un truc que j'ai appris au fil du temps, reprit celui-ci, c'est qu'on gagne toujours à déléguer notre maigre pouvoir. À ne pas tout prendre sur nos seules épaules. Dans le cas présent, si vous voulez avoir une chance de surmonter les menaces qui pèsent sur votre équipe, vous n'y arriverez qu'en faisant front tous ensemble.

Sans être sentencieux, le ton se faisait désormais plus professoral qu'amical. Et si une chose agaçait Qaanaaq en ce monde, c'était bien qu'on lui fît la leçon comme à un gosse. Il s'apprêtait à lui rétorquer quelque chose de senti, bien décidé à sonder les zones d'ombre de son interlocuteur, lorsque...

– Ah, commandant, on vous cherchait !

Le visage sympathique du capitaine Molsen s'était invité devant la grange aux traîneaux. Qaanaaq le connaissait depuis deux ans. À l'époque, ce jeune officier avait été d'un secours très précieux dans leur enquête sur les « morts aux icebergs »[1]. Alors débutant au sein de la Sirius, Molsen achevait à présent sa vacation dans la patrouille – telle était la règle qui s'appliquait à tous, quel que fût leur grade ou leur rang, deux petites années à se geler les fesses au Groenland puis retour à la base navale Holmen Nyholm de Copenhague.

– Le commandant Bornberg vous attend au mess, vos stagiaires et vous. Il va vous préciser le planning des jours à venir.

Entre les cachotteries de Sara Kaspersen et celles d'Emet Girjas, pas sûr que le terme de « stagiaire » fût le plus approprié, mais Qaanaaq se contenta d'approuver d'une main passée sur son crâne, puis d'emboîter le pas de Molsen à travers le tapis neigeux.

Quelques enjambées plus tard, ils pénétrèrent tous trois dans le réfectoire embaumant le café frais. Ils étaient les derniers à rejoindre le groupe, et à en juger par le volume sonore et les mines réjouies, certains éléments du programme avaient déjà été divulgués. Seule Massaq affichait le même visage morose que depuis leur départ de Nuuk.

Mais Qaanaaq n'eut pas le loisir de demander aux siens de quoi il retournait ; déjà, Bornberg reprenait son exposé, un mug frappé du logo Sirius en main. Lui aussi paraissait plutôt excité :

– La partie de chasse de demain ne sera pas banale, ça, je peux vous le garantir. Comme cela m'a été demandé expressément par le directeur Jacobsen, elle mettra à l'épreuve vos qualités d'endurance et de précision, mais aussi et surtout de solidarité. C'est le genre d'expérience où le groupe l'emporte sur les qualités individuelles. Une traque dont on revient changé, vous pouvez me croire.

1. Voir *Diskø*.

71

Mais de quoi parlait-il, *for Guds skyld*[1] ? Quelle était cette chasse si exceptionnelle ?

– Si l'on en revient entier, bien sûr, conclut Bornberg avec un sourire carnassier.

---

1. « Nom de Dieu », en danois.

10

Copenhague, Niels Brocks Gade – 3 février

– Jacobsen, j'écoute.

Parmi tous les tocs d'Arne Jacobsen, le plus inamovible était cette habitude de ne jamais décrocher son téléphone au-delà la deuxième sonnerie. Si par accident il atteignait son combiné après celle-ci, il arrêtait sa main et laissait l'appel basculer vers sa boîte vocale. Que se passerait-il s'il passait outre cette règle ? Aucune idée, et sous aucun prétexte, il ne s'y serait risqué. Mais le plus souvent, il répondait dès le premier drelin. De temps à autre, il lui semblait même avoir anticipé celui-ci et décroché avant que le moindre son ne résonne.

– Bonjour monsieur, ici la permanence à la station météo de Danmarkshavn. Vous nous aviez demandé de vous prévenir si quelque chose ne...

– Eh bien quoi ? aboya la Fourmi. Qu'est-ce qu'il se passe ?

– C'est à propos de l'officier islandais qu'on devait réceptionner depuis Kangerlussuaq.

Son interlocuteur bredouillant avait bien dit « devait », et non « doit ».

– Je vous écoute.

– Son séjour chez nous a été annulé, c'est bien ça ?

– Absolument pas.

La réponse de Jacobsen claqua comme une porte qu'on prend sur les doigts.

– On se demandait. Parce qu'il n'est pas encore arrivé. Et on l'attendait avant-hier.

Le 1ᵉʳ février en fin de journée. C'est ce qui avait été convenu, en effet. À son arrivée à Kangerlussuaq, Horason était censé sauter aussitôt dans un Bell 212 mis à disposition par Air Greenland, en prenant soin d'éviter ses collègues de la SPA ou le comité d'accueil des « comiques » du Politigarden de Nuuk. Exfiltration propre et à bas bruit.

– Vous avez contacté la tour de contrôle à Kangerlussuaq ?

– Oui. Ils ont vérifié auprès du pilote, Erik Olsen. Il prétend que votre ami islandais ne s'est jamais présenté sur le tarmac. Et comme il avait reçu la consigne d'être discret, il s'est abstenu de faire passer un appel micro dans l'aérogare.

Lorsque Adriensen avait mentionné cette promenade en lisière d'inlandsis, Arne Jacobsen avait conclu à une initiative de l'Islandais – certes, assez malheureuse – pour brouiller les pistes, et accréditer l'hypothèse d'une disparition inexpliquée.

Il était à cent lieues d'imaginer qu'Horason avait pu s'évaporer pour de bon.

« À l'heure qu'il est, il se trouve en lieu sûr », avait-il affirmé la veille, un peu trop hâtivement semblait-il, à son homologue de Reykjavik.

– Est-ce qu'il s'est manifesté auprès de vous, au moins ? Ne serait-ce qu'un SMS ?

– Non. Pourtant on lui a envoyé tous nos numéros, mes collègues et moi. Ceux de la station et nos mobiles perso.

– Bien, approuva Jacobsen sans conviction. Tenez-moi au courant si vous avez du neuf. Quelle que soit l'heure.

Il raccrocha d'une pression sèche sur le bouton rouge, sans un au revoir, puis déclencha aussitôt un numéro abrégé dans la liste des contacts. Une fois n'était pas coutume, le tic-tac réconfortant de son horloge suisse l'exaspérait au plus haut point, jouant avec ses nerfs comme un archet sur une scie musicale.

À plus de deux cent quatre-vingts kilomètres au nord de Daneborg, sur la côte est du Groenland, dans la baie de Dove, la station météorologique de Danmarkshavn constituait pourtant une planque idéale. Au moins sur le papier. Qu'est-ce que cette andouille d'Islandais avait bien pu fabriquer ? De quel droit avait-il pris des libertés avec *son* plan ? Son correspondant ne décrocha qu'au bout de cinq ou six sonneries – rien que cela aurait suffi à contrarier la Fourmi.

– Vous en mettez un temps à répondre ! éructa-t-il en guise de salut.

Le contact en question devait être habitué à ses sautes d'humeur, car il ne broncha pas.

– Réunion de présentation des activités. Difficile de m'échapper.

– Hum… Et là, vous pouvez parler librement ?

– Oui.

– *For Helvede*[1] ! Qu'est-ce que vous avez fichu avec Horason ?! Je croyais que vous gériez tout ce qui se passait là-bas.

– C'est le cas.

L'affirmation se voulait sans appel. Mais il en fallait plus à Jacobsen pour lâcher l'affaire.

– Alors expliquez-moi pourquoi il ne se trouve pas à l'endroit prévu ?

– Changement de dernière minute. Le vol en hélico risquait de mettre les Groenlandais sur sa piste. Air Greenland est obligé de signaler chacun de ses vols à la Trafikstyrelsen[2], sous peine de pénalités. Jonas a pensé qu'ils seraient encore plus paumés si on l'escamotait dès son arrivée dans le pays, sans aucun moyen de le tracer.

---

1. Littéralement « pour l'enfer » en danois, que l'on peut traduire par « putain » ou « nom de Dieu » en français.
2. Autorité danoise de l'aviation civile et des chemins de fer.

75

– « Jonas a pensé », imita Jacobsen d'un miaulement moqueur. On croit rêver ! Ce sont les chèvres qui jouent les experts tactiques, maintenant. Et il est où, notre super stratège ?

– Il est resté à Kangerlussuaq.

– D'accord. Mais où, exactement ?

– Au frais, éluda l'autre. Aucun risque que vos troupes sur place ne tombent dessus. Son portable est éteint.

« Au frais. » Aussi anodine fût-elle, l'expression figea la Fourmi, muselant les menaces qu'il s'apprêtait à formuler.

Le Groenland et ses températures polaires ne lui évoquaient pas de bons souvenirs. Son dernier voyage sur l'île blanche avait beau remonter à plusieurs décennies, il en conservait un goût très amer. Cette disparition qui les avait tous pris de court. Ces recherches infructueuses auxquelles il avait commis la folie de participer.

Comme il l'avait fait quelques instants plus tôt avec le météorologue de Danmarkshavn, il exigea de son agent d'être tenu informé de la situation minute par minute.

Après tout, ne lui avait-il pas promis une promotion assez motivante pour garantir son efficacité autant que sa loyauté ?

L'irruption d'Alexander Kollman dans son bureau dissipa ces pensées à la vitesse d'un courant d'air. Quand lui s'apparentait à une mécanique précise mais austère, le directeur général de la police danoise faisait pour sa part l'effet d'une tornade, ou tout autre phénomène naturel dévastateur. Implacable. Imprévisible. Et surtout, dépourvu du moindre état d'âme, mû par une seule logique, celle du résultat.

Quitte à balayer quelques « détails » humains sur son passage.

– Alors, votre infiltré chez les motards, il en est où ?

Dit comme ça, le dossier pouvait paraître anecdotique. Mais la pression exercée à ce sujet par Kollman sur ses équipes prouvait le contraire.

– Il est en congé. Mais il avance bien.

– En congé ? s'exclama l'homme grisonnant, ne retenant que la première partie de la réponse.

Sa stature et son visage longiligne lui conféraient de faux airs de Max von Sydow, acteur fétiche d'Ingmar Bergman et prêtre de *L'Exorciste*, en moins aristocratique – il demeurait un flic.

– Parce que vous pensez que les Hells Angels et l'AK81 prennent des congés ?! Vous vous foutez de ma gueule, Arne !

Ces deux gangs, à l'origine de simples hordes de bikers, plus ou moins sauvages, pétaradant en marge de la société, étaient passés à la vitesse supérieure. Dans toute la Scandinavie, ils avaient pris depuis plusieurs décennies le contrôle d'une grande partie du crime organisé : drogue, prostitution, paris clandestins, vols et trafics en tous genres. Mais à cet état de fait bien connu des forces de police s'était ajouté quelques mois plus tôt un événement si notable qu'il menaçait d'embraser tous les pays concernés, à commencer par le Danemark et Copenhague, double épicentre de ce séisme : l'AK81, à l'origine conçu comme une sorte de service d'ordre des Hells Angels, avait rompu avec sa maison mère et pris son indépendance. Les anciens alliés étaient devenus rivaux. Et de ce big bang entre grosses cylindrées de la délinquance était né un nouvel univers criminel en expansion permanente.

Une véritable bombe à retardement.

– Qu'est-ce que vous ne comprenez pas dans l'expression « opération prioritaire » ?

– Je…, bafouilla la Fourmi.

– Il est impératif pour nous de connaître les intentions de chacun des deux camps. La guerre entre HA et AK est partie pour durer. Et si on ne prend pas nos infos à la source dès maintenant, on sera largués quand débuteront les grandes manœuvres. Je vous laisse imaginer les conséquences.

– Justement, se ressaisit Jacobsen, c'est bien à cela que sert le séminaire en cours de la SPA. À améliorer la cohésion entre les services de police judiciaire scandinaves.

Mais l'argument sentait trop la présentation PowerPoint pour convaincre le bouillonnant Kollman, monstre d'impatience.

– *Pis*, Jacobsen ! Je vous parle choc des titans et vous me répondez crapahutage interservices. Ce n'est pas en se baladant sur la banquise que nos gus vont nous ramener quelque chose à nous mettre sous la dent. Secouez-vous, mon vieux ! Secouez-les !

11

– Une chasse à l'ours ?! Sérieusement ? La bouille arrondie d'Apputiku se contracta d'une manière inédite, comme si elle allait imploser. Il ne semblait pas le seul à être stupéfait par l'annonce de Bornberg, qui savourait son effet en silence. Tous les participants au séminaire, encadrés de quelques soldats de la Sirius, sirotaient leur café d'un air absent.

– Je croyais que la traque des plantigrades était prohibée dans le parc national ? nota Qaanaaq, pour tenter de dissiper le malaise.

– C'est le cas, en effet. Mais d'un point de vue légal, la banquise hivernale dans la baie de Young Sound, au large de Daneborg, ne rentre pas dans le périmètre du parc.

Celui-ci était pourtant réputé pour ses dimensions colossales, pas loin du million de kilomètres carrés[1], le plus vaste au monde. Sûr de son fait, Bornberg poursuivit sa démonstration :

– Si l'on s'éloigne d'au moins un demi-mille nautique de la côte, on passe dans les eaux territoriales, et les règles ordinaires concernant la chasse à l'ours reprennent leurs droits.

---

1. 972 000 km^2 précisément.

Les autres membres de la Sirius, respectueux de l'autorité de leur chef, ne trouvaient semble-t-il rien à redire à cette proposition. C'était tout juste si l'on devinait, ici ou là, la gêne qu'exprimaient un battement de cils ou la fuite d'un regard.

– D'accord, intervint Appu, revenu de son hébétude. Mais sans licence délivrée par le KNAPK[1], je ne vois pas bien comment vous comptez faire pour rester dans les clous.

– Ne faites pas le naïf, Kalakek. Vous savez très bien que ce genre de papelard s'acquiert facilement quand on est prêt à y mettre le prix.

Qaanaaq comprenait-il bien ce que l'officier danois sous-entendait ?

La pratique était courante : un chasseur groenlandais patenté revendait sa licence et son quota au plus offrant, le plus souvent à de riches étrangers qui frétillaient du fusil à l'idée de rapporter un tel trophée de leur séjour dans l'Arctique. Appu n'était pas assez candide pour l'ignorer, en effet. Et s'il réprouvait de telles dérives, il n'en devinait que trop bien les raisons – il était tout simplement question de survie pour ces populations précaires. Mais qu'un soldat de la Couronne cautionne un tel trafic, qui plus est de manière active, voilà qui heurtait de plein fouet ses convictions.

Indifférent à de tels états d'âme, Bornberg enfonça le clou.

– Moyennant quoi, nous avons obtenu un contingent de quatre animaux abattus durant le temps de notre chasse.

Soit un ours par invité présent, sur un quota national annuel avoisinant les cent cinquante têtes[2], si les souvenirs de Qaanaaq étaient bons. Sanglant cadeau de bienvenue.

1. Kalâtdlît Nunâne Aulisartut Piniartutdlo Kátuvfiat, l'organisation de contrôle de la chasse et de la pêche au Groenland, qui fixe les quotas et délivre les licences de chasse.
2. Depuis 2006, le gouvernement autonome du Groenland a mis en

– Et vous comptez faire votre carton en pleine nuit polaire ? intervint Søren.

– Pourquoi pas ? La visibilité est très correcte. Vous l'avez constaté comme moi.

– Désolé, mais c'est débile. Et dangereux. Pourquoi on n'attend pas trois ou quatre jours que la lumière revienne ?

Ce retour tant espéré du soleil était désormais imminent, prévu selon le calendrier le 6 février à 11 h 53, et ce durant deux petites heures.

– Parce que dans trois jours, vos invités et vous serez partis avec nos hommes pour le trek hivernal.

Telle était la suite du programme jusque-là tenu secret.

– Et pour votre information, jeune homme, le directeur Jacobsen a validé ce planning en personne. Il n'est pas question de revenir dessus.

Que pouvaient-ils répondre à cela ?

Pris entre deux feux, les quatre flics de la SPA n'exprimaient qu'un embarras muet – visage neutre, regard fuyant. Dans un autre contexte, certains d'entre eux se seraient sans doute indignés de tels arrangements avec la loi et la morale, en particulier les plus jeunes, mieux sensibilisés que leurs aînés aux menaces pesant sur l'ours polaire.

Symbole absolu de l'impact du réchauffement climatique sur la biodiversité, cette espèce jouissait en effet dans l'opinion mondiale d'une cote d'amour inégalée. En retour, cette aura faisait peser sur la chasse traditionnelle dont l'ours était l'objet au Nunavut, au Svalbard ou au Groenland, une forte réprobation. Quand on n'était pas soi-même un Inuit pur jus, chasseur de père en fils, il devenait de plus en plus difficile d'assumer publiquement sa participation à une chasse au plantigrade. Mais là... tous paraissaient soucieux de ne pas froisser leurs hôtes, et ce

_____

place un système de quotas annuels par zone géographique pour la chasse à l'ours polaire, réservée aux populations autochtones et assortie de diverses conditions, en particulier l'usage de traîneaux.

faisant de ne pas mettre en péril la belle cohésion de la Scandinavian Police Association. Mais ce que Feg, Girjas, Kaspersen et Mäkinen ne pouvaient se permettre, Apputiku se l'autorisa à la surprise générale – les éclats de voix lui étaient si peu coutumiers.

– Toi, tu ne dis rien ? apostropha-t-il Qaanaaq. Tu trouves ça normal qu'on aille traquer du *nanook* comme on s'offrirait une partie de ball-trap ?

Si tu savais. Si seulement Adriensen avait pu révéler à son adjoint les enjeux à l'œuvre. Il n'y avait pas que les ours ; eux aussi étaient pris pour cibles.

– Appu... De toute façon, si ce n'est pas nous qui utilisons cette licence, le type concerné la revendra ailleurs. Probablement à un Chinois ou à un Américain qui voudra s'offrir un safari sur glace. Tu préfères quoi ?

– Ah, mais moi, je ne préfère rien du tout ! Si tu me demandes mon avis, il est tout vu. C'est à *toi de choisir.*

Voilà que comme Massaq ou Emet avant lui, Apputiku le confrontait à ses dilemmes. La violence de son ton pétrifia tout le groupe, Bornberg compris.

– Tu veux devenir un véritable Inuk, un Groenlandais qui respecte le pacte de notre peuple avec *Nuna*, ou tu préfères rester une saleté de colon ?

Le danois d'Appu, volontiers approximatif, avait cette fois jailli, aussi affûté qu'un harpon.

Aussitôt sa pique lancée, il fonça vers la porte sans demander son reste. Lui que tous considéraient comme un concentré de jovialité bouillait d'une colère inconnue. Face empourprée. Poings contractés. Le vantail en bois coloré claqua derrière lui.

Bien que mutique, Massaq ne cachait guère sa désapprobation. À chaque seconde qui passait, son beau visage se fermait un peu plus. À sa manière, moins explosive mais peut-être plus accablante encore, il était évident que Mme Adriensen désavouait son époux.

Qaanaaq ne parvint même pas à capter son regard avant qu'elle ne quitte à son tour la pièce, fonçant droit vers l'obscurité enneigée. Les odeurs de cuisine qui flottaient déjà dans le mess n'apportèrent aucun réconfort à ceux restaient.

Et comme tous faisaient mine de retourner vaquer à leurs occupations du moment, Qaanaaq laissa ses yeux tomber sur le tatouage inachevé qui ornait son avant-bras droit. Les mots que sa « tortionnaire » lui avait adressés avant de le marquer lui revinrent. Le ton était doux alors, aussi onctueux qu'un baume, mais l'exigence néanmoins martelée avec force : « Ce n'est pas un acte décoratif que tu t'apprêtes à accomplir, tu dois bien le comprendre. C'est un engagement que tu prends vis-à-vis de *Nuna* et de tous les êtres qu'elle porte sur elle et en elle. Une sorte de trait d'union entre ton *tarniq*[1] et le reste du monde vivant. C'est pour cette raison qu'on utilise un fil plutôt qu'un poinçon. Pour tisser un lien durable. Et c'est pour ça qu'on ne tatoue pas les *qavdlunaq*[2] ou les touristes qui cherchent juste à rapporter un souvenir de voyage. Promets-tu d'honorer ce contrat, Qaanaaq ? »

Qu'avait-il fait de sa promesse, vieille de deux jours à peine ? Appu et Massaq avaient vu clair en lui : quel Inuk était-il pour rompre ce serment à la première occasion ?

---

1. Pour les Inuits, le *tarniq* désigne l'âme d'un être humain ou d'un animal.
2. Les Blancs occidentaux en kalaallisut, littéralement les « longs sourcils ».

12

[IMG_0128.jpg / 3 février 2022 / 21 h 46 / Daneborg, les membres de la SPA lors de la veillée Sirius]

De toutes les traditions en vigueur à la patrouille Sirius, la plus tenace était celle de la veillée suivant le dîner. Si on ne la désignait pas sous l'appellation courante de *kaffemik*, c'était sans doute parce qu'elle revêtait une fonction plus précise que les agapes groenlandaises ordinaires. L'objet de ce temps calme était avant tout la transmission. À travers les anecdotes et récits de mission, il s'agissait pour les « anciens », constituant la moitié de l'effectif total, de partager leur expérience si précieuse avec les novices. Ce qui serait passé ailleurs pour un banal rituel revêtait ici une importance toute particulière. Car plus d'une fois, c'était dans les propos échangés autour de ce café vespéral que les soldats avaient puisé *le* détail qui les avait sauvés plus tard, au beau milieu du froid absolu.

Mais ce soir-là, autour des mugs fumants, une part significative des convives manquait à l'appel : l'équipe du Politigarden. Hormis Qaanaaq, contraint de répondre à l'invitation de Bornberg, Appu, Søren, Lotte et Massaq s'abstinrent ostensiblement. L'annonce du matin n'était toujours pas passée. D'ailleurs, les quatre frondeurs avaient boudé les ateliers de l'après-midi, dressage des chiens et préparation des attelages, organisés pour leurs invités de la SPA.

– Ils n'ont pas digéré le phoque bouilli de ce midi ? demanda Camilla Feg au moment de prendre place auprès de Qaanaaq.

Si l'écrivaine blonde n'entendait rien au kalaallisut, elle était assez fine observatrice pour percevoir que la tension entre Adriensen et le reste de son équipe avait persisté bien au-delà de l'accrochage initial.

En un mot comme en cent, elle cherchait à le cuisiner.

– Je crois malheureusement qu'il y a encore plus indigeste pour leurs estomacs.

– *Ursus maritimus*[1], peut-être ?

La question fut posée avec un sourire si désarmant qu'il ne trouva pas le cran de l'envoyer promener, comme il l'eût fait avec n'importe quelle autre fouineuse dans son genre. Il avait beau être toujours aussi peu sensible au bavardage, ce discours convenu faisant office de fluidifiant social, il fallait admettre qu'elle savait user de son charme pour délier les langues.

– *Imaqa*, se contenta-t-il néanmoins de répondre en opinant du chef.

– Imaqa ?

– Peut-être bien que oui, peut-être bien que non... C'est l'expression favorite des Inuits. Leur manière de dire qu'ils ne contrôlent pas le cours des événements.

Pas plus que vous, semblait dire le regard bleu insolent qu'elle lui décocha en retour.

Pour échapper aux assauts de curiosité de la belle Suédoise, Qaanaaq empoigna son Leica et mitrailla l'assistance. Au moins en tirerait-il quelques clichés de groupe corrects des policiers de la SPA. Ceux-ci, en grande conversation avec des membres de la Sirius, paraissaient goûter l'ambiance chaleureuse. Le joyeux brouhaha saupoudré d'un fond musical indiquait que les remous du matin n'étaient plus pour eux qu'un lointain souvenir.

---

1. Nom scientifique de l'ours polaire.

La sonnerie de son mobile – il avait troqué *La Marche funèbre* de Chopin contre un trille électronique plus passe-partout – troubla à peine le bruit ambiant. Le nom de « Pitak » qui clignotait sur l'écran de son Smartphone chinois le décida à abandonner aussi sec ses convives.

Dehors, la température avait chuté de plusieurs degrés en l'espace de quelques minutes. Cela le surprit, d'autant plus qu'en cette période de nuit permanente, aucun astre ne venait moduler celle-ci au cours de la journée. Toujours aussi rétif au port du bonnet, Qaanaaq se contenta de relever le col de sa parka Arctic Proof. Il s'éloigna de la porte du réfectoire et lorsqu'il décrocha enfin, la brume sortant de sa bouche avait généré un spectre blanc qui dansait dans la nuit. Même seul, même par temps calme, l'air polaire ne vous laissait jamais tout à fait tranquille.

– *Pitak, aluu. Qanorippit ?*[1]

Dans la limite de ses compétences, il s'efforçait toujours de placer quelques mots de kalaallisut dans ses échanges avec ses subordonnés inuits.

– Patron, répondit Pitak d'une voix lugubre, on l'a retrouvé.

– L'Islandais ?

– Oui.

– Où ça ?

– Sur l'inlandsis. À une trentaine de kilomètres à l'est du point 660.

Étant donné la position, la réponse à la question qui lui brûlait les lèvres allait de soi. Mais il la posa tout de même, ne serait-ce que pour décharger Pitak de son fardeau :

– Mort ?

– Mort, oui.

Au rayon des mauvaises nouvelles, il y avait celles qui permettaient de trouver une parade ou une manière de les

---

1. « Salut Pitak, comment ça va ? »

surmonter. Motrices, en quelque sorte. Heureusement les plus courantes. Mais certaines n'offraient pas ce loisir. Si pesantes, si totales qu'elles vous laissaient sans souffle, sans geste et sans voix. Pantin exsangue.

La mort de Jonas Horason, par ses conséquences probables sur leur avenir à tous, appartenait à cette seconde catégorie. Il lui fallut de longues secondes pour parvenir à formuler son interrogation suivante, pourtant des plus élémentaires :

– Tu as fait comment pour le retrouver ?

– Tu ne vas pas me croire. Devine qui on a croisé ici, sur les pistes, avec Pakak ?

– La reine Margrethe ? lâcha Qaanaaq, pressé d'en venir aux faits.

– Ton vieux copain Erik Olsen.

Le pilote du Bell 212 d'Air Greenland qui l'avait promené à travers tout le pays, un an plus tôt, lors de sa grande tournée des postes de province.

– Et alors ?

– Alors, avec son coucou on a pu rayonner bien plus loin qu'en motoneige. La visibilité n'était pas terrible, mais…

Pitak interrompit son récit comme s'il venait de voir un fantôme. Son « mais » sonnait comme une annonce macabre.

– … mais il y avait un tel groupe de charognards qui patrouillait autour du corps qu'on l'a repéré assez facilement.

Corbeaux, goélands bourgmestres, renards polaires et même plusieurs loups arctiques, signalés par leurs déjections, étaient venus prendre part eux aussi au festin, comme ils l'avaient constaté après l'atterrissage.

Nouveau silence aussi écrasant qu'une avalanche.

Qaanaaq se représentait sans peine le tableau effroyable. Il n'avait jamais rencontré Jonas Horason, et la première vision qu'il en garderait serait celle d'un gravlax de chair humaine. Si son estomac n'avait pas été si bien lesté, il en aurait rendu le contenu sur la neige compacte. Il finit par se ressaisir.

– Tu as une idée de la cause du décès ?

– Vu l'état général et sans Lolotte avec nous, difficile à dire. Mais Pakak penche pour une attaque animale.

Animale ? Qaanaaq n'était sans doute pas aussi expert en la matière que son confrère de Kangerlussuaq, pourtant il ne croyait guère à cette hypothèse.

– Tu sais ça mieux que moi : les loups ou les renards sont des charognards, mais à moins d'être eux-mêmes menacés, ils n'attaquent pas les humains, même quand ils se baladent en meute.

– Justement, je ne te parle pas de renards ou de loups.

– Quoi alors ?

– Ça va te rappeler des souvenirs[1] : la taille et l'amplitude des lacérations, la manière dont le corps a été traîné, tout fait penser à une charge d'ours.

Un ours polaire aussi loin de la côte ?! se retint-il de hurler. À la place, il prit une large inspiration pour revenir à un protocole plus policier :

– Et autour du cadavre, aucune autre trace ?

– À cet endroit-là, il n'y a pas de neige fraîche. Juste de la glace. Donc côté empreintes, ça reste très léger. Et encore plus compliqué à interpréter. Le seul truc qu'on a noté, c'est une sorte de sillon.

– De traîneau ? s'exclama Adriensen.

– Non, pas aussi fin ni aussi net que des traces de patins. Plutôt comme si on avait tiré un paquet assez lourd pour marquer la surface.

– Ça peut pas juste résulter du déplacement du corps ?

– Non, c'est trop large. À vue de nez, je dirais l'équivalent de deux hommes adultes. Et surtout, ça s'étire sur des centaines de mètres, peut-être même des kilomètres.

Étrange.

1. Voir *Qaanaaq*.

Reconstituer le théâtre d'un tel drame à distance relevait plus de la spéculation que de l'analyse. Pas vraiment une bonne idée. Une nouvelle fois, Qaanaaq revint à du concret.

– Et sur lui, dans ses vêtements, vous avez trouvé quoi ?

– Franchement, patron, c'est encore ça le plus bizarre. Il n'y avait rien du tout. Pas de portable, pas de portefeuille, pas de passeport… Même pas un mouchoir ou un papier de chewing-gum.

Totalement dépouillé. Mais par qui ? Quand ? Et pour quelle raison ?

– Tu es sûr qu'il s'agit bien d'Horason, au moins ?

– Son visage est assez épargné. Et j'ai trouvé une photo de lui sur le site Logregla.is[1].

Le moment venu, quand la nouvelle de la mort du flic islandais deviendrait une affaire publique, une comparaison d'empreintes papillaires et d'échantillons ADN viendrait confirmer cette conviction première. Mais en attendant, il n'avait d'autre choix que de se fier à l'avis de Pitak – jusqu'ici plutôt sûr.

– Inutile de te dire que je veux un silence total sur le sujet jusqu'à nouvel ordre. Au Politigarden comme chez notre camarade Arnatsiaq.

Loin d'être un franc-tireur, le chef de la police de Kangerlussuaq avait déjà promis de rester bouche cousue.

– Évidemment, répondit Pitak.

Quant à Erik Olsen, plutôt secoué par leur trouvaille sur l'inlandsis, il n'avait pas prononcé le moindre mot depuis qu'ils avaient repris les airs en direction de l'aéroport international.

– Ils se connaissaient, Horason et lui ?

– Ça m'étonnerait. C'était le premier voyage de l'Islandais chez nous, et Olsen ne travaille ici que depuis deux ans.

1. Site officiel de la police islandaise, Lögreglan signifiant « police » en islandais.

90

À moins qu'ils se soient croisés dans l'aérogare, juste avant qu'Horason n'aille se promener dehors.

– Vérifie quand même, on ne sait jamais.

La suite de leur discussion porta sur la marche à suivre au cours des prochaines quarante-huit heures. Dans l'immédiat, et aux mêmes fins de discrétion, Qaanaaq exigea que la dépouille de Jonas Horason fût conservée à Kangerlussuaq, dans le coffre à gibier du poste de Pakak. Ce ne serait pas une première. Déjà, un an plus tôt, à Uummannaq, le corps de la jeune Maja avait été escamoté de la sorte pour retarder l'instant où sa mort serait révélée.

– Et moi, je fais quoi ? J'imagine que je rentre à la maison ?

– Non. Tant qu'il n'y a pas plus urgent à Nuuk, je préfère que tu restes sur place et que tu continues à farfouiller.

La maison. Le terme raviva le déchirement intérieur qui tiraillait Qaanaaq depuis son arrivée à Daneborg. Le séminaire ou l'enquête ? Sur quel front serait-il le moins susceptible de déclencher les foudres de la Fourmi ? Comment servirait-il au mieux les intérêts du Politigarden et des siens ?

Il cherchait encore la réponse dans les flocons orphelins qui dérivaient sous les projecteurs extérieurs quand un timbre désormais familier résonna depuis le perron du réfectoire.

– Alors, ça complote bien ?

Dans le contre-jour brutal, auréolée d'un nuage vaporeux, la silhouette de Camilla Feg prenait des allures de divinité viking. Elle n'était pas très athlétique, mais assez sportive tout de même pour en imposer dans cette enluminure naturelle.

Par-dessus tout, elle avait le chic pour trouver *la* formule susceptible de provoquer une réaction chez son interlocuteur. En cela, elle ressemblait pas mal à Qaanaaq lui-même.

– Entre ici et le bureau, éluda-t-il, je dirais surtout que ça se dépatouille comme ça peut.

– Vous n'allez quand même pas nous quitter, j'espère ?

– Non, non…

91

– Ah, tant mieux. J'aurais trouvé ça dommage. Pile au moment où j'allais vous raconter mes dernières découvertes sur ce bon Knut !

« Il va falloir attendre que je finisse mon livre », avait-elle pourtant soutenu deux jours auparavant. À manipulateur, manipulatrice et demie.

Deuxième partie

Température réelle : –34 °C
Température ressentie : –52 °C

13

[IMG_0153.jpg / 4 février 2022 / 11 h 07 / La banquise au large de Daneborg]

– Mais c'est pas plat du tout ! s'écria Niko Mäkinen avec candeur. La remarque tira un sourire au capitaine Molsen, le plus haut gradé dans cette équipée de la patrouille Sirius.

Le Finlandais s'était imaginé la banquise comme une de ces patinoires naturelles qui se forment l'hiver au fond des fjords scandinaves, si régulières qu'on pouvait y glisser sur de simples lames conçues pour les pistes *indoor*. Mais passé les premières centaines de mètres d'étendue figée, en effet assez planes, on découvrait un paysage ô combien accidenté, fait de craquelures, de crêtes et de hummocks diversement prononcés, répartis selon un hasard parfois cruel pour qui s'y aventurait. Toujours surprenant.

Progresser sur un tel terrain n'était pas exempt de cahots. Les trois attelages mobilisés pour l'occasion donnaient plus l'impression de rebondir que de filer sur la surface aux mille aspérités. Les chiens lancés à toute allure étaient pourtant habitués à déjouer ces pièges. Rien ne semblait pouvoir contrarier leur fringale d'espace, excepté peut-être le poids des passagers.

Chaque traîneau, un *komatik*[1] groenlandais, avait embarqué trois d'entre eux. Outre les quatre officiers de la SPA, il y avait là Qaanaaq et Søren – Massaq, Lotte et Appu, restés au quartier général, campaient sur leur position dissidente – ainsi que trois soldats danois. Un par équipage. Mais les membres de la Sirius se laissaient moins porter qu'ils ne trottaient derrière chaque véhicule. Fouet en main, courant à perdre haleine, ils aboyaient des ordres que Qaanaaq ne reconnaissait pas, malgré la familiarité de la langue. Exprimés en danois – *frem* pour partir, *venstre* pour aller à gauche, *højre* pour virer à droite –, ceux-ci différaient des commandes qu'il avait eu l'occasion d'entendre dans la bouche des chasseurs inuits. *Kaa kaa, illi illi, youk youk...*

Leur écho charriait de nombreux souvenirs, qui se dissipèrent peu à peu dans le sillage poudreux du présent.

– Vous pensez qu'il faudra aller loin pour en trouver ? avait demandé Qaanaaq au capitaine Molsen, le musher de son attelage, juste avant de partir.

– Des ours ? Non, si je peux vous rassurer sur un point, c'est bien celui-là. On est quasi garantis d'en croiser.

« Rassurer » n'était peut-être pas le terme le plus approprié, étant donné les circonstances de la mort de Jonas Horason.

Si je pouvais éviter de me faire croquer mes autres invités.

Sans aller jusqu'à dire que les ours pullulaient dans la région, certains faits récents attestaient bien de leur présence. Avec la fonte accélérée du « pack », la banquise permanente qui chaque année se réduisait un peu plus, désormais concentrée autour du pôle, les ours polaires du Groenland étaient contraints de s'aventurer dans les terres pour trouver leur pitance. Quelques mois plus tôt, un groupe de documentaristes danois, venu à Daneborg pour filmer la Sirius au quotidien, s'était fait agresser par un jeune mâle égaré, parvenu jusqu'à la fenêtre de leur baraquement. Quelques

---

1. Nom inuit du modèle traditionnel de traîneau utilisé au Groenland.

coups de griffes et quelques points de suture plus tard, il avait été décidé à Copenhague, où l'affaire était remontée, que l'animal serait abattu dès sa prochaine incartade. Triste, et néanmoins inévitable.

Qaanaaq s'interrogeait encore sur la façon dont Molsen et ses deux hommes repéreraient un possible *nanook* dans ce panorama enténébré, savant mélange de bleu nuit et de blanc indistinct, quand la femelle d'un des trois attelages marqua un arrêt brusque.

Aussitôt suivi par son *naalagaq* et la trentaine d'autres bêtes.

Panique dans la mêlée canine. Confusion. Mélange des traits. Des hululements inquiets se propagèrent de gueule en gueule, signe d'une fébrilité inhabituelle. Mais Qaanaaq connaissait assez bien les chiens groenlandais pour identifier chez ceux-là une forme d'exaltation. Leurs museaux givrés de cristaux frémissaient sans cesse.

– Ils ont senti quelque chose ?

– Affirmatif, confirma Molsen, l'œil et l'oreille aux aguets.

Pourtant, rien ne se détachait encore sur l'horizon opaque. Aucun mouvement, si ce n'est celui du vent agitant la surface empoudrée, comme un enfant éparpillerait le sucre glace en soufflant sur la bougie d'un éternel gâteau d'anniversaire.

– Et vous ne les libérez pas ? s'étonna Adriensen.

Car c'est ainsi que procédaient les chasseurs inuits qu'il avait croisés au cours de ses pérégrinations, à Qaanaaq, Uummannaq ou ailleurs : d'abord lâcher les chiens pour que ceux-ci harcèlent l'ours et l'épuisent, au risque de perdre certains d'entre eux dans ce combat d'éclaireurs ; et seulement ensuite, quand le colosse avait perdu assez de forces et qu'il se dressait sur ses pattes arrière en une tentative désespérée pour éloigner les fâcheux, viser sa tête pour l'abattre d'un seul tir.

Manifestement, Molsen ne l'entendait pas ainsi.

– Si j'ai accepté d'organiser cette… cette sortie, répondit-il après avoir entraîné Qaanaaq à l'écart, c'était à condition qu'aucune de mes bêtes ne soit mise en péril. Pas juste avant de partir pour la campagne hivernale.

Cela pouvait se comprendre – sous ces latitudes, la vie d'un chien valait bien celle d'un homme. Qaanaaq en déduisit que chez les Sirius non plus, l'initiative de Bornberg et Jacobsen ne faisait pas l'unanimité.

– Si nos animaux ont flairé un ours, poursuivit Molsen, les traits crispés, alors c'est qu'*il* nous a repérés bien avant eux.

– Qu'est-ce qui vous rend si sûr de vous ?

– Un ours polaire peut localiser une proie à son odeur dix kilomètres à la ronde.

– Génial, grommela Qaanaaq. Et ensuite ?

– Une fois que c'est fait, il décrit des cercles autour d'elle en attendant la meilleure occasion pour charger. Ça peut durer très longtemps. C'est un marcheur infatigable. Mais ce n'est pas ce qui me soucie le plus.

– Sans blague ?

– Le chien et l'humain constituent une nourriture de second choix pour un ours.

– Pas assez goûteux ? suggéra-t-il en retirant son bonnet.

– Pas assez gras. Donc si celui-ci nous a pris pour cible…

– … c'est qu'il n'a rien trouvé de mieux à se mettre sous la dent, conclut Qaanaaq en lissant son crâne.

– Exactement.

Non seulement ce prédateur envisageait de faire d'eux son quatre-heures, mais il avait grand faim. Prêt à croquer tout ce qui passerait à sa portée. Heureusement, leur échange, obscurci par la nuit et chassé par le vent, se tenait loin des invités, chasseurs d'un jour. Les deux autres attelages, eux aussi stoppés, avaient beau ne se trouver qu'à quelques dizaines de mètres du leur, c'est à peine s'ils les devinaient.

– Dans ce cas, vous proposez quoi ?

– Se séparer en trois groupes pour brouiller les pistes

olfactives. Il va hésiter sur celle à suivre, effectuer des cercles plus resserrés, et l'un de nous aura une chance de l'accrocher. Peut-être même qu'on pourra le prendre dans des tirs croisés. Ce serait le meilleur moyen de le neutraliser avant qu'il ne soit en position d'attaque.

Sans attendre l'approbation de Qaanaaq, Molsen alla expliquer son plan à ses subordonnés. Presque aussitôt, les deux autres attelages repartirent dans des sens opposés, le sien détalant dans la foulée vers une troisième direction. Leur triangle tactique ne tarderait pas à se dessiner sur la page immaculée de la banquise.

Ainsi, après quelques minutes seulement, Molsen donna le signal d'un nouvel arrêt. À Qaanaaq et Niko, il délivra ses consignes d'affût : s'allonger à même le sol ; se dissimuler derrière un paquet de neige ou un rebond de glace ; épauler leur antique Enfield M1917/M53, seul fusil retenu par la Sirius pour sa simplicité mécanique et sa robustesse à toute épreuve.

Et pour finir, attendre.

Attendre et attendre encore. Scruter la nuit inlassablement, avec pour elle autant d'attention qu'ils en auraient pour un corps longtemps désiré. Guetter chacune de ses pulsations. Apprivoiser sa beauté insondable.

Mais ils venaient tout juste de s'étendre, parés à affronter le monstre, quand un claquement sec déchira l'obscurité à quelques centaines de mètres d'eux. Aussitôt suivi d'une seconde détonation, puis d'un grondement furieux provenant de l'ombre.

L'étrange parade nuptiale, danse de mort, avait débuté.

14

Une épaule qui tressaute, comme si un géant lui avait décoché une pichenette depuis le ciel.
Le corps qui s'affaisse lentement.
Gît bientôt sur le sol glacé.
Un bourgeon rouge éclot sur la parka claire.
Puis fleurit seconde après seconde sur toute sa poitrine, jusqu'à composer un fascinant bouquet.
La fureur du feu tout autour.
Le silence en lui.
Puis les cris, d'abord paniqués, bientôt concentrés sur les gestes nécessaires, ce ballet de survie tant de fois répété.
Rituel rassurant de la science en action.
Les chiens aboient eux aussi, ils courent en tous sens sans oser s'éloigner, ils ont peur. Ils cherchent une explication qui s'évapore aussitôt dans les cristaux nocturnes.
Car après l'attente silencieuse, il n'y a pas eu qu'un seul coup inaugural dans le noir transi, mais bien deux. Bam, bam, double tonnerre sur la banquise.
Balles perdues ? Visées malheureuses ?
L'homme qui s'est effondré n'y croit pas. Aucun tireur ne peut être aussi maladroit. Pas dans un tel espace, pas dans cet infini. Ici, on ne tue jamais par hasard.
Et tandis qu'on le charge sur le traîneau voisin, il perçoit tout juste la clameur affligée des autres équipages venus à son secours. L'ours doit se trouver bien loin, à présent.

L'animal n'a eu besoin ni de ses griffes ni de sa gueule pour terrasser les intrus venus l'importuner sur son territoire. L'Homme se charge si bien de se détruire lui-même.

15

[IMG_0178.jpg / 4 février 2022 / 13 h 44 / Daneborg,
le râtelier dans l'armurerie de la Sirius]

– Ça va aller, il va s'en sortir.

Le médecin attitré de la Sirius épargna à Qaanaaq des
formules plus convenues encore, de type « plus de peur que
de mal » ou « ça aurait pu être bien pire ». Cette sobriété
langagière lui parut aussi appréciable que le verdict médical
qu'elle délivrait.

Dès son admission à l'infirmerie du quartier général,
un baraquement de couleur jaune mangue au cœur de
la base de Daneborg, Niko Mäkinen avait pu ajouter un
bienfait à la longue liste des avantages offerts par son
excellente condition physique : il lui devait pour bonne
part sa survie. En effet, grâce à la densité de sa muscula-
ture, la balle ayant traversé sa poitrine au point de jonc-
tion entre le grand pectoral et le deltoïde avait évité de
peu le sommet de son poumon droit, ainsi que la veine
sous-clavière. Le seul réel dégât concernait la côte numéro
deux, dont le projectile avait arraché des fragments osseux
au passage.

– Rien de très méchant, conclut le soignant, un tren-
tenaire brun au visage constellé de taches de rousseur.
En tout cas, pas besoin de transfert sur le continent pour
opérer.

– *Tupinara*[1] *!* Et du coup, il va pouvoir reprendre une activité normale ?

– Normale, je ne dirais pas ça. Il a besoin de repos. Et il serait préférable qu'il s'agite le moins possible pour que l'os se reconstitue.

Même pas un petit trek de rien du tout ? s'abstint d'implorer Qaanaaq.

– Combien de temps ?

– Au moins une bonne semaine. Dans l'idéal, plutôt deux ou trois.

Il fut reconnaissant envers Massaq et Appu qui, en dépit de leur désapprobation manifeste, ne l'accablèrent pas de reproches quant à l'issue dramatique de cette partie de chasse, à leurs yeux inique. Profitant du réseau wifi potable, sa femme et son ami passaient le plus clair de leur temps en conversation vidéo avec leurs proches laissés à Nuuk. Accueillir chez elle Bodil, Else et Jens en plus de ses deux garçons, qui plus est dans son état, n'était pas de tout repos pour Bébiane. Mais elle se plaignait surtout de l'absence de son mari.

– Je te préviens : quand le petit sera là, il est hors de question que tu repartes aussi loin, ni aussi longtemps.

– Enfin, Bébi, éluda Appu, son large sourire valant promesse.

Qaanaaq ne put s'empêcher de tiquer en entendant cette mise en garde. Si ses amis savaient ce qui les menaçait.

Mais dans l'immédiat, un autre sujet le préoccupait. Il ne parvenait à considérer comme accidentel le tir qui avait touché Mäkinen. Trop précis. Pourtant, si l'on en croyait les témoignages recueillis auprès des participants, personne n'avait vu l'un d'eux utiliser son arme avant que le Finlandais s'écroule – ce n'est qu'après avoir entendu les deux

---

1. Interjection inuite qu'on peut traduire par « génial » ou « magnifique ».

premiers coups que tous avaient ouvert le feu sur l'ours. Ils étaient formels. Ces tirs avaient jailli de la nuit polaire, sans aucun œil pour viser ni doigt pour presser la détente.

Or, sans compétence balistique sous la main, impossible d'établir un lien entre la blessure et la munition fautive – de toute façon, la balle s'était égarée quelque part sur la banquise et, dans l'urgence du moment, ils n'avaient pas eu le temps de la chercher. Quant à réclamer au laboratoire central de Niels Brocks Gade une expertise axée sur les plaies constatées sur Niko... Autant aller claironner la nouvelle de cet incident à l'oreille de Jacobsen.

Un détour par l'armurerie s'imposait. Sur place, Qaanaaq reconnut Markus, le soldat qui avait conduit l'attelage de Camilla Feg et Sara Kaspersen durant la chasse. Haut de plus de deux mètres et presque aussi large une fois les bras déployés, le dénommé Markus exhalait pourtant un réel parfum de sympathie. Un effet de sa bouille juvénile, sans doute, ou de cette poignée de main ferme, sans faux-semblant, aussi brute qu'un stère de bois.

– Tous les fusils que vous détenez ici relèvent bien du même modèle ? s'enquit Adriensen sans préambule.

Sa bonne vieille méthode d'interrogatoire : attaquer de front, pour ne laisser ni le temps ni la place à la moindre échappatoire.

– Exact. Des Enfield M1917/M53. Ce sont les seuls qui peuvent fonctionner sans accroc dans des conditions d'utilisation aussi extrêmes que les nôtres. Bien entretenu, un M53 ne bouge pas, même par –40 °C.

– Et les munitions, ce sont toutes les mêmes, elles aussi ?

– Oui, des 30-06 Springfield de 7,62 mm, fabrication britannique. Elles n'ont pratiquement pas été modifiées depuis la Première Guerre mondiale.

De fait, et même si la référence n'avait rien de réjouissant, on pouvait considérer que ce matériel de mort avait fait ses preuves. Hélas, la fidélité de la Sirius à ces armes ne l'aidait pas vraiment. Avec des fusils et des balles tous identiques, manipulés en outre avec des gants, comment pourrait-il relier la blessure de Mäkinen à un spécimen plutôt qu'un autre ?

En l'état, que ce tir fût ou non accidentel, n'importe lequel des passagers des deux autres attelages pouvait avoir atteint le Finlandais : Markus lui-même, Lukas, un autre novice de la Sirius, Emet Girjas, Camilla Feg et Sara Kaspersen. Søren complétait ce tableau des suspects, mais Qaanaaq voyait mal son vieux camarade commettre une pareille bévue.

– Vous n'avez pas encore nettoyé les armes qui sont sorties pour la chasse, n'est-ce pas ?

– Non, bien sûr que non. J'ai respecté la consigne du capitaine Molsen.

– J'en déduis qu'elles sont toutes là ? dit Qaanaaq en balayant l'interminable râtelier et ses dizaines de M53 d'un geste à peine esquissé, sans quitter Markus des yeux ; la question était plus un test, car un emplacement vacant y apportait déjà la réponse.

– Euh... non, tiens, s'étonna le malabar, embarrassé. Maintenant que vous en parlez, il en manque une.

– Une qui était restée ici ce matin ?

– Non. Une qui était sortie.

– Et j'imagine que vous n'avez aucune idée de qui a oublié de rapporter son joujou ?

– Aucune, souffla l'autre. Désolé. À notre retour, on était tous un peu secoués. J'ai laissé chacun ranger son fusil sans surveiller le rack.

Qaanaaq immortalisa la « dent creuse » d'une pression réflexe sur le déclencheur de son Leica. Puis quitta l'armurerie d'un pas vif.

Où se balade cette saloperie de flingue ? maugréait-il en sillonnant les allées de la base. Celle-ci s'étendait sur plusieurs centaines de mètres carrés. La distance entre la plupart des baraquements se comptait en dizaines de pas, parfois plus. Si quelqu'un avait bel et bien subtilisé l'arme impliquée dans l'accident, alors *il* ou *elle* avait sans doute eu tout le temps et l'espace nécessaires pour procéder à un nettoyage en règle. Sans compter ce temps de neige qui ouatait tout, les mouvements comme les bruits.

Qaanaaq fit le tour de tous les baraquements. Partout, on se remettait tant bien que mal de ses émotions : musique au casque, jeux de cartes, pianotage frénétique sur son portable, limité à un usage local. Sur ordre d'Emil Bornberg, il était convenu de conserver un absolu silence concernant les événements de la matinée. Vis-à-vis des autres soldats aussi bien que du monde extérieur. Et si l'information devait filtrer malgré tout – l'arrivée d'un blessé à l'infirmerie passerait difficilement inaperçue –, la consigne était de n'évoquer qu'un incident de chasse sans gravité. Qaanaaq termina son circuit.

Seule la chambre de Sara Kaspersen était vide. Il tenta de joindre la flic danoise sur son portable, mais l'appel bascula sur sa boîte vocale.

L'espionne de La Fourmi.

Était-ce elle qui avait omis de rapporter son arme ? À l'heure qu'il était, cherchait-elle à effacer les preuves de son usage, quelque part dans le camp, à l'abri d'une congère ou d'un container rouillé ?

À en croire Markus, à aucun moment durant la chasse Sara ne s'était éloignée de Camilla et lui, ni soustraite à leurs regards. Et si Qaanaaq examinait cette piste malgré cela, le mystère s'épaississait de plus belle, aussi illisible que la nuit brumeuse qui enveloppait désormais la baie de Daneborg. Pourquoi diable l'envoyée de Jacobsen aurait-elle voulu blesser l'un des émissaires de la SPA ? Rien ici ne tenait debout. Chaque proposition jurait avec sa voisine, comme un patchwork mal assorti. Un scénario au goût douteux.

À moins que Mäkinen n'eût pas été l'objectif véritable de la tireuse.

À moins que ?!

– Patron ?

– *Hej* Pitak, lança-t-il dans le combiné. Je peux te demander un petit service ? Essaie de me balancer tout ce que tu trouves sur une certaine Sara Kaspersen, officier de police judiciaire à Niels Brocks Gade. Ça doit pas être compliqué, parce qu'elle est arrivée plutôt récemment dans la boutique.

– Euh, tu veux que j'enquête sur l'une des nôtres ?

– Une *enquête*, comme tu y vas ! J'ai juste besoin d'un CV un peu complet, histoire de faire connaissance. Simple courtoisie entre collègues.

– OK, approuva le flic inuit sans être dupe. Et je balance le résultat à toute l'équipe ?

– Non, trancha Qaanaaq après un bref temps d'hésitation. Juste à moi.

16

[IMG_0191.jpg / 4 février 2022 / 16 h 12 / Daneborg, la carte du parc national dans le bureau d'Emil Bornberg]

Alors vous, votre truc pour apaiser les tensions, c'est d'ajouter une bonne dose de stress aux emmerdes déjà existantes ? En temps normal, fidèle à son franc-parler, voilà plus ou moins ce que Qaanaaq aurait balancé à Emil Bornberg. Les deux hommes s'étaient retrouvés dans le repaire du second à la demande du premier. Étant donné le climat délétère pesant sur la base de Daneborg après l'incident de chasse, une discussion à huis clos s'imposait. Bien sûr, selon le récit rapporté par Molsen à son supérieur, il n'était question que d'un incident fortuit et sans conséquences graves. Bornberg lui-même, et bien qu'il eût demandé qu'une enquête interne soit diligentée, ne paraissait pas prendre ces faits trop au sérieux, comme si un tel événement était somme toute assez coutumier. Mais l'avis de Qaanaaq différait pas mal de cette version « officielle ».

Le face-à-face se tint dans le petit réduit qui faisait office de bureau, au sommet de la tour à section carrée coiffant le bâtiment central. Devant le sévère commandant de la Sirius, Qaanaaq tint un langage plus policé. Moins par peur de son interlocuteur que pour éviter de sonner l'alarme du côté de Niels Brocks Gade, s'agissant du tour fâcheux que prenait *son* séminaire SPA.

– Après ce qui s'est passé ce matin, je ne suis pas certain qu'aller crapahuter en pleine nature soit la meilleure des idées, dit-il. Je pencherais plutôt pour quelques réunions de coordination au chaud. Les activités de team building, c'est bien, mais on a aussi pas mal de dossiers à éplucher ensemble.

Au menu des concertations, les attendait entre autres le dossier brûlant de la guerre que se livraient les principaux gangs danois, guerre qui menaçait tous les pays scandinaves. Certes, le Groenland paraissait pour l'heure peu concerné par cette redistribution des cartes criminelles. Mais était-il pour autant à l'abri d'une contagion ? Ce n'est pas parce que le pays ne comptait que quelques kilomètres de route asphaltée que les motards des Hells Angels et de l'AK81 ne le prendraient pas pour terrain de jeu à l'avenir.

La tête de vieux dogue d'Emil Bornberg, aux traits mâchés par les intempéries et les ans, s'anima d'un plissement enjoué, presque exalté.

– Enfin, au contraire ! Le climat actuel me semble tout à fait propice à un renforcement de la cohésion entre vos différents services.

– Et Jonas Horason, vous en faites quoi ?

– Ma foi, je ne suis pas surpris qu'il ait jeté l'éponge avant même que les choses sérieuses ne commencent. Il y en a toujours que cela effraie, que voulez-vous. Raison de plus pour ne pas décevoir ceux qui restent.

Son enthousiasme parut trop surjoué à Qaanaaq pour être sincère. Sans doute la direction du JAC[1], organisme de tutelle de la Sirius, avait-elle fait pression sur Bornberg pour qu'il satisfasse en tout point les desiderata de la police danoise.

– D'ailleurs, si votre directeur a voulu que votre séminaire se tienne ici, c'est bien dans cette optique-là, pour

1. Joint Arctic Command.

que l'adversité propre à notre milieu puisse resserrer les liens entre vous. Soyons clairs : ce n'est pas en comparant des tableaux Excel ou en mangeant des biscuits Jacobsens[1].

Qaanaaq apprécia la référence irrévérencieuse d'un sourire fugace.

– ... que vous allez créer de la cohésion ! Vous me pardonnerez l'expression, mais il serait temps que la SPA sorte de sa routine administrative et mette un peu ses couilles sur la table. Sinon, vous allez vous faire bouffer tout cru, mon vieux !

Si elles avaient été présentes dans la pièce, Lotte et Massaq auraient sans doute fort peu apprécié la remarque percluse de testostérone. Quant à lui, il ravala non sans mal l'agacement que lui inspirait cette réprimande au ton trop familier. Pour qui se prenait-il ?

Mais en invoquant les exigences initiales de la Fourmi, Bornberg l'avait bel et bien coincé. Que Qaanaaq pouvait-il répondre ? Il était bien sûr impensable de mentionner à son interlocuteur le destin tragique de Jonas Horason à Kangerlussuaq – l'information remonterait aussi sec à Copenhague, il n'en doutait pas un instant. Pas plus qu'il ne pouvait partager avec lui les soupçons qu'il nourrissait au sujet de Sara Kaspersen.

À bout d'arguments, une main posée à plat sur son crâne, il capitula d'un hochement contrarié.

– À propos de notre promenade dans le parc national, reprit-il bientôt sur un ton plus badin, je peux vous demander quel est le parcours envisagé ?

– Vu le temps dont vous disposez, vos camarades et vous, la grande boucle de la campagne hivernale est exclue. Elle serait beaucoup trop longue. Mais à ma demande, Molsen a mis au point une version abrégée. Juste de quoi bivouaquer dans deux ou trois dépôts.

1. Célèbre marque de biscuits danois.

À ces mots, il désigna la carte d'état-major placardée dans son dos. Celle-ci comportait à vue de nez une bonne soixantaine de points rouges, dont Qaanaaq déduisit qu'ils correspondaient aux fameux abris édifiés par l'ONG danoise Nanok[1]. Les patrouilleurs de la Sirius, qui alimentaient ceux-ci en vivres lors de leur campagne estivale, en faisaient un usage quasi exclusif.

– On parle de combien de jours ?

– Quatre ou cinq. Une semaine au maximum. Ce n'est pas une science exacte. Ça dépend surtout de la météo. Mais ce que je peux déjà vous dire...

Bornberg ménagea une pause, content de son petit effet. Qaanaaq redoutait le pire.

– ... C'est que mes gars vous réservent une sacrée surprise !

* * *

– L'inlandsis ! Tu es sûr ?!

Le regard de Massaq brillait d'une lueur qu'il ne lui avait plus connue depuis des mois. Depuis la naissance de Bodil, probablement. D'un coup, par la magie de ce seul mot, tous les nuages qui pesaient sur eux semblaient s'être dissipés. Son visage rayonnait d'un éclat nouveau. Plus que jamais, elle était cette madone inuite qui l'avait subjugué quatre ans plus tôt. Une icône qu'il aurait pu contempler sans jamais se lasser – ils étaient bien peu nombreux, les paysages qui exerçaient sur lui un tel empire.

– Bornberg s'y est engagé, confirma Qaanaaq.

Dès sa sortie du quartier général, il avait foncé jusqu'au

---

1. Dans le parc national du Nord-Est du Groenland, on trouve au total soixante-cinq cabanes, entretenues par l'ONG Nanok. La patrouille Sirius les utilise pour bivouaquer lors de ses tournées.

baraquement rouge, où sa femme achevait tout juste une énième visio avec Bébiane.

– Vu ce qu'il m'a exposé, je pense qu'on restera en lisière. Je ne peux pas te garantir qu'on ira très loin sur la calotte, mais oui, on va bien se balader sur l'inlandsis.

Et je m'en serais bien passé, s'abstint-il d'ajouter pour ne pas gâcher la joie de sa compagne. Pour lui, inlandsis rimait avec danger, mort, folie. Quelques années plus tôt, il avait vu de ses yeux Apputiku y perdre la raison. Et il redoutait le froid et le vent, duo infernal qui faisait de chaque incursion un constant supplice.

Inlandsis ? Qaanaaq l'eût volontiers rebaptisé outlandsis, tant ce territoire s'employait à repousser les inconscients qui s'aventuraient en son domaine. La mythologie inuite ne prétendait-elle pas qu'il était le royaume des *tuurngait*, ces esprits maléfiques tant redoutés des vivants ?

Massaq ne partageait pas ces préjugés. Peut-être imaginait-elle que, parmi ces âmes errantes, se trouvait celle de son frère fugitif Anuraaqtuq, disparu quatre ans plus tôt dans cette immensité et jamais reparu depuis. Elle rompit le silence.

– C'est bizarre, tu sais, il y a des endroits où tu n'es jamais allé et qui te donnent l'impression d'être plus chez toi que n'importe où.

Le propos était fort. Le ton, très assuré.

Voilà ce que lui évoquait la perspective, pour elle iné-dite, qui s'offrait à eux. Jusque-là elle avait respecté l'in-terdit d'Ujjuk, son père, qui s'était toujours opposé à ce qu'elle foule le grand désert glacé. Mais le moment était enfin venu pour elle de faire corps avec ce dernier. D'épou-ser *Nuna* dans toute sa beauté brutale. Elle qui avait tant tancé Qaanaaq sur le sujet ne pouvait que se réjouir de cette prochaine communion avec le cœur de leur identité.

Ce qu'il lui promettait là était bien plus qu'un banal voyage de noces. Paris et ses futilités s'effaçaient, et elle ne paraissait en concevoir aucun regret.

– On part quand ? demanda-t-elle avec un sourire pensif.

17

– Alors, quand est-ce qu'on part pour le trek ?

Lotte avait intercepté Qaanaaq au sortir du baraquement rouge. Elles s'étaient passé le mot avec Massaq, ou quoi ? Sur le visage de la légiste, il reconnut la même impatience. Il avait certaines fois l'impression étrange que les femmes de son entourage étaient douées de télépathie. Qu'il leur était inutile de parler pour synchroniser leurs pensées ou leurs humeurs. Qu'elles étaient capables de communiquer entre elles, à son insu.

Parano ?

Du groupe des frondeurs qui avaient boudé la partie de chasse à l'ours, Lotte se montrait *in fine* la moins butée. Bien que peu sportive, elle affichait une envie flagrante d'explorer les beautés du parc national. D'ailleurs, depuis qu'elle avait accepté d'être la marraine de Bodil, un an plus tôt, la jeune femme exprimait un désir accru de découvrir son pays d'adoption. Elle qui d'ordinaire ne quittait jamais son labo, soirs et week-ends compris, s'était inscrite à un club de randonnée et arpentait volontiers les sentiers autour de Nuuk.

– Tu tombes bien, répliqua-t-il sans répondre à la question. J'allais battre le rappel. Molsen veut nous briefer à ce sujet. On est tous attendus au mess.

Il s'élança dans cette direction, mais elle le retint par le bras :

– Attends, tu penses que Niko pourra se joindre à nous ?

Le simple fait qu'elle désigne le Finlandais par son prénom indiquait chez elle un début de désinhibition peu habituel.

– Ça m'étonnerait. Le toubib veut le garder alité au moins deux semaines.

– Ah bon ? C'est pas du tout ce qu'il m'a dit ! s'écria-t-elle en s'empourprant d'un coup.

– Le médecin ?

Elle hocha négativement la tête d'un geste vif, faisant tressauter sa queue-de-cheval blonde, puis baissa les yeux comme une enfant prise en faute.

– Ben non, Niko... Il n'a plus qu'une douleur résiduelle. Il se sent apte à marcher.

Le rapprochement entre les deux célibataires prophétisé par Søren avait-il franchi une première étape ? Qaanaaq n'eut guère le loisir de feuilleter ce chapitre rose de leur agenda ; un groupe de soldats passant à proximité leur fit signe de rallier le réfectoire sans tarder.

Comme à chaque fois, un parfum de café fraîchement percolé flottait dans la grande salle commune. Nuit polaire oblige, toutes les lampes étaient allumées, jusqu'à une guirlande multicolore, reliquat de Noël que personne n'avait eu le cœur de décrocher. Assis en bout de table, présidant l'assemblée, le capitaine Molsen fit signe aux retardataires de prendre place et commença son discours :

– Merci d'être tous venus, lança-t-il, solennel.

Comme si on avait eu le choix !

– En principe les briefs de la Sirius ont lieu à huis clos, sans oreilles extérieures. Mais le commandant Bornberg m'a autorisé à faire une exception.

Il y avait quelque chose d'excitant à être ainsi admis dans le Saint des saints. Les flics de la SPA approuvèrent cette initiative avec des mines de gosses qu'on invite à la table des grands. Même Camilla Feg, pourtant du genre blasé, paraissait aux anges.

116

– *Godt*, poursuivit Molsen. Comme nos invités le savent sans doute déjà, nous disposons au total de six traîneaux, tous des *komatiks* groenlandais, et de six attelages complets, à raison de onze chiens et deux hommes pour chacun d'entre eux. Étant donné la présence parmi nous de nos amis de la SPA, trois équipages seulement vont partir pour la campagne hivernale habituelle. Les trois autres effectueront une boucle plus courte, dans le parc national et en lisière d'inlandsis. Massaq accueillit la nouvelle d'un sourire radieux.

– Ne manquent plus que les autorisations administratives pour nos visiteurs, indispensables pour se déplacer dans le parc. J'ai relancé le ministère de l'Intérieur ce matin. Je devrais les recevoir par mail dans la journée. On va pouvoir partir l'esprit tranquille.

Bien qu'attentif aux propos de Molsen, qui confirmaient ce que lui avait annoncé Bornberg, Qaanaaq laissa son regard glisser sur les photos primées accrochées sur les murs. Elles étaient trop loin pour qu'il décrypte les légendes, mais la magie des clichés opérait sans qu'il eût besoin d'en savoir plus. En matière de photographie, il n'appréciait rien tant que ce dialogue immédiat entre l'image et son spectateur. Aurait-il le talent nécessaire pour figurer dans cette galerie si exclusive ? Il en doutait. Certaines de ces pièces lui semblaient assez belles pour figurer dans les plus exigeants musées, à Copenhague ou tout autre grande capitale.

– De toute façon, reprit Molsen gaiement, il n'y a que nous pour vérifier les papiers sur des centaines de milliers de kilomètres carrés ! Alors ça devrait aller, côté contrôle.

La remarque déclencha une vague d'hilarité parmi les convives. Aussitôt dissipée par l'intervention à voix haute d'un des soldats.

– Ouais enfin, sur l'inlandsis, c'est pas de la paperasse que vient le danger. Y a largement plus *bange*[1].

Molsen fusilla son subordonné du regard. Et pourquoi

1. « Craignos », en argot danois.

pas parler de disparition ou de mort, tant qu'il y était ? Le capitaine tenta de dissiper le léger malaise.

– Je vous rassure, les risques d'accident sont très faibles – d'ailleurs, on n'est pas censé y utiliser nos armes, sauf en cas de force majeure. Et les hommes avec qui vous allez faire équipe sont les plus compétents qui soient dans tout le Groenland. Depuis 1941 et la création de la Sirius, on ne compte qu'une seule perte humaine en mission, sur les plus de cinq cents soldats qui ont été intégrés à la patrouille.

– Dommage que ça ne soit pas tombé sur Frederik ! s'esclaffa un autre soldat.

La plaisanterie crispa plus encore Molsen que le précédent commentaire. Le Frederik en question était bien entendu le prince héritier de la Couronne danoise. Aujourd'hui âgé de cinquante-trois ans, il avait participé en l'an 2000 à une expédition à traîneau de deux mille sept cents kilomètres avec la Sirius. En sa qualité de cameraman de la mission, il en avait rapporté un documentaire et des milliers de photos. Qaanaaq se demanda si l'une d'entre elles pendait aux cimaises qui les cernaient. En fin de compte, lire les légendes se révélait utile.

– Merci pour cette blague hilarante, grinça Molsen. S'agissant de la sécurité, j'aimerais ajouter deux choses à l'intention de nos invités de la SPA et du Politigarden. La première, c'est que chaque équipage comprendra trois d'entre vous mais aussi deux membres de la patrouille, un soldat expérimenté *et* un novice.

Cinq personnes par traîneau, calcula Qaanaaq, soit deux de plus que lors de leur calamiteuse partie de chasse. N'était-ce pas trop ? Qu'impliquerait cette surcharge humaine ?

– La seconde, c'est que chacun d'entre nous sera équipé d'une balise GPS individuelle glissée dans la doublure de sa parka, et d'une tablette pour contrôler sa position. Chaque tablette est reliée à un satellite ; elle repère et signale l'emplacement des balises de chaque participant sur la carte qu'elle affiche, mais elle peut également y indiquer sa propre position.

Double sécurité : aucun risque de s'éloigner ou de se perdre. *Big brother is watching you*, même au milieu de nulle part. Loin de les rassurer, cette dernière précision jeta sur les visages des invités un voile circonspect. Si les dangers inhérents à leur périple étaient aussi minimes que le prétendait le capitaine Molsen, alors pourquoi un tel dispositif ?

En outre, cette annonce pouvait susciter la méfiance pour d'autres raisons, plus personnelles. L'épisode reflua en Qaanaaq comme un ressac douloureux. Un an auparavant, sous la pression exercée par Jacobsen, Apputiku avait glissé un appareillage similaire dans sa veste sans qu'il s'en aperçoive. Et si on rejouait l'histoire jusqu'au bout, c'est à cette trahison qu'Adriensen devait sa survie. Aussi dérangeant que cela puisse être, il fallait l'admettre : le mal était parfois le meilleur auxiliaire du bien.

– Bon, conclut Molsen, je ne vous cache pas qu'à cinq par attelage, on dépasse un peu la charge habituelle. Ce qui signifie que nous ne devrons embarquer que le strict nécessaire. Pas de place pour les gadgets ou les souvenirs ramassés en cours de route. À ce propos, je vous rappelle que le parc national est un espace protégé. Hors de question de ramasser des cailloux ou autres. Des questions ?

– Oui ! s'écria Lotte avec un empressement qui surprit tout l'auditoire. Est-ce que Niko… Est-ce que le lieutenant Mäkinen pourra prendre part à notre excursion ?

Le terme fit naître quelques sourires moqueurs parmi les Sirius. Elle se croyait en vacances ou quoi ?

– Je dois faire un point avec notre médecin, mais j'ai bien peur que ce soit exclu.

– Si je peux me permettre, intervint Qaanaaq, si la participation de notre ami finlandais ne représente pas un risque déraisonnable pour sa santé, je suis d'avis qu'il soit des nôtres.

Étonnée par ce revirement, Lotte lança à son patron un regard chargé de gratitude.

Elle ignorait que les motivations de Qaanaaq étaient sans lien avec ses propres désirs. Du point de vue d'Adriensen, la perte d'Horason suffisait aux malheurs du Politigarden. Quitte à encourir de nouveaux périls, il préférait garder un œil sur Mäkinen.

– Très bien, répondit à contrecœur Molsen, déjà debout et engagé vers la sortie. On en reparlera ce soir avec le staff médical. En attendant... Tous à la nursery !

Ce qu'il appelait la nursery n'était autre que le chenil de Daneborg. Dans un hangar aux portes grandes ouvertes et au sol couvert de sciure de bois s'ébattait une bonne douzaine de chiots groenlandais. Les plus jeunes n'affichaient pas plus de quelques jours et les plus âgés quatre ou cinq mois. Une ambiance de joyeuse pagaille, faite de morsures légères et de coups de pattes, régnait entre eux.

– Nous avons mis au point notre propre hybridation, indiqua Molsen sur un ton professoral. Nulle part ailleurs dans l'Arctique vous n'en trouverez d'aussi endurants et résistants au froid. Les chiens que vous voyez sont nés ici et passeront toute leur vie parmi nous. Nous sommes leur famille. Et ils sont également la nôtre, bien sûr.

Afin de ne pas ternir cet instant de pure mignonnerie – tous les invités avaient craqué et caressaient déjà les toutous –, il se garda d'ajouter que la plupart d'entre eux seraient abattus dès qu'ils seraient jugés impropres à effectuer la tâche harassante qui leur était demandée : parcourir trente à quarante kilomètres par jour, par des températures allant de −30 °C à −50 °C, durant cent cinquante à deux cents jours par an. À ce rythme, la plupart de ces adorables « peluches » ne dépassaient pas les cinq à six années de service, dix ans pour les plus robustes. C'était plus vrai encore pour les *naalagaq*, les chiens de tête, les plus solides mais aussi les plus sollicités d'entre eux.

Le couplet sur la supposée « famille » qu'ils formaient avec leurs maîtres ne dupait personne. Au même titre que les traîneaux qu'ils tractaient ou les motoneiges, ces animaux n'étaient considérés que comme de vulgaires outils.

Molsen, qui en était venu à comparer leurs flairs respectifs, n'en parlait d'ailleurs pas autrement.

– Celle-là a été entraînée avec le pack des mâles adultes. Elle devrait être prête pour nous accompagner, dit-il en désignant la doyenne des chiots.

Quant aux animaux parvenus à maturité, ils ne gambadaient pas comme leurs cadets. Enchaînés au pied de leur baraquement de référence, on pouvait les entendre hurler à travers tout le campement.

– Chaque chien de tête est accompagné d'une femelle, une seule par attelage.

– Pourquoi une seule ? s'étonna Lotte, peu rompue à la science des mushers.

– Elles sont moins résistantes, mais leur flair est beaucoup plus développé. C'est le *naalagaq* qui donne le tempo, mais c'est la femelle qui sait orienter le pack et déjouer les principaux dangers.

Ce spectacle convoqua chez Qaanaaq bien d'autres souvenirs douloureux.

À vrai dire, il ne s'était jamais remis de la disparition tragique de CR7[1], le chien qu'il avait adopté quatre ans plus tôt, à Qaanaaq, justement. Quand il songeait à leur relation, lui revenait souvent l'erreur qu'il avait commise en arrachant son compagnon au milieu pour lequel la nature l'avait conçu. Si jamais il reprenait un jour ce genre d'animal, il s'assurerait que celui-ci puisse disposer d'assez d'espace et de glace pour s'ébattre.

Le spectre d'un renvoi à Copenhague chassa aussitôt cette pensée.

– Kylian ! Leo ! cria Markus le novice en tentant de séparer deux chiens bagarreurs.

Depuis le recrutement du génie argentin Lionel Messi, le PSG était à la mode bien au-delà des terrains de foot

---

1. Voir *Qaanaaq* et *Diskø*.

français. Et les noms donnés aux nouveau-nés reflétaient ce récent engouement. D'autres s'inspiraient des voyages faits ou fantasmés par les soldats, d'autres encore de prénoms familiers ou légendaires : London, Vegas, Sedna, Sally, etc.

Ce qui frappa surtout Qaanaaq, c'est que les soldats de la Sirius semblaient connaître par leur nom chacune des bêtes attachées à la patrouille. Soit, au total, pas loin de quatre-vingt-dix individus.

– Vous voyez Paris ? dit le musher.

Son index tendu pointait une masse poilue et mouvante dans le pack des joyeux garnements.

– Euh... C'est lequel ?

– La femelle dont parlait le capitaine. Celle qui va venir avec nous.

Qaanaaq en déduisit que l'armurier serait du voyage. Tout comme Paris. À défaut de découvrir la capitale française, Massaq et lui l'embarqueraient avec eux.

– Elle a un odorat incroyable.

– Aussi fin que celui d'un ours ?

– Peut-être pas, mais quand même. On va sans doute la placer en première ligne. Il faut toujours un chien avec un bon nez à l'avant, pour éviter les problèmes.

Ce qui valait sur la glace valait aussi ailleurs. Adriensen aurait tant aimé disposer d'un tel guide pour conduire sa vie.

– Au fait, dit-il de but en blanc, le M53 qui avait disparu, vous l'avez retrouvé ?

Markus s'immobilisa, pris au dépourvu, puis se ressaisit :

– Oui. Quelqu'un – je ne sais pas qui – est venu le ranger dans le râtelier en mon absence. Et puisque vous allez me poser la question : il était totalement nettoyé. Plus aucune trace de graisse ou de poudre.

Il était devenu impossible de déterminer quel usage avait été fait de cette arme.

18

[IMG_0203.jpg / 5 février 2022 / 12 h 22 / Daneborg, le repas des chiens de traîneaux]

– La vache, patron, c'est quoi ce raffut derrière toi ?! Ce sont les groenlandais de la Sirius qui gueulent comme ça ?
– On ne peut rien te cacher. On les gave avant le grand départ, alors ils sont passablement excités. Mais c'est vrai que tu es issu d'une famille de chasseurs ?
– Phoques, narvals et ours, de père en fils.
– C'est toi que j'aurais dû prendre ici, plutôt que Søren.
– *Imaqa.*
– Bon, trêve de blablas. Faisons vite. Les chiens ont beau faire diversion, je vais pas être tranquille bien longtemps. Tu as chopé quoi sur la Kaspersen ?
– Ça n'a pas été facile facile.
– Pourquoi ?
– Parce qu'elle ne traîne pas ses bottes à Niels Brocks Gade depuis la nuit des temps. La majorité des gens que j'ai contactés n'avaient jamais entendu son nom. Heureusement que Zakker et Brenner répondent du tac au tac quand on les appelle de ta part.
– Merde, Pitak, accouche !
– Alors d'après eux, elle n'est flic que depuis quatre ans. Dont les deux dernières à la direction centrale.
– Presque une bleue.

– Mouais. Sauf qu'apparemment, Jacobsen l'a très vite eue à la bonne.

– Qu'est-ce qui te fait dire ça ?

– Eh bien, Karl prétend qu'elle squatte son bureau bien plus souvent que la moyenne, surtout pour une recrue récente.

– Tu crois quand même pas ?!

– Ah ah ! Non ! J'ai dit *dans* son bureau, pas dessous.

– Très fin.

– Pardon. Ce que je voulais dire – je ne vais rien t'apprendre, tu connais mieux la Fourmi que moi – c'est que je le vois mal avoir une histoire de cul au boulot. Il est plutôt du genre « No zob in job », non ?

– No zob tout court.

– Pas faux... Enfin pour revenir à cette Sara, elle a des évaluations annuelles de dingue. Toutes validées par Jacobsen, évidemment.

– Sa petite protégée, en quelque sorte.

– C'est ça. Y a même des rumeurs qui disent qu'elle le remplacera quand il partira à la retraite.

– Aussi jeune ?!

– Ce sont que des rumeurs.

– OK. Et côté perso, vie de famille, tout ça, tu as trouvé quelque chose ?

– Rien que du banal : mère célibataire, une gamine de cinq ans qu'elle élève seule, le père apparemment éjecté du tableau.

– Je vois. Et avant son entrée dans la police ?

– Milieu très modeste. Le bac avec mention, mais pas d'études supérieures. Ensuite, elle a enchaîné les petits boulots assez merdiques, employée de fast-food, téléconseillère, etc. Rien qui permettait d'imaginer qu'elle allait être admise brillamment à Brøndby[1] quelques années plus tard.

– Major ?

1. L'école de police danoise

– Non, mais quand même dans les cinq premières. D'ailleurs, elle a continué à se faire remarquer une fois dedans, et jusqu'à sa sortie.

– Comment ça ?

– Elle a décroché le meilleur score jamais réalisé par une diplômée aux épreuves finales de tir.

– Tu plaisantes ?!

– Pas du tout. Cette fille est une vraie snipeuse !

– *Det er sgu rigtigt*[1] !

– Pourquoi ? Ça te parle ?

– On peut dire ça, oui. On a eu un joli carton, ici aussi. Mais je vais pas te saouler avec mes histoires de chasse, tu as mieux à faire.

– C'est toi qui sais, patron. Tu as besoin d'autre chose ?

– Oui, j'aimerais que tu appelles Tobias, à Air Greenland.

– *Le* Tobias d'Appu ?

– Lui-même. Fais-lui cracher le listing de tous les passagers qui ont transité par l'aéroport de Kangerlussuaq le 1er février. Et tant que tu y es, demande-lui aussi de te montrer les vidéos de surveillance de ce jour-là, *dedans* mais aussi *autour* de l'aérogare.

– Tu penses toujours à la valise d'Horason ?

– Oui, enfin non. Je me dis surtout que s'il a fait une mauvaise rencontre sur le chemin du point 660, la personne en question a bien dû traîner dans les parages avant de passer à l'action.

– Sa mauvaise rencontre, tu penses que ça pourrait être Kaspersen ?

– Possible. Très possible, même.

– *Fuck.* Et Jacobsen ? Tu crois qu'il sait ce que bricole sa chouchoute ?

– J'en sais foutrement rien. J'espère surtout me tromper. Oh, au fait, j'allais oublier : tu as demandé à Olsen s'il connaissait Jonas Horason ?

1. « Que je sois damné », juron danois courant.

– Désolé. Il a redécollé avant que je puisse le coincer.

– *Pis !* Et tu sais vers où il s'est envolé ?

– Non... Mais si tu veux, je peux réclamer à Tobias le planning de ses rotations.

19

[IMG_0237.jpg / 6 février 2022 / 09 h 55 / Daneborg, les *komatiks* prêts au départ]

Le regard de Qaanaaq, incapable de se fixer sur un point précis, flottait sur les attelages parés au départ. La clameur des chiens pour décor sonore.

Comme une mélopée lancinante, les mêmes questions le taraudaient sans cesse, chassant de son esprit toute autre préoccupation. C'est à peine s'il s'était senti concerné par les préparatifs qui agitaient la base de Daneborg depuis deux jours. Même ses légendaires intuitions lui semblaient pour une fois prises en défaut. Et pourtant : Jonas Horason livré à la sauvagerie de l'inlandsis ; Niko Mäkinen pris pour cible durant leur chasse à l'ours. Les fils entre ces deux événements lui paraissaient trop voyants pour avoir été cousus par le seul hasard. Une forme assez évidente d'intention se dessinait dans leur trame.

Mais laquelle ? Exprimée par *qui* ?

Organisation de coopération policière très discrète, quasi inconnue du grand public, la SPA n'avait depuis sa création jamais fait l'objet du moindre acte malveillant. Le fait qu'elle fût soudain visée par une double attaque en règle avait de quoi laisser perplexe.

– Une petite maladie des requins, patron ? l'apostropha Søren, surgi à ses côtés.

– Une quoi ?

– C'est comme ça que les vieux chasseurs appellent la gueule de bois.

Il semblait parfois à Qaanaaq qu'une vie ne lui suffirait pas pour intégrer les mille subtilités de la culture inuite.

– Ah, d'accord, j'ignorais.

La veille, 5 février, à 11 h 53 très exactement, le soleil avait annoncé son grand retour dans le ciel. Pour une heure et demie seulement, mais assez longtemps tout de même pour signifier la fin de la nuit polaire. Avec Noël et l'Ullortuneq, la fête nationale groenlandaise, le retour de la lumière était l'une des principales célébrations de la patrouille Sirius. En l'occurrence, la fête avait consisté en un *kaffemik* géant – pour une fois, tous les soldats avaient mis la main à la pâte en cuisine, et pas seulement les deux cuistots de la semaine – en effet plutôt arrosé. Mais le vrai clou de la journée fut le match de foot sur glace organisé entre les flics de passage, SPA et Politigarden réunis, et les patrouilleurs locaux. Plus jeunes et mieux entraînés, ceux-ci s'étaient imposés 5 à 0 sur les visiteurs. À lui seul, le titanesque Markus avait inscrit trois des buts de son équipe. Un triomphe ; pire, une humiliation.

Il ne restait plus que quelques minutes à jouer quand Qaanaaq, épuisé, fut remplacé par Lotte. Il profita de cette pause pour questionner Camilla Feg, elle aussi sur la touche :

– Je ne vous ai pas demandé...

– Alors demandez-moi, répliqua-t-elle avec son habituel aplomb.

Tous deux faisaient mine de suivre le match, les yeux braqués sur les silhouettes pataudes. Les glissades étaient plus fréquentes que les passes réussies.

– Pendant la partie de chasse, l'autre jour, vous n'avez vu personne dans votre groupe utiliser son arme *avant* le gros des coups de feu ?

– Pas que je me souvienne, non. Mais j'ai déjà répondu à cette question.

En même temps, tout s'était déroulé si vite, en quelques secondes à peine. Les deux détonations bien distinctes, comme deux notes de musique détachées sur une partition, et ensuite la cacophonie des tirs entrecroisés.

– Ni Markus, ni Sara… ni vous ? insista-t-il.

– Vous cherchez à me faire dire quoi, commandant ? Que j'ai volontairement tiré sur notre ami Niko ?

– Non, non, je cherche juste à comprendre.

– Rassurez-vous, la réalité est bien assez foisonnante et passionnante à relater pour que j'éprouve le besoin d'y ajouter mon grain de sel. Si les romanciers devaient s'entraîner à tuer dans la vraie vie pour pouvoir raconter leurs histoires, les morgues ne désempliraient pas. Les prisons non plus, et les éditeurs manqueraient de plumes pour alimenter les librairies.

Décidément, l'écrivaine était une interlocutrice coriace. Aussi fine langue que Sara Kaspersen était bonne tireuse. Chacune son arme.

– De toute manière, ajouta-t-elle, je pense que vous avez compris comment je fonctionne.

– Comment ?

– Donnant-donnant. Vous m'apportez les infos qui me manquent sur Knut et Flora, et je deviens vos yeux et vos oreilles dans ce séminaire. Ça me paraît assez fair-play, non ?

Comme pour illustrer sa proposition, Markus venait de tacler sèchement Emet Girjas sur le terrain verglacé.

Le toupet de Camilla Feg n'avait pas été la seule contrariété essuyée par Qaanaaq au cours des dernières quarante-huit heures. À cela était venu s'ajouter, en vrac : le silence déroutant de Pitak et celui (menaçant) de Jacobsen ; l'attitude chaque jour plus ambiguë de Sara Kaspersen, fuyante à souhait ; l'incertitude quant à la direction prise par l'ours blessé ; la tension persistante entre les flics de la SPA malgré les réjouissances récentes ; et pour finir, cette météo qui se dégradait d'heure en heure.

– Ça ne vous inquiète pas trop ? demanda Adriensen au capitaine Molsen, quelques instants avant leur départ.

– Quoi ? Le temps ?

Un vent soutenu s'était levé et balayait les équipages au grand complet, chiens attelés et mushers harnachés. On ne pouvait pas encore parler de blizzard, mais la visibilité se réduisait néanmoins à vue d'œil.

– C'est pas franchement le grand beau, nota Qaanaaq en désignant le ciel d'un gris uniforme. Sans compter l'ensoleillement encore très limité.

– On a connu bien pire. Et pour ce qui est de la lumière, à partir de maintenant on va gagner près d'un quart d'heure par jour. Donc pas loin de deux heures pendant la durée de notre trek. Le 15 février, les journées de soleil s'étireront sur près de cinq heures. Vous voyez, il n'y a pas de quoi s'alarmer.

Qaanaaq aurait voulu que l'assurance du capitaine soit contagieuse. Mais un fond d'angoisse persistait en lui. Même la bonne humeur affichée par Massaq ne parvenait pas à le réconforter tout à fait.

L'abandonnant à ses états d'âme, Molsen battit le rappel des troupes et rappela aux invités la répartition convenue sur les trois attelages. Le traîneau numéro un, le rouge, accueillerait Emet Girjas, Massaq, Qaanaaq, Markus et lui-même. Le *komatik* numéro deux, le jaune, serait celui du lieutenant Karlsen, du novice Bjorn, d'Appu, de Søren et de Sara Kaspersen. Quant au troisième, le noir, il embarquerait l'adjudant Svensen – l'intendant de la troupe –, le novice Lukas, Lotte Brunn, Niko Mäkinen et Camilla Feg. Molsen poursuivit, se voulant rassurant :

– En plus de vos balises et de vos tablettes GPS indivi-duelles, nous emportons un poste de radio VHF, installé sur l'attelage rouge, qui va nous permettre d'établir un contact quotidien avec le PC de Mestersvig, de leur indiquer notre position et notre état.

Un calepin en main, Camilla consignait les moindres détails, fidèle à sa routine journalistique.

– À quelle heure, le contact ? demanda-t-elle.

– Tous les jours à 16 heures précises. Si l'on a ne serait-ce que trente minutes de retard sur ce rendez-vous, ils envoient les secours dans un rayon d'une cinquantaine de kilomètres autour de notre dernière position connue.

Cette précision parut regonfler le moral des plus sceptiques. Enfin, la colonne de traîneaux put s'ébranler en direction du nord-ouest, à l'opposé de la baie de Daneborg et de sa banquise.

– *Frem ! Frem !* hurlèrent de concert les trois conducteurs d'attelage.

À peine l'ordre lancé, les chiens jappèrent d'excitation et s'élancèrent sur la pente enneigée à toute allure.

– Ça grimpe sévère ! s'exclama Qaanaaq dès les premières centaines de mètres, assez fort pour couvrir les aboiements et le sifflement des fouets.

Le dénivelé se révélait bien plus important que ce qu'il avait imaginé. La traversée de la péninsule de Wollaston Foreland jusqu'en lisière d'inlandsis, d'est en ouest sur une centaine de kilomètres, les verrait quitter le niveau de la mer pour s'élever à près de mille sept cents mètres, là où débutait la calotte glaciaire proprement dite.

Tout en ahanant derrière le traîneau – il était trop tôt pour que certains d'entre eux s'y reposent à tour de rôle –, Molsen leur rappela quelques évidences s'agissant de l'environnement si particulier qu'ils s'apprêtaient à investir. Si, vu d'avion, l'inlandsis n'apparaissait que comme une vaste étendue blanche, basse et plane, il s'agissait en réalité d'une sorte de plateau d'altitude. En moyenne, on y culminait autour de deux mille neuf cents mètres, et jusqu'à trois mille trois cents mètres au point le plus élevé, au centre de la calotte. Cela signifiait qu'avant de laisser les chiens y gambader, il fallait déjà se hisser jusqu'à de telles hauteurs. Or parvenir là-haut, sur le toit glacé du monde, n'avait rien d'une promenade de santé ou d'une banale randonnée du dimanche. À l'instar des ascensions himalayennes, cet exercice exigeait une somme de compétences et d'efforts extraordinaires, dans l'acception la plus stricte du terme. D'ailleurs, pour ne prendre aucun risque, l'un des soldats cheminait en amont de leur groupe. Dans le jargon du légendaire explorateur Knud Rasmussen, celui-ci était désigné comme la « bonne d'enfants » de l'expédition. L'homme qui leur éviterait les principales failles et embûches.

Après quelques kilomètres seulement, certains des invités réclamèrent une première halte, sous prétexte d'observer la faune locale. Quelle que fût leur condition physique initiale, ceux qui avaient opté pour les skis peinaient plus encore que leurs confrères ayant choisi les raquettes. Seuls les Sirius, plus jeunes et mieux entraînés, semblaient aussi frais qu'à l'instant du départ.

– Vous faites bien d'en profiter, indiqua le lieutenant Karlsen à l'intention des visiteurs, parce que d'ici une vingtaine de kilomètres, on ne croisera plus grand monde.

Ici se risquaient encore quelques renards polaires, quelques lièvres et même un petit troupeau de bœufs musqués qu'ils purent observer aux jumelles. Emet le Norvégien, à bout de souffle, dégaina sa propre paire et fit mine de fouiller les alentours à la recherche des énormes caprins laineux. Il faut dire que le spectacle méritait qu'on s'y attarde.

– Ça va ? s'enquit Qaanaaq en se joignant à lui. Vous allez tenir le coup ?

– Vous savez ce que les Samis disent des vieux rennes ?

– Non.

– Un vieux renne connaît mieux ses limites que les jeunes. Et quand il n'est plus capable de les voir, c'est qu'il est déjà mort.

– Ça me paraît plutôt sage. Mais vous, sur l'échelle du vieux renne, vous vous sentez à quel niveau ?

Girjas esquissa un sourire rassérénant. Sa respiration se

faisait moins rapide et plus régulière. Le jour de sa fin n'était pas encore venu, indiquait le pétillement noir de ses yeux.

– Un niveau suffisant. Mais à propos de jeunes rennes, ajouta-t-il sans transition, la défection de dernière minute d'Horason ne m'a pas vraiment surpris.

– Pourquoi vous dites ça ?

Il n'y a aucun risque qu'il sache pour l'Islandais.

– Je vous ai raconté que je l'ai croisé dans le cadre d'une enquête conjointe de la SPA ?

À chaque question qui lui était adressée, Emet Girjas répondait par une autre question. C'est fou comme nos propres tics deviennent vite agaçants quand ils se manifestent chez les autres, se disait Qaanaaq, plus sûr de trouver si plaisants leurs nombreux points communs.

– Si vous m'en aviez parlé, je m'en souviendrais, grommela-t-il.

D'ailleurs, pourquoi avait-il attendu tout ce temps pour évoquer cet épisode ?

– C'était il y a cinq ou six ans, il débutait. On ne s'est pas côtoyés très longtemps, mais tout de même assez pour que je repère le dépressif en lui.

– Ah bon ? Ça se manifestait comment ?

– Sautes d'humeur, silences prolongés… Il m'a aussi confié qu'il avait fugué plusieurs fois au cours des dernières années.

Il en parlait comme d'un ado en rupture avec sa famille.

– Fugué ? Qu'est-ce que vous entendez par là ?

– Des disparitions volontaires, si vous préférez. Il ne s'est pas trop étendu sur le sujet, mais si j'ai bien compris, il a cherché à mettre fin à ses jours au moins une fois durant ses escapades.

Un suicidaire.

– Et d'après vous, qu'est-ce qui pouvait motiver un tel comportement ?

– Rien que du très classique : sa femme souhaitait le divorce et lui s'y refusait, voilà tout.

Se pouvait-il qu'Horason se fût aventuré seul sur l'inlandsis de son plein gré, conscient des risques encourus ? Pire, était-il allé volontairement au-devant des innombrables dangers que comportait ce milieu hostile ?

Mais dans ce cas, comment expliquer les traces suspectes autour du lieu de sa mort ? Pourquoi s'être débarrassé de toutes ses affaires, y compris de ses papiers et de son mobile, avant son acte fatal ? Ça n'avait pas de sens.

– Oh, de toute manière, conclut Girjas, il réapparaîtra forcément.

Bien sûr, il ignorait l'issue fatale de cette disparition. À moins qu'il en sût bien plus qu'il ne le disait. À moins qu'il eût de bonnes raisons de prêcher ainsi le faux...

– Sous une forme ou sous une autre, philosopha-t-il en reprenant son affût des bœufs musqués. On finit toujours par réapparaître dans le regard de ceux qui nous cherchent vraiment. Vous ne croyez pas, Qaanaaq ?

20

[IMG_0264.jpg / 7 février 2022 / 08 h 17 / Extrémité ouest de la péninsule de Wollaston Foreland, un refuge de la patrouille Sirius]

– *Pis !* On ne va jamais tous tenir là-dedans ! s'écria Appu en découvrant la cabane de leur première étape.

À vue de nez, le petit édifice en bois peint, d'un rouge flamboyant, ne pouvait guère contenir plus de sept ou huit personnes en mode sardines. Et encore, l'un d'entre eux devrait sans doute s'adosser à la porte, et un autre s'allonger contre le poêle brûlant. Quatre couchettes seulement, un peu de vaisselle et un garde-manger rempli de conserves, l'équipement du lieu était pour le moins spartiate.

– Ne vous inquiétez pas, c'était prévu, tenta de le rassurer Molsen.

Les neuf visiteurs s'entasseraient dans le refuge en « dur », hommes et femmes mélangés, tandis que les six soldats de la Sirius passeraient la nuit sous leurs tentes.

– Avec ce vent ? s'étonna Qaanaaq.

– Elles sont conçues pour ça.

De fait, et malgré les difficultés que ses hommes éprouvèrent à les planter dans un sol aussi dur sous de telles rafales, les deux abris en toile survécurent sans dommages aux assauts du souffle arctique. Ces tentes, à la forme spécifique en tunnel et assorties d'un sas à l'entrée, offraient une forte résistance au vent et une protection accrue contre le froid.

Si bien que le lendemain matin, au petit déjeuner comme toujours avalé à 8 heures tapantes, Molsen put affirmer sans mentir que ses troupes et lui-même avaient « dormi comme des bébés ». Un sentiment que les occupants de la cabane étaient loin de partager.

Au cours de la nuit, sous l'action conjuguée du blizzard et de l'altitude, la température avait franchi un nouveau palier : on était passé de −30 °C à −40 °C en quelques heures. « Les choses pénibles commencent sous les −40 °C », avait prévenu Molsen la veille au soir, autour d'une plâtrée de haricots blancs en boîte.

Ce matin-là, lorsqu'ils furent tous en état de repartir, ce n'est pas le froid qui les frappa le plus brutalement, mais plutôt le décor autour de leur bivouac. Une brume polaire opaque s'était abattue sur le paysage, lissant les aspérités du relief en un seul aplat blanc-gris, impénétrable à l'œil nu.

– C'est ça qu'on appelle le whiteout ? s'enquit Niko Mäkinen.

En dépit de sa blessure à l'épaule, le Finlandais avait jusqu'ici bien tenu la cadence. Qaanaaq aurait aimé pouvoir en dire autant, mais les douleurs fantômes qui hantaient sa jambe droite se rappelaient à son bon souvenir.

– Non, en règle générale, le whiteout se déploie par temps calme et sur terrain plat. Là, c'est plutôt le blizzard qui soulève la neige fraîche et la disperse en remontant la pente. Je pense qu'il suffira qu'on grimpe encore un peu pour que ça se dissipe.

Mais l'expertise d'Adriensen en la matière n'était pas celle des Sirius, et l'heure qui suivit leur départ prouva qu'il avait eu tort. À chaque foulée des chiens, le rideau poudreux qui les enveloppait devenait plus dense. À chaque inspiration, ils avalaient de pleines goulées d'une sorte de grésil qui criblait leur gorge et piquait leurs poumons. Ils n'auraient pu l'imaginer, et pourtant, ils vivaient une tempête de sable en plein désert glacé.

Molsen, lui, ne s'était pas trompé. Malgré les passe-montagnes enfilés sous leurs bonnets et leurs capuches, les quelques centimètres carrés de peau encore nus sur leur visage semblaient se craqueler. Ils sentaient, et pouvaient presque entendre, leur épiderme pétrifié se fissurer.

Assez vite, le traîneau rouge qui fermait la marche perdit de vue les deux autres attelages. Pourtant, d'un signe de tête, Molsen signifia à Qaanaaq que tout était sous contrôle. Tapotant l'écran givré de sa tablette, il pointa les deux nuages de points lumineux correspondant aux équipages de tête. Comme prévu, les balises GPS faisaient leur office.

« Vous savez, lui avait dit le capitaine de la Sirius quelques heures plus tôt, ce chemin à travers le versant ouest du parc national, Karlsen, Svensen et moi, nous l'avons déjà emprunté au moins trois ou quatre fois. On pourrait le parcourir les yeux fermés et quand même parvenir au dépôt suivant. »

Cela valait-il aussi quand c'était le temps lui-même qui scellait leurs paupières ?

La progression devenait de plus en plus éprouvante. Aux conditions météo épouvantables s'ajoutaient désormais une dénivellation aiguë et une surface plus accidentée. La neige avait cédé la place à un tapis dur et irrégulier, fait de niches et de rebonds. Les patins, assez longs pour ne pas s'y enferrer, tressautaient néanmoins à chaque cahot, secouant les quelque quatre cents kilos de matériel embarqués comme s'ils ne pesaient rien. Les chiens peinaient eux aussi, rivalisant d'adresse pour ne pas bloquer ou briser leurs pattes dans les trous.

Hommes et bêtes étaient si concentrés sur les efforts à produire qu'il parut à Qaanaaq que tous partageaient cet étrange état méditatif qui s'était emparé de lui. Une transe faite de frimas et de douleurs.

Et lorsque le traîneau qui filait à ses côtés se mit à verser vers l'avant, le mouvement lui fit l'effet d'un élan naturel. Un vol cosmique comparable à celui des *angakkuq*[1].

Le puits qui aspira les trois chiens de tête, liés entre eux par des traits en éventail, n'offrit pas l'élévation céleste attendue. Au contraire ; leur chute entraînait le reste de la meute qui, arc-bouté au bord du précipice – la mince pellicule blanche qui dissimulait la faille avait cédé d'un coup sous leur poids –, résistait autant que possible au pouvoir d'attraction fatal. Combien de temps tiendraient-ils ?

Par chance, aucun des hommes ne se reposait sur le traîneau au moment critique. Seuls les trois chiens qui pendaient à présent dans le vide étaient en péril. Mais les fils de nylon verts et bleus qui les liaient encore à la vie se tendirent soudain si fort que l'un d'eux faucha les chevilles d'Emet.

À son tour celui-ci glissa vers l'abîme. Son corps de « vieux renne », massif et peu réactif, perdait la bataille contre la gravité glacée quand une main sans visage, nimbée d'éclats blancs, se tendit vers lui et agrippa la manche de sa parka, le retenant comme par miracle.

– *Hold fast*[2] ! hurla Markus.

Le colosse n'était pas qu'une montagne de muscles capable de hisser quatre-vingts kilos à bout de bras. Il se révélait doué d'une incroyable vivacité.

Passé quelques secondes de sidération, Molsen et Qaanaaq se penchèrent à leur tour sur la fissure béante, au fond de laquelle clapotait une eau d'un bleu irréel. À eux trois, dans un élan qu'ils coordonnèrent sans se concerter, ils sortirent l'homme en sursis hors du trou.

Emet Girjas paraissait choqué, mais indemne. Revenu parmi eux contre toute attente, Orphée de l'enfer polaire.

---

1. Chamanes inuits. Dans *Nuuk*, Qaanaaq assiste à une scène de transe comparable.
2. « Tiens bon », en danois.

– Ça va ? cria Qaanaaq à travers le hululement du vent. Rien de cassé ?

Le rescapé approuva d'un hochement de tête imperceptible. À moins que ce ne fût un effet de ce tremblement qui le parcourait des pieds à la tête.

Restaient les chiens.

La femelle Paris et deux de ses acolytes, suspendus entre le monde des vivants et celui des morts, produisaient des jappements à cœur fendre. À effrayer les *tuurngait*. Leur chant lugubre dominait le blizzard lui-même.

– Et pour eux, on fait quoi ? demanda Qaanaaq.

– On ne va pas avoir le choix. On va les libérer.

– Les laisser tomber !?

Au propre comme au figuré.

Des dizaines de mètres de galerie, peut-être même des centaines, attendaient les animaux ainsi sacrifiés. Avec le réchauffement climatique, de véritables dédales se creusaient sous la surface apparente de l'inlandsis. Mais ce qui produisait un effet comique dans *L'Âge de glace* – Qaanaaq avait vu le film plus d'une fois avec Jens et Else – prenait ici un tour macabre.

Joignant le geste à la parole, Molsen avait dégainé un couteau de sa poche à soufflet. Les Sirius étaient les seuls soldats danois à ne pas se voir imposer d'uniforme, malgré cela, la plupart adoptaient des vêtements militaires pour leur aspect pratique.

– Ils se sont forcément blessés en tombant, argua-t-il. Et surtout...

– Surtout quoi ?

– Le fait même qu'ils n'aient pas flairé ce moulin prouve qu'ils ne sont plus en état de conduire l'attelage. Si on les réintégrait au pack, ils seraient capables de nous conduire aussi sec vers le prochain piège. On ne peut pas prendre un risque pareil. Pas après ce qui vient de se passer.

Il désigna le pauvre Emet recroquevillé sur la glace, toujours incapable du moindre geste.

Qaanaaq reconnaissait le pragmatisme cruel qu'il avait déjà observé chez les membres de la patrouille. Seul Markus le novice paraissait affecté par cette perspective.

– Je ne comprends pas. Elle a un flair de dingue ! finit-il même par dire.

– Peut-être. Mais de toute évidence, elle l'a perdu.

– Je vais y aller.

Adriensen s'interposa à sa manière. Ferme, mais sans violence. Bloc de détermination que rien ne pourrait plus entamer.

– Où ça ? Là-dedans ?!

– Vous avez des cordes en rab ? Vous savez bricoler un harnais ?

– Oui.

– Alors je vais descendre et récupérer ces bêtes.

– C'est ridicule, bougonna Molsen. Vous nous mettez *tous* en danger.

– Ce serait encore plus risqué pour la Sirius que vos invités gardent un mauvais souvenir de leur séjour. Vous ne croyez pas ?

L'officier givré jusqu'à la pointe des cils haussa les épaules. Puis aussitôt, fouillant dans le traîneau en équilibre instable, il obtempéra et entreprit de bricoler le dispositif réclamé.

Le sauvetage, peu aisé dans ces conditions, s'étira sur près d'une heure. Tractage, encordage, halage et ainsi de suite, les muscles peu à peu tétanisés par l'effort répété. Au bout de cet exercice périlleux, et de plusieurs tentatives infructueuses, Qaanaaq reçut sa juste récompense : les trois survivants léchant son visage en signe de gratitude.

Paris, touchée à la patte avant droite, claudiquait et se montrait un peu moins empressée que les deux autres. La désignant, Molsen revint à la charge :

– Vous êtes quand même conscient qu'on ne va pas avoir le choix ?

– C'est-à-dire ?

– Vous voyez comme moi son état ? On va devoir

l'abattre. Un chien qui devient un poids pour le groupe ne peut être gardé en vie. On ne peut pas hypothéquer le tout pour la partie.

– C'est vous qui le dites.

– Je suis désolé, Qaanaaq, mais ça n'est pas qu'un usage. C'est la condition de notre survie à *tous*.

– Si je comprends bien votre logique, on aurait dû laisser Emet disparaître dans ce gouffre, lui aussi ?

À l'énoncé de son nom, le flic sami, toujours étalé sur le sol, cligna plusieurs fois des yeux. Sa façon à lui de manifester sa reconnaissance.

– Vous jouez sur les mots. Moi, je vous parle de concret. Si on garde Paris en vie, c'est pas loin de cinquante kilos qu'on va devoir ajouter au *komatik*. Et autant de nourriture ou de kilomètres parcourus qu'on sera obligés de soustraire à notre programme. Pas besoin d'être très malin pour comprendre que c'est un calcul perdant. Je répète : ailleurs que sur l'inlandsis, passe encore, mais ici, c'est dangereux et absurde.

– Pas si je m'en occupe. Pas si je l'adopte et si je la ramène chez nous. En attendant, s'il faut prendre sur ma part de vivres pour compenser, je suis d'accord.

Ne jamais arracher un chien de traîneau à son milieu, s'était-il promis quelques jours plus tôt en admirant le spectacle de la nursery, à Daneborg. Et voilà qu'il s'apprêtait à commettre la même erreur qu'avec CR7.

Jusque-là en retrait, hébétée par la scène, Massaq venait de rejoindre son époux. Son visage brillait de mille cristaux minuscules. De sa voix grave, elle abonda :

– Moi aussi, je rognerai sur ma part. Et pour ce qui est de Paris, on se relaiera tous les deux pour la tracter à côté du traîneau. *Elle* ne sera en aucun cas une charge pour le reste du groupe.

Massaq semblait résolue, et fière de l'engagement pris par son mari. Le tatouage qui les liait n'était peut-être pas aussi vain qu'elle l'avait cru, en fin de compte. Inuit il était, et en tant que tel, solidaire de chaque créature vivant sur *Nuna*.

Avant de capituler pour de bon, Molsen leur adressa cette ultime mise en garde :

– Vous savez, elle ne pourra plus jamais intégrer aucun attelage. Elle restera handicapée toute sa vie.

– *Imaqa*. De toute façon, répondit Qaanaaq en sentant toutes ses vieilles blessures se réveiller, de sa patte folle jusqu'à son dos, qui ne l'est pas ?

21

[IMG_0285.jpg / 7 février 2022 / 14 h 31 / Quelque part à l'ouest du parc national, à la frontière est de l'inlandsis]

Lorsque Paris la miraculée fut installée sur son radeau de fortune, une simple bâche doublée en épaisseur, Molsen décréta qu'il était temps de reprendre leur marche forcée. Si l'on soustrayait leur brève halte déjeuner et le temps perdu lors de leur accident, ils n'avaient pas avancé durant plus de quatre ou cinq heures. Il en restait au moins autant avant qu'ils ne parviennent au refuge suivant.

– Il mesure presque le double de celui d'hier soir, promit-il pour remonter le moral des troupes. On devrait tous pouvoir y dormir au chaud.

Soit un petit 3 ou 4 °C ambiant, une fois le poêle à huile poussé à fond et la chaleur animale ayant fait son office. Mais alors que le capitaine de la Sirius s'apprêtait à donner le signal du départ, Qaanaaq le prit à part.

– Regardez ma tablette.

On n'y distinguait plus que les points correspondant à leurs propres balises. Autour, une soupe de pixels blancs s'étendait sur toute la surface de l'écran. Saisissant d'autorité l'objet numérique, Molsen se déganta un bref instant et dézooma l'affichage du pouce et de l'index. Les grappes de points figurant les deux autres attelages, proches l'une de l'autre, se situaient à présent à une distance de leur groupe qui paraissait très importante.

– *For helvede !* jura-t-il. Comment c'est possible ?

– Qu'est-ce qui se passe ?

– Vous voyez bien ! On a dérivé de plusieurs kilomètres par rapport à notre itinéraire. Le jaune et le noir sont sur la bonne route, et nous... Nous, plus du tout.

– Vous expliquez ça comment ?

Sans lui répondre, Molsen se rua vers la pauvre Paris, encore gémissante. Les quatre autres retinrent leur souffle mais, loin de la maltraiter, l'homme agenouillé eut au contraire un geste d'une apparente tendresse. Il passa la paume de sa main sur la truffe frémissante. Stupéfaits, ses compagnons le virent ensuite lécher sa peau, maculée de fluides animaux.

– C'est bien ce que je pensais.

– Quoi ? aboya Qaanaaq.

Ils s'étaient tous regroupés autour de la bête allongée et de son musher.

– On lui a appliqué du sel sur le museau, dit Molsen, assez fort pour être entendu de l'ensemble du groupe.

– Et alors ?

– Alors c'est le meilleur moyen de brouiller son odorat. Et sans son flair, une femelle est incapable non seulement de suivre ses congénères et d'orienter le *naalagaq*, mais aussi de repérer les zones d'eau à l'état liquide.

Des regards interdits s'échangèrent à travers la brume poudreuse.

– Si on ne l'avait pas trafiquée comme ça, poursuivit Molsen, elle ne se serait jamais jetée dans le moulin la tête la première.

– Qu'est-ce que vous voulez dire ?

– Qu'on aurait voulu nous envoyer dans le décor, on n'aurait pas fait autrement.

Les hurlements du blizzard leur soufflaient à l'oreille d'inquiétantes rumeurs. Se soupçonnaient-ils les uns les autres ?

En moins de quelques secondes, Qaanaaq avait déjà soupesé la culpabilité possible de chacun d'entre eux. Ses réflexes de flic pas tout à fait engourdis. S'il excluait par principe Massaq et lui-même, restaient Emet Girjas, Markus et Molsen. Le premier avait failli y laisser sa peau, le second avait sauvé le premier, et le dernier lui paraissait encore moins suspect que les deux autres. N'était-il pas le garant officiel de leur survie ? Et en outre, celui qui venait de révéler le piège qu'on leur avait tendu ?

Ou alors... Ou alors le fautif se trouvait ailleurs. Sur un autre attelage de leur trek. Peut-être même gambadait-il à des centaines de kilomètres de là, avec l'autre moitié de la Sirius.

Soudain, les points lumineux des traîneaux rouge et noir disparurent de l'écran. De concert. Comme si, des tréfonds de l'inlandsis, un nouveau monstre invisible avait jailli pour les prendre dans sa gueule, et les avaler.

22

[IMG_0315.jpg / 7 février 2022 / 16 h 21 / Quelque part à l'est de l'inlandsis]

– Qu'est-ce vous avez fichu avec vos balises ?! Pourquoi je ne les capte plus ?

En temps normal, tout le monde au sein de la Sirius aurait décrit le capitaine Molsen comme un homme d'humeur égale, dont le sang-froid et la bienveillance n'étaient jamais pris en défaut. Mais les premiers mots qu'il prononça à destination de ses subordonnés, lorsque les attelages jaune et noir surgirent enfin du brouillard, prirent pourtant une tonalité bien peu amène.

– C'est quoi ce bordel ? insista-t-il.

– Aucune idée, se défendit l'un des mushers en brandissant sa propre tablette. Pour nous, capitaine, ce sont vos balises qui déconnent.

En effet, sur l'écran embué n'apparaissaient plus que les deux nébuleuses correspondant aux équipages conduits par Karlsen et Svensen. Celle de Molsen s'était tout bonnement évanouie.

Par chance, l'odorat des autres femelles n'avait pas été altéré. Malgré la tempête qui persistait, les deux Sirius aguerris n'avaient pas éprouvé de difficulté majeure à retrouver le traîneau de leur chef. Il leur avait juste fallu suivre l'instinct de leurs bêtes, et supporter deux heures d'une lutte acharnée contre les éléments. Autant dire qu'ils s'attendaient à un tout autre accueil.

– Faut qu'on fasse le point radio tout de suite, ordonna Molsen sans transition.

– Ici ?

– Ici, oui. Sinon Mestersvig va nous balancer la cavalerie.

Le capitaine paraissait peu enclin à essuyer l'humiliation d'un sauvetage qu'il jugeait inutile.

Un officier et deux novices édifièrent un abri provisoire à l'aide d'une toile de tente tendue à la hâte, puis ils mirent le poste radio VHF sous tension.

– Sierra India 3, je répète : ici Sierra India 3... À vous, Mike Echo.

Ne répondit d'abord qu'un crachotement sonore étouffé par le vent.

– Mike Echo, vous nous entendez ?

Mais à 16 h 28 très précises, soit deux minutes à peine avant que l'alerte ne soit lancée au PC Sécurité de l'armée danoise, le contact requis fut enfin établi.

– Ici Mike Echo, bien reçu Sierra India 3. Il était moins une. Vous faisiez quoi ? Un roupillon sur la glace ?

Cette obligation à présent derrière eux, arriva le temps des décisions. Revenu de sa colère, Molsen, à nouveau plus ferme que furibard, indiqua la marche à suivre pour le reste de cette journée déjà exténuante.

– On a trop dérivé pour atteindre le refuge prévu dans un délai raisonnable.

– On fait quoi, alors ? On bivouaque ici ?

Les bourrasques, de plus en plus fortes, auraient pu répondre à sa place.

– Non, trop exposé, cria-t-il pour dominer le tumulte ambiant. On continue vers le nord-ouest en essayant de se remettre sur la bonne trace. On s'arrêtera dès qu'on aura dégotté un terrain plus favorable.

Un creux dans la surface gelée, ou même un nunatak de

taille moyenne ferait sans doute l'affaire pour les abriter du blizzard.

En dépit de la fatigue généralisée, la colonne reprit sa route. La chienne Paris étant désormais hors jeu, il fut convenu que le traîneau rouge, privé de femelle compétente, s'intercalerait entre les deux autres.

Qaanaaq et Massaq, fidèles à leur engagement, tiraient la coque de toile épaisse sur laquelle reposait la chienne blessée. Couchée sur le flanc, celle-ci s'abandonnait à son sort sans geindre. En un sens, et même si ce n'est pas cela que Mme Adriensen avait imaginé, c'est bien *Paris* qui les avait réunis, mettant fin à leur brouille. Pour Qaanaaq, l'effort à produire ainsi lesté était si violent, si constant, que ses pensées reprirent leur cours contemplatif. Comme lavées de tout tracas. Il ne cherchait même plus à deviner lequel d'entre eux avait annihilé le flair de l'animal, et ce faisant tenté d'en finir avec eux.

En lui, le flic se figeait. Ses automatismes semblaient tourner au ralenti, proches de l'extinction totale.

La progression sur la glace devenait de plus en plus hasardeuse. Quoique plus régulier, le sol se composait de grandes plaques très compactes sur lesquelles les patins des traîneaux ou des skis dérapaient, mêmes revêtus de peaux de phoque.

– Va falloir passer aux crampons ! hurla Molsen, se gardant de préciser que la modification du paysage marquait leur entrée de plain-pied sur l'inlandsis.

Mais ce n'était pas nécessaire ; Qaanaaq sentit que la pente, encore prononcée quelques kilomètres plus tôt, se muait en une immensité sans dénivelé. À perte de vue, un horizon parfaitement rectiligne. *On y est.* Était-ce une bonne ou une mauvaise nouvelle ? D'un regard fugace, Massaq lui prouva qu'elle partageait ce même pincement à l'âme teinté d'ivresse.

Juste avant que Molsen n'indique à l'escouade le lieu de leur arrêt pour la nuit, Qaanaaq constata qu'ils se trouvaient désormais hors de portée de la plupart des antennes relais

GSM. Sur son Smartphone chinois, plus aucune barre d'accès au réseau. Idem sur ceux d'Appu, Lotte ou Søren. Seule Camilla Feg conservait une connexion de type GPRS, toute théorique si on en jugeait par la faiblesse du signal.

Leurs dernières passerelles avec le reste du monde étaient ce poste VHF qui avait fait ses preuves un peu plus tôt, et le combiné satellite Iridium que Qaanaaq avait embarqué « au cas où », sur les conseils de Bornberg. Ceci étant, hormis Pitak – dont il n'avait toujours aucune nouvelle –, seul le patron de la Sirius disposait de ce numéro.

L'édification des trois tentes, deux pour les onze hommes, une pour les quatre femmes, les occupa durant près d'une heure. Ce travail comprenait aussi l'aménagement d'un rempart de glace autour du campement, afin d'atténuer les effets du vent.

Après tous ces coups de maillets et de pelles, ils n'étaient plus qu'une somme de courbatures et n'aspiraient qu'à s'allonger dans la tiédeur (toute relative) de leurs sacs de couchage. La préparation du dîner leur parut la tâche de trop et ils se contentèrent de barres énergétiques et autres fruits secs pour se remplir le ventre.

Certains estomacs pas vraiment rassasiés gargouillaient encore quand, sous la première des deux tentes d'hommes, Molsen entama un long monologue. C'était une tradition, à la veillée, d'évoquer des souvenirs de mission. Mais plutôt que de partager ses propres expériences, le capitaine choisit ce soir-là de relater les premières traversées de l'inlandsis :

– Le vrai pionnier, c'est Fridtjof Nansen, le Norvégien.

– En quelle année ? fit mine de s'intéresser Qaanaaq depuis le fond de son duvet.

– 1888. Autant dire la préhistoire en termes d'équipement. Mais franchement, de ce point de vue, c'était à peine mieux lors des expéditions d'Alfred Wegener en 1912, ou de Paul-Émile Victor en 1934. D'ailleurs, ce n'est pas un hasard si certaines d'entre elles ont fait des victimes en chemin.

– Lesquelles ?

– La plus connue de ce point de vue est la seconde exploration de Wegener, le géographe allemand, en mai 1931.

En quelques mots pudiques, Molsen relata comment ce dernier avait trouvé la mort au beau milieu de l'inlandsis, sur le chemin du retour, à quelques kilomètres seulement de la station polaire d'Eismitte. Littéralement, « le centre de la glace » en allemand.

– Il faut dire que cette année-là, dans les parages, ils ont enregistré des températures descendant jusqu'à −65 °C.

Personne n'osa demander ce qu'indiquait le thermomètre à cet instant précis, mais au-dehors le blizzard mugissait si fort qu'il paraissait lui aussi attendre l'heure de les prendre. Il soufflerait et patienterait le temps nécessaire. Et à la fin, il les aurait.

– Sur ces bonnes paroles, lança Camilla Feg en se levant, je vous souhaite une bonne nuit, messieurs.

Intéressée par les récits de Molsen, l'auteure suédoise était restée avec eux jusqu'au dernier moment. Mais le temps de rejoindre la tente des femmes était venu.

– Je vous accompagne, dit Qaanaaq en lui emboîtant le pas. J'aimerais embrasser ma femme, ajouta-t-il à mi-voix, comme pour se justifier.

Une fois dans le sas, si exigu qu'ils se tenaient nez à nez, tous deux accroupis, Camilla retint Adriensen par le bras. Une seconde équivoque s'étira avant qu'elle ne se penche à son oreille, et ne dissipe l'ambiguïté dans un chuchotement :

– À propos de notre petit accord...

– Il n'y a aucun accord entre nous, répliqua-t-il d'un ton rogue.

– Si ça vous fait plaisir de le penser... Mais je voulais quand même vous livrer un truc, en gage de ma bonne volonté.

– Un truc ?

– Sur ce séminaire. Je pense que le directeur Jacobsen ne vous a pas donné le motif réel de son organisation.

– Bien sûr que si : renforcer notre coordination pour lutter plus efficacement contre le crime organisé dans l'espace nordique.

La formule sentait un peu trop la plaquette promotionnelle pour la SPA.

– Ça, c'est le principe de base. La réalité du terrain, c'est que les patrons des polices scandinaves préparent une grosse opé contre le crime organisé dans leurs pays. En particulier contre les gangs de motards.

– Merci, je suis au courant. C'est bien pour ça qu'on est censés monter une sorte de task force pendant qu'on est ici. En prévision de...

– Vous ne m'avez pas comprise, le coupa-t-elle avec autorité. Cette opération est *déjà* commencée. Et ce qui se passe ici en fait probablement partie, d'une manière qui m'échappe, je l'avoue.

– Comment ça ?

– Je n'en sais pas plus.

– Qui vous a raconté ça ? C'est Henrik ?

Henrik Kudström, son époux, était l'un des meilleurs spécialistes des gangs dans toute la Scandinavie.

– Il faut bien que coucher avec le même homme depuis vingt ans serve à quelque chose, vous ne croyez pas ?

L'inconvenance de la formule laissa Qaanaaq sans voix. D'un coup, la température dans le sas semblait avoir grimpé de quelques degrés. Camilla allait s'enfuir dans la nuit polaire, quand à son tour il la retint d'une poigne ferme.

– Attendez !

Dans le regard pétillant de la blonde, il lut un petit air de défi, quelque chose comme : *Ma réflexion sur l'usure du couple vous inspire, peut-être ?*

– L'autre jour, quand vous m'avez parlé de mes parents, vous avez mentionné un voyage qu'ils auraient fait ici *avant* mon adoption.

– Tout à fait. Pendant l'hiver 1972.

– Je veux en savoir plus, bafouilla-t-il. Pourquoi ne m'en

ont-ils jamais rien dit ? Que s'est-il passé pendant leur séjour pour qu'ils n'en parlent jamais ?

Défaisant son étreinte, elle s'échappa et lança sur un ton frivole qui tranchait avec les circonstances :

– Donnant-donnant, commandant. Donnant-donnant. J'ai déjà au moins deux infos d'avance. À vous de remplir votre part du contrat.

23

Nuuk, Politigarden – 7 février, début de la nuit

Au Politigarden de Nuuk, où il s'était résolu à rentrer la veille faute de nouveaux éléments glanés à Kangerlussuaq, Pitak conservait ce statut ingrat d'éternel débutant. Certes, tout le monde le connaissait et l'appréciait dans la boutique – comment ne pas aimer ce jeune gaillard, souriant, disponible et affable ? – mais parmi ses confrères enquêteurs, il demeurait le dernier arrivé, et à ce titre le moins expérimenté. Aux yeux de tous, un « bleu » perpétuel. Il fallait vraiment qu'il fût le seul officier présent sur place pour qu'on fît appel à lui en premier ressort.

– Pitak ? Y a un paquet pour toi à l'accueil.

Il reconnut la voix d'Hitty, la réceptionniste de nuit, dans le combiné. Toujours ce même ton un peu las, englué de routine. Depuis la disparition tragique de Bodil, sa collègue, elle n'avait plus retrouvé sa bonne humeur d'antan.

Quelques instants plus tard, Pitak traversa l'open space et se présenta au comptoir de l'entrée. De sa main replète, Hitty désigna le livreur habillé aux couleurs d'Air Greenland qui l'attendait dehors.

Un sac mortuaire blanc à ses pieds.

Pitak poussa la double porte vitrée et rejoignit l'homme en parka rouge sang sous la marquise bleu nuit du perron.

– Vous avez besoin de moi pour le rentrer ? demanda le visiteur sans un bonjour.

– Je veux bien, oui, merci. On n'est pas en sureffectif, en ce moment.

Chacun à un bout de la dépouille, ils la transportèrent dans la salle d'examen, le fief de Lotte Brunn. Pourtant, en l'absence de la légiste pour l'autopsier, ils se contentèrent de remiser le corps dans l'un des grands tiroirs réfrigérés, équipement récent dont s'enorgueillissait Qaanaaq. Les murs de la pièce restaient pour leur part figés dans leur décrépitude verdâtre.

Le livreur reparti, Pitak rouvrit le casier et dézippa la housse en toile renforcée par acquit de conscience. Aucun doute, il s'agissait bien de Jonas Horason, ou plutôt de ce qu'il en restait. Pakak Arnatsiaq, le chef de la police de Kangerlussuaq, avait tenu parole et assuré un transport du cadavre aussi discret que possible jusqu'à la capitale.

Mais malgré le séjour de l'Islandais dans un coffre à gibier extérieur, des remugles écœurants commençaient à s'élever de l'étui entrouvert. Pitak réprima un haut-le-cœur et tâcha d'ausculter les innombrables lacérations avec toute l'attention requise. Contrairement à celles qu'il avait pu observer quatre ans plus tôt sur les corps déchiquetés du Primus[1], elles présentaient toutes les caractéristiques d'une attaque d'ours polaire : largeur, profondeur, et surtout cet acharnement brouillon qui avait réduit les chairs à l'état de bouillie. Cette fois, le tueur n'avait pas singé la furie animale ; le tueur *était* un animal.

Pitak referma le sac et le tiroir avant de ne plus être en mesure de contenir ses nausées. Il regagna son bureau dans l'open space du rez-de-chaussée, où régnait un brouhaha joyeux.

Sans autre officier que lui dans le bâtiment, une atmosphère de vacances flottait dans l'air. Les agents en uniforme

---

1. Voir *Qaanaaq*.

assuraient l'essentiel, mais sans zèle aucun, intercalant des *kaffemiks* improvisés entre deux obligations.

Étrangement, le spectacle atroce qu'il venait de s'infliger lui évoquait plutôt de bons souvenirs. À l'époque de cette autre affaire, Qaanaaq n'était encore qu'un envoyé de Niels Brocks Gade et lui-même venait de commencer sa carrière au sein du Politigarden. Grâce à Adriensen, et contrairement à l'image que la plupart avaient de lui, il avait le sentiment d'avoir énormément progressé. À chaque affaire qu'ils avaient eue à démêler, le dossier des ouvriers de la plateforme pétrolière, celui des corps enchâssés dans les icebergs et, l'an passé, l'enquête sur l'épidémie de suicides, il lui avait semblé acquérir de nouvelles compétences.

Mais n'était-il pas temps pour lui de franchir une autre étape ? De gagner en responsabilités ? En un sens, mission actuelle lui offrait une chance inespérée de faire ses preuves.

Qui sait, peut-être même grillerait-il Søren au poteau, lorsque Qaanaaq les quitterait pour de bon, et qu'il s'agirait de trouver un adjoint à Appu. *Directeur adjoint Pitak Rosing.* il voyait déjà la plaque sur la porte d'un hypothétique bureau individuel.

Ça faisait rêver.

L'éclat de rire tonitruant d'un agent fêtant son dernier-né l'arracha à ses divagations. Un rire qui sonnait comme un aboiement. *Qu'est-ce que le patron m'a demandé, déjà ? Ah oui, Tobias.*

– Tobias ? C'est Pitak, au Politigarden.

Un soupir lui répondit d'abord. Puis une voix un peu rauque, où se disputaient l'agacement et la fierté.

– Ah je me disais aussi, ça faisait longtemps que vos copains et vous n'aviez pas sollicité ce bon Tobias.

– Vous êtes un pote d'Appu, oui ou non ?

– Oui… Enfin, on a fait des compètes de kayak ensemble quand on était gamins. Ça fait pas non plus de nous des amis à la vie à la mort.

157

Aussitôt dit, il se racla la gorge. Il paraissait regretter ses propos. Sans doute le deuil qui avait touché la famille Kalakek deux ans plus tôt lui était-il revenu en mémoire.

– Bon, qu'est-ce que je peux faire pour vous, ce coup-ci ?

Avec une économie de mots bienvenue, Pitak résuma les points réclamés par Qaanaaq : le listing de tous les passagers ayant transité par l'aéroport de Kangerlussuaq le 1er février ; l'accès aux vidéos de surveillance ce même jour, mais cette fois, à l'extérieur de l'aérogare.

– Je m'en occupe. Mais ça n'aurait pas été plus simple de réclamer tout ça à mes collègues de Kangerlussuaq ?

– Plus simple, certainement. Mais aussi beaucoup moins discret.

Tobias approuva d'un grognement, sans chercher à comprendre.

– Au fait, j'allais oublier, ajouta Pitak. Vous avez accès aux plannings de vol des pilotes ?

– Oui, c'est possible. Vous vous intéressez à qui ?

– Erik Olsen. Un pilote d'hélico de chez vous.

– Sur quelle période ?

– Tous les jours depuis le début du mois, 1er février inclus.

– Ça marche. Je vous envoie ça sur votre boîte mail.

Pitak n'eut pas le temps de demander quand ; son correspondant raccrocha d'un coup sec. Mais il eut à peine le loisir de remâcher cette contrariété : dix minutes après leur appel, le message de Tobias déboulait dans la boîte de réception de son compte pro.

Le premier document confirmait l'intuition de Qaanaaq : Sara Kaspersen figurait bien dans la liste des passagers ayant transité ce 1er février par l'aéroport de Kangerlussuaq. Un simple retard au départ de Copenhague justifiait-il qu'elle ne soit pas montée avec les autres flics de la SPA dans l'Hercule C-130 pour Daneborg ? Y avait-il un autre motif à ce détour imprévu ? Par exemple, l'interception d'un certain Jonas Horason sur le chemin du point 660 ?

Le mystère ne se dissipait qu'en partie. Le mail de Tobias comprenait également un lien donnant accès aux bandes de surveillance du 1ᵉʳ février. Pitak estima qu'il en aurait pour des heures à visionner tout ça, et préféra reporter ce travail fastidieux. Il ouvrit plutôt le tableau joint, celui des rotations d'Erik Olsen.

Le pilote d'Air Greenland était reparti de Kangerlussuaq aux commandes de son Bell 212 dès le matin du 5 février. Il se trouvait à présent à Kullorsuaq, à l'extrême nord-ouest du pays. Pitak pouvait toujours tenter de le joindre sur un numéro de portable – Tobias ne rechignerait sans doute pas à le lui fournir –, mais il ne pourrait pas mener un interrogatoire en bonne et due forme afin de déterminer le lien éventuel entre Olsen et Horason.

Poussé par le désœuvrement, le jeune officier survola le reste du planning d'Olsen. À la date du 1ᵉʳ février figurait une seule rotation, un vol privé vers la station météo de Danmarkshavn. Mais le trajet, biffé d'une croix, semblait avoir été purement et simplement annulé. Quant à l'identité du passager, symbolisée par ses seules initiales, elle saisit Pitak mieux que n'importe quel témoignage : JH. Comme Jonas Horason.

Mais qu'est-ce que l'Islandais allait faire à Danmarkshavn alors qu'il était attendu à Daneborg ?

S'il s'agissait bien de lui, cela expliquait le trouble d'Erik Olsen lorsqu'il avait retrouvé le client qui lui avait faux bond en charpie sur l'inlandsis.

Pitak hésita à transmettre cette info aussi sec à Qaanaaq. Il opta plutôt pour un rapport complet, préférable à des comptes rendus fractionnés. Il fréquentait Adriensen depuis assez longtemps pour anticiper ses exigences.

Il s'attaqua ensuite aux bandes de surveillance de Kangerlussuaq, qu'il fit défiler en léger accéléré. La manière dont les silhouettes s'agitaient à toute allure dans les rues ceinturant l'aérogare produisait un effet comique. À dire vrai, Pitak savait à peine ce qu'il cherchait dans ce flux hypnotique. Il disposait bien de quelques portraits de Sara Kaspersen, mais cela suffirait-il à l'identifier dans cette bouillie visuelle ? Plus d'une heure s'écoula et il désespérait presque quand il aperçut enfin le visage recherché. Elle faisait quelques pas en dehors de l'aérogare – après tout, c'était son droit. Mais Pitak fronça les sourcils : la flic danoise en parka rouge n'était pas seule. À ses côtés se tenait un grand type baraqué, aux cheveux ras, lesté d'une valise à chaque bras, et dont le faciès ne lui disait rien.

T'es qui, toi ? Qu'est-ce que tu fabriques avec elle ?

Confrère, mari, amant, simple voisin de siège dans l'avion... Complice ? Se pouvait-il que l'un des bagages que portait cet inconnu fût celui d'Horason ? Difficile à dire. En tout cas, vu l'horodatage de la séquence, postérieur d'au moins quatre heures au débarquement de l'Islandais à Kangerlussuaq, l'hypothèse était crédible. Capturant l'image arrêtée à l'aide de son Smartphone, Pitak la fit suivre sur le mobile de Qaanaaq. Mais un message d'erreur lui revint aussitôt :

Envoi impossible

Le groupe des trekkeurs de la SPA se trouvait-il désormais hors de portée des antennes relais ? Bien possible. Et ce maudit Iridium qui était incapable de recevoir quoi que ce soit d'autre que de la voix !

– Commandant Brenner ? Ici Pitak Rosing, je vous ai déjà appelé de la part de Qaanaaq il y a...

– Détends-toi, le coupa Brenner sur un ton amical. Tu vas pas me dérouler ton CV à chaque fois. Et sois gentil, appelle-moi Karl.

– OK, merci. Est-ce que vous pourriez identifier quelqu'un pour moi sur une photo ?

– Un suspect ?

– Peut-être, je ne sais pas encore. Disons qu'il pourrait s'agir d'un de vos anciens collègues. Il figure aux côtés de

Sara Kaspersen sur des images de sécurité d'Air Greenland prises à Kangerlussuaq.

– Un collègue… de Niels Brocks Gade ?

– Oui, s'excusa presque Pitak. Enfin, ça n'est qu'une hypothèse.

– Balance, l'encouragea l'autre.

Moins de dix minutes plus tard, l'ancien binôme d'Adriensen à la Crim de Copenhague rappela son jeune confrère de Nuuk.

– Désolé, mais j'ai jamais vu ton bonhomme. Ni au boulot, ni ailleurs. Tu as aucune idée de qui il est pour Sara ?

– Non, aucune.

– Bon, je vais voir ce que je peux faire avec Hjerne et ses petits génies[1]. La direction centrale leur a offert un programme de reconnaissance faciale pour Noël, c'est le moment ou jamais de nous prouver qu'ils ne fichent pas l'argent du contribuable en l'air.

– Super, mais…

– Mais quoi ?

– Ils ne vont pas faire remonter votre demande au directeur Jacobsen ?

Et, ce faisant, lui mettre la puce à l'oreille concernant la mort d'Horason.

À l'autre bout de la ligne, Pitak perçut ce qui sonnait comme un sourire en coin, un sourire entendu.

– Ça risque pas. La Fourmi leur pourrit la vie encore plus qu'à nous.

Brenner en parlait comme s'il était toujours en activité, sous la coupe de son patron tyrannique.

– Alors si on leur donne une occasion de lui plier les antennes, crois-moi, ils ne vont pas s'en priver.

---

1. *Hjerne* signifie « le cerveau », en danois. Personnages déjà mentionnés dans *Qaanaaq*, *Diskø* et *Nuuk*.

24

[IMG_0342.jpg / 7 février 2022 / 23 h 02 / Une dînette nocturne sous la tente]

Les Sirius appelaient ce rituel informel « l'orgie calorique ».

– Rien de sexuel, je vous rassure, avait précisé l'adjudant Svensen deux heures plus tôt, en décochant une paire de clins d'œil appuyés à Lotte et Niko.

Sur le moment, les deux intéressés avaient rosi comme des puceaux. Mais plus tard, chacun sous sa tente, Lotte côté filles et Niko côté garçons, ils hallucinèrent en découvrant de quoi il était question. Un deuxième repas, sorte de médianoche polaire, s'improvisait entre couche-tard. Chacun sortait de son sac à dos ce qu'il détenait de plus gras et de plus sucré, afin de le partager avec les autres.

– Pour tenir dans ces conditions, les chiens doivent avaler au moins sept mille calories par jour, et les humains au moins cinq mille. Soit près du double des apports ordinaires. Et comme notre estomac n'est pas extensible à l'infini, le seul moyen de parvenir à un tel total est de multiplier les collations fractionnées.

– Allez-y mollo quand même, s'interposa Molsen. Je vous rappelle qu'on a embarqué le strict minimum en vivres. Vous serez mignons de ne pas tout cramer dès la deuxième soirée.

Mais les agapes nocturnes débutèrent, et personne ne se soucia plus de cette mise en garde. Les tablettes de chocolat, de pâte d'amande ou de fruits secs passaient de main en main, et les dents s'y plantaient avec voracité. Ils bâfraient sans retenue, entrecoupant leur dînette de blagues ou d'éclats de rire. De toute manière, avec ce blizzard qui secouait les tentes comme autant de voiles, à peine ralenti par le rempart de neige, aucun d'entre eux n'avait encore trouvé le sommeil.

Une seconde veillée débutait.

– Tu vas où ?

Chacun disposant d'une bouteille plastique pour se soulager sans quitter son duvet, Appu s'étonna que Markus le novice ressorte dans la tempête. Le thermomètre fixé à l'extérieur du sas indiquait –43 °C.

– Jeter un coup d'œil aux chiens. On se relaie toutes les heures. C'est la règle.

– Tu vas les nourrir ?

– Oui, mais pas seulement. Quand le temps est aussi rigoureux, il n'est pas rare qu'ils se bagarrent au moindre prétexte, voire qu'ils se bouffent entre eux. Faut faire la police à intervalle régulier, si on veut tous les retrouver entiers demain matin.

À son retour sous la toile, comme poudré de cristaux frais de la tête aux pieds, Markus se déchaussa puis s'ébroua avant de reprendre place dans son sac de couchage. Là, le jeune Sirius dégaina une ombre rectangulaire et actionna une veilleuse qui en révéla la nature : un livre. Ce qui surprit le plus Appu fut l'identité de son auteur : O.A. Dreyer. Parmi la bonne cinquantaine d'enquêtes du commissaire Loksen, Markus avait choisi l'une des toutes premières, *Loksen se rebiffe*. Pas la meilleure, au goût d'Apputiku.

– Ça alors ! Tu lis ça, toi ?

– Oui, j'aime bien, c'est facile, ça me détend.

– Tu sais quand même qui est le fils de Dreyer ?

– Molsen m'a dit, ouais. Plutôt classe.

L'information paraissait l'amuser sans pour autant le

surexciter, et il replongea aussitôt le nez dans sa lecture. Pas même une petite manifestation de curiosité ou une question indiscrète.

Intrigué, Appu continua à observer le géant du coin de l'œil, tout en grignotant un biscuit. Se caler pour lire de manière confortable n'était pas chose facile dans ces circonstances. Le sac à dos glissé sous la tête de Markus cassait si bien sa nuque qu'une zone habituellement couverte de son cou se dénudait par intermittence. Il avait beau remonter le col de sa polaire de temps en temps, la pointe d'un tatouage surgissait sous l'éclairage cru de sa lampe LED.

– C'est quoi, ton tatoo ? s'enquit Appu.

On n'en distinguait que quelques centimètres, mais assez tout de même pour reconnaître le canon d'un fusil automatique, ou quelque chose de ressemblant. Le reste de l'arme coulait sans doute sur la face arrière de son épaule et dans son dos.

Le soldat esquissa un sourire où transpirait autant de gêne que de regret, avant d'éluder :

– Oh, une connerie de plus que j'aurais dû éviter quand j'étais gamin.

– Tu sais, y a pas d'âge pour ce genre de bêtises. Je ne sais pas si tu as vu ceux de Qaanaaq et Massaq…

– Ouais, mais eux, au moins, ils l'ont fait pour une bonne raison.

L'amour, semblait dire son regard embué.

Drôle de personnage décidément, cœur de guimauve dans un corps de brute. Capable de sauver Emet Girjas au mépris du danger, selon le récit de Qaanaaq, comme d'envisager d'abattre un de ses chiens sans sourciller.

Pour dissiper sa gêne, Markus se retourna dans son duvet. Le mouvement exerça une pression sur le sac fourré sous sa nuque, lequel s'entrouvrit assez pour libérer un pan de textile très épais.

– Tu trimballes ta propre tente ?! s'immisça une nouvelle fois Apputiku.

Markus parut chercher la réponse appropriée, puis il murmura sur un ton qui se voulait complice :

– Vu qu'on va passer la nuit ensemble, je devrais pas te le dire : je ronfle comme un diesel. Alors j'anticipe. Ce serait pas la première fois qu'on me vire de l'abri collectif manu militari.

Kalakek rigola de bon cœur. Mais il n'eut pas le temps de poursuivre leur échange amical ; une stridulation aigrelette résonna dans l'habitacle. Il reconnut la sonnerie de l'Iridium de Qaanaaq qui, parti visiter Massaq dans la tente des femmes, avait laissé l'appareil derrière lui.

Appu hésita quelques secondes, fit mine de chercher le combiné dans les couches rembourrées, puis se ravisa, songeant que son boss préférerait sûrement prendre lui-même ses communications.

* * *

Bien que les femmes fussent elles aussi occupées à charger leur sang en glucose, l'ambiance sous leur tente demeurait plus feutrée. Elles n'étaient que quatre, dont l'une d'entre elles, Lotte, avait déjà sombré, et une autre, Massaq, chuchotait à l'oreille de son homme, accroupi à son chevet.

– On n'a pas appelé Bodil et les jumeaux depuis au moins deux jours, se désolait-elle. Et maintenant, on n'a même plus de réseau.

– Il y a toujours mon téléphone satellite. De toute façon, c'est plus vraiment l'heure. On essaiera demain matin, si tu veux.

– D'accord, souffla-t-elle en lui décochant un baiser dans le cou.

Emmitouflée jusqu'aux oreilles, Camilla Feg considérait le couple Adriensen avec un mélange de tendresse et d'envie. Depuis quand Henrik et elle n'avaient-ils pas été aussi proches ?

Des années, probablement. Entre les livres de l'une et les enquêtes de l'autre, les occasions de se retrouver n'étaient pas légion. Mais en ressentaient-ils seulement le désir ?

Après une ultime embrassade aussi fusionnelle que fugace, Qaanaaq salua les autres occupantes et ressortit dans la nuit.

– Tu sais, lança Camilla à Massaq, avec un air plein de sollicitude, j'ai pas voulu intervenir, mais si ça t'intéresse, j'ai encore une barre sur mon portable. Et ça va sûrement pas durer.

– C'est gentil, mais Qaanaaq à raison. À cette heure-là, à part peut-être Bébiane, ils doivent tous dormir à Nuuk. On verra demain.

– Comme tu veux. N'hésite pas, en tout cas. Je vais essayer de joindre mon homme.

À ces mots, Camilla se rééquipa pour l'extérieur et quitta à son tour le ventre tiède de la tente.

Dehors, une très légère accalmie contenait la violence du blizzard. Un vent puissant soufflait toujours, mais il était possible de se tenir debout sans avoir à lutter à chaque instant. Le souci provenait à présent de ce froid si absolu que chaque geste donnait le sentiment d'être un papillon s'extrayant de sa chrysalide. L'air lui-même se muait en une coque rigide dont il était impossible de se défaire.

Non sans douleur, elle parvint malgré tout à appeler Henrik. Son mari décrocha aussitôt et, contre toute attente, la communication se révéla correcte. Afin d'optimiser le son, elle activa le haut-parleur.

– C'était quoi l'idée ? dit son interlocuteur sans salut ni préambule. Me voler mon job ?

– Arrête ton mélodrame. Si je t'avais gentiment demandé de m'emmener ici, tu m'aurais envoyée paître, et tu le sais très bien.

– Possible, admit Henrik. Mais toi, ta solution, c'est de mentir à mon patron et de prendre ma place dans l'avion de la SPA ?

– Franchement, j'ai pas eu à lui tordre le bras pour qu'il accepte que j'assure ton intérim.

– Tu m'étonnes ! Il adore le bling-bling, et toi, tu lui proposes de troquer le représentant officiel de la police suédoise contre une espèce de *vedette* de la télé pour représenter son service. Il va pas dire non ! Tant que les médias applaudissent à son nouveau joujou, il boit du petit-lait. Et tant pis si la coopération interscandinave patine.

* * *

Dissimulé par le versant de la tente exposé aux bourrasques, Qaanaaq n'avait capté que quelques mots de cet échange houleux. Assez pour en comprendre l'essentiel : Camilla Feg avait dupé son mari pour prendre sa place dans le séminaire.

Quel motif assez puissant pouvait justifier qu'on trahisse son conjoint de la sorte ? Pourquoi avait-elle à tout prix voulu se mêler aux flics de la SPA ?

Certes, son obsession assumée pour O.A. Dreyer pouvait expliquer son envie de le côtoyer, lui, le fils de l'écrivain. Mais était-ce l'unique raison ? Son projet littéraire ne camouflait-il pas de plus noirs desseins ?

Après tout, rien ne prouvait qu'elle n'avait pas menti en disculpant Sara Kaspersen, à propos de l'incident de chasse. Sans oublier ses sous-entendus sur de supposés enjeux secrets du séminaire, et sa propension à manipuler sans cesse son prochain. « Donnant-donnant » ? Il lui en ficherait, du « donnant-donnant » ! Non seulement elle avait usurpé sa place parmi eux, mais elle n'avait probablement pas la moindre intention, ou même la capacité, de lui fournir une quelconque info sur leurs pairs.

Cette femme bluffait comme elle respirait. Comme tous les écrivains. Comme ce Knut Adriensen qui la passionnait tant.

Il entrait tout juste dans sa tente quand il perçut le trille sonore de son Iridium. Prévenant comme il savait l'être, Appu fourragea dans l'épaisseur ouatée des duvets et lui tendit le combiné satellite. Ses battements de cils répétés indiquaient sans doute possible que cet appel n'était pas le premier. Qui que fût le correspondant à l'autre bout, il insistait.

– Bornberg, se présenta celui-ci d'une voix rêche.

– Commandant. Vous ne vous reposez jamais, à Daneborg ?

– Je vous retourne le compliment. Mestersvig m'a fait part de vos petites mésaventures. Pas trop de casse ?

– Ça va, plus de peur que de mal.

– Vous êtes entre de bonnes mains avec Molsen.

Des mains qui n'avaient pas empêché l'un d'entre eux de piéger Paris et l'ensemble de leur colonne. Des mains qui avaient failli abattre la chienne fautive de sang-froid.

Le capitaine Molsen était-il aussi apte à les protéger que le clamait son supérieur ?

– De toute façon, « la crainte rend la vie ennuyeuse », esquiva Qaanaaq.

– À propos de choses ennuyeuses, j'ai enfin reçu vos autorisations de traversée du parc national et de l'inlandsis.

– Magnifique. Je sens qu'on va tout de suite mieux dormir.

– Mais il manque celle de votre retardataire, Jonas Horason.

D'un coup, Qaanaaq n'eut plus envie de plaisanter.

– J'avoue que ça m'a un peu étonné, poursuivit Emil Bornberg. Parce que au moment où la requête a été passée, le secrétariat compétent au ministère de l'Intérieur ne pouvait pas savoir que notre ami islandais serait aux abonnés absents.

Un point pour lui.

Et connaissant la rigueur de l'administration danoise, il ne pouvait y avoir qu'une explication à cet « oubli » malencontreux : l'autorisation au nom d'Horason ne leur avait sans doute jamais été demandée. Comme si quelqu'un à Copenhague avait déjà décidé que le flic de Reykjavik ne parviendrait pas à Daneborg.

Comme si sa disparition n'était qu'une mise en scène, dont seul le sanglant épilogue avait dû surprendre les instigateurs.

– Vous avez informé le directeur Jacobsen de cette anomalie ? s'enquit Qaanaaq.

– Non. Je devrais ?

– Pas la peine, non. Il doit déjà être au courant.

Intérieurement, il pria aussi fort qu'il put pour que l'inverse fût vrai. Mais il en doutait.

Car qui d'autre que la Fourmi pouvait être à l'origine d'une manœuvre aussi tordue ?

Quel meilleur incident que la perte d'un officier de la SPA Arne Jacobsen aurait-il pu arranger pour compromettre l'équipe de police judiciaire du Politigarden ?

Qaanaaq raccrocha après quelques politesses d'usage, puis composa dans la foulée un autre numéro. Un numéro qu'il connaissait par cœur depuis de longues années.

À l'autre bout, on ne répondit qu'après un temps interminable.

– Brenner, feula une voix assourdie.

– *Lille bastard*[1] ! Si tu me dis que je te réveille, alors c'est que tu mérites vraiment ta connerie de retraite !

---

1. « Petit salopard » en danois, injure que Qaanaaq adresse souvent à son ami Karl Brenner, à titre amical.

25

Copenhague, Niels Brocks Gade – une heure plus tôt

La vitesse à laquelle on l'avait remplacé ne surprit pas Karl Brenner. Mais il en conçut tout de même une légère amertume. Il n'était pas parti en retraite depuis plus de quelques semaines que déjà son bureau privatif au deuxième étage du quartier général de la police judiciaire, à Niels Brocks Gade, avait été attribué à un quelconque officier en début de carrière. Dire que pour sa part, il avait dû patienter près de dix ans avant de jouir d'un tel privilège !

– Bande de petits péteux, jura pour lui-même l'homme à la tignasse grise.

Malgré le serment qu'il s'était fait d'arrêter la cigarette une fois son service achevé, il en tira une qu'il alluma aussitôt assis sur son ancien fauteuil. Il imaginait d'ici la tête du gamin qui retrouverait *sa* pièce embaumant le tabac, le lendemain matin.

La porte du bureau n'était pas verrouillée, mais comme il le redoutait, ses accès à son ancien ordinateur – partant de là au serveur central de la police – avaient été annulés dès le jour de son départ. Faute d'un badge encore actif, il ne devait d'ailleurs son accès nocturne au bâtiment qu'à ses contacts amicaux avec les gars du contrôle de sécurité.

Ainsi, allumer la bécane se révéla parfaitement stérile. Pour obtenir les informations réclamées par Pitak, il devrait faire appel à ses ultimes relations dans la maison, Hjerne et ses petits génies en tête. Il fallait en profiter tant qu'il était encore temps. D'ici quelques années, voire quelque mois, tous les vieux croûtons tels que lui seraient mis au rebut.

– Une bouffée de nostalgie, Brenner ?

Les pensées de Karl divaguaient tant qu'il n'avait pas perçu la haute silhouette derrière la porte vitrée. Alexander Kollman le dévisageait sans acrimonie. Plutôt comme un père regarde son fils pour le dissuader de faire sa prochaine connerie.

– Non, non, dit-il en écrasant son mégot dans un mug abandonné. Je rendais visite à de vieux copains, et je me demandais si mon ancien clapier avait déjà été réaffecté.

– Ce ne sont pas les jeunes lapins à caser qui manquent.

– Je vois ça.

– Vous vouliez voir la F… Le directeur Jacobsen ? se reprit Kollman, sans que son visage n'exprime la moindre gêne.

– Entre autres. Mais je n'ai croisé personne au troisième.

L'étage de la direction. Là où Kollman régnait en maître sur toute la police danoise.

Celui-ci avança d'un pas dans la pièce. Dans le contre-jour des veilleuses, longue ribambelle courant le long du couloir circulaire, sa taille impressionnait plus encore. Pour ne pas perdre toute contenance, Karl se releva, déployant à son tour sa stature. Il lui manquait néanmoins quelques centimètres pour rivaliser avec son ancien supérieur, qui incarnait bien ce statut.

Kollman se racla la gorge à plusieurs reprises, avant de reprendre d'un ton étonnamment avenant :

– Ça vous dirait de vous y balader plus souvent ?

– Au troisième ? s'écria Brenner.

– Au troisième, oui.

– Je ne suis pas sûr de bien comprendre, monsieur. Vous me proposez un job de consultant pour agrémenter ma retraite, c'est ça ?

– Disons, quelque chose un chouia plus pérenne que du consulting.

Karl blêmit. Comprenait-il clairement ce que l'autre sous-entendait ?

Lors de son départ, quelques semaines auparavant, on lui avait rendu les honneurs dus à son état de service, cadeau inutile et dispendieux à la clé, discours plein de trémolos et même une breloque dorée qu'il s'était empressé de ranger dans un placard. Le package standard pour qui quitte la grande maison. Rien ni personne n'avait laissé entendre que ses compétences fussent au-dessus de la moyenne, et à ce titre plus appréciées que celles de tous ses confrères partis avant lui. En termes de prestige, il se situait très loin d'une Flora Adriensen, mère adoptive de Qaanaaq et légende de Niels Brocks Gade.

– Entendons-nous bien, reprit Kollman avec gravité. Arne est un excellent homme de dossiers, tout le monde s'entend là-dessus, ici comme au ministère. Mais concernant les opérations de terrain, j'ai bien peur qu'il ne soit un tantinet largué.

Un tantinet. Magie de l'euphémisme dans la bouche de qui détient l'autorité suprême. Brenner avait compris ; Jacobsen était déjà sur la touche, quand bien même il n'en avait pour l'heure aucune conscience.

– Vous pensez à quoi ? se risqua Karl.

– Avant votre sortie, vous avez suivi l'évolution des rapports entre les Hells Angels et l'AK81, je ne me trompe pas ?

– Je planchais dessus avant de partir, oui. Même si je n'étais pas le plus impliqué de la maison sur le dossier.

– Eh bien, j'aimerais que vous vous y penchiez de plus près.

– On parle de quel poste ?

– On parle d'un grand bureau avec vue sur les colonnes. Au troisième étage.

Celui d'Arne Jacobsen, cela allait de soi.

– Et la Fourmi, vous en faites quoi ?

Brenner se sentait désormais assez sûr de lui pour employer le surnom désobligeant sans fausse pudeur.

173

– Ce ne sont pas les clapiers dorés qui manquent. La ministre Krag[1] réclame la création d'un poste d'interface entre son cabinet et notre direction depuis sa prise de fonction. C'est l'occasion ou jamais de la satisfaire. Jacobsen fera des merveilles dans la rédaction de rapports en langue de bois brut.

– En effet, acquiesça Karl d'un sourire entendu.

– Il a un joli brin de plume, vous savez. S'il n'avait pas été flic, il aurait sans doute fait un écrivain assez potable.

– Si vous le dites.

– Alors, vous en pensez quoi ? Vous vous sentez prêt à lâcher vos parties de Scrabble pour venir vous amuser à nouveau avec nous ? On vous fera un contrat d'un an renouvelable. Avec des émoluments non dégrevés de votre pension, évidemment. Double paie, et plaisir compte triple.

Séduisant ! Kollman devrait vraiment être dans la merde, pour offrir un pont d'or à un vieux cheval dans son genre. Du temps de son activité, ils ne s'étaient pas adressé la parole plus d'une demi-douzaine de fois.

– Vous me laissez quelques jours de réflexion ?

– Quelques jours, oui, mais pas plus. Ça commence à chauffer sérieusement du côté d'Hellerup et Tingbjerg[2].

Encore un peu sonné par cette proposition, Karl prit l'ascenseur vers les tréfonds du quartier général en pilote automatique. Ses pensées planaient encore du côté du troisième étage quand son vieux camarade Hjerne, le patron des petits génies – il n'avait jamais su le prénom de cette tête d'œuf à lunettes –, l'intercepta à sa sortie de cabine :

– Ah ben quand même ! Je croyais que t'allais jamais venir nous voir dans notre terrier.

Clapier, terrier, et pourquoi pas tanière… C'est tout une

---

1. Astrid Krag, ministre de l'Intérieur danoise depuis le 27 juin 2019.
2. Villes en banlieue nord de Copenhague, théâtre d'affrontements réguliers entre Hells Angels et AK81.

ménagerie qui grouillait dans le vaste bâtiment pentagonal, y compris à une heure aussi avancée.

– Je te rappelle que je ne fais plus partie de la maison. Donc maintenant, c'est à *mon* rythme.

– Alors si Sa Seigneurie veut bien se donner la peine, railla le petit homme en pull jacquard. On a du biscuit plutôt croustillant pour toi.

Hjerne le guida jusqu'à une pièce aveugle aux murs tapissés d'écrans. Sur l'un d'eux, il reconnut le cliché fourni par Pitak qu'il avait lui-même fait suivre aux services d'expertise informatique. L'image était figée sur Sara Kaspersen et son mystérieux compagnon de balade à Kangerlussuaq.

– J'ai le plaisir de te présenter Milo Arrensen, dit l'ingénieur en désignant le colosse aux cheveux ras. Membre actif de l'AK81 depuis au moins cinq ans. À notre connaissance, l'un de leurs hommes de main les plus coriaces. Soupçonné d'une bonne dizaine d'homicides, mais jamais inquiété.

Un tueur patenté.

Qu'est-ce que la petite protégée d'Arne Jacobsen pouvait bien fabriquer aux côtés d'un tel client ? A fortiori au Groenland, et juste avant de rejoindre le séminaire de la SPA ?

La Fourmi était-elle au courant des mauvaises fréquentations de sa subordonnée ? Se pouvait-il que Jacobsen l'incorruptible se fût lui aussi compromis auprès de l'organisation criminelle ?

Brenner n'y croyait pas. Il avait beau détester l'homme et ses méthodes de basse manipulation, il lui reconnaissait une éthique jusque-là irréprochable. Un salaud, certes, mais sur le papier, un salaud blanc comme neige.

– Tu me laisserais jeter un œil au dossier complet de Sara depuis un de tes postes ?

– Euh, là, on dépasse largement le petit service, s'offusqua Hjerne pour la forme.

– Justement, en parlant de service, je vais en reprendre pour la maison.

– Qu'est-ce que tu racontes ?

– Kollman vient de me proposer de rempiler. À quelques

175

semaines près, c'est comme si je n'avais jamais quitté mes fonctions.

– Pfff, t'as pas intérêt à me pipeauter. Tu sais quand même que je peux supprimer ta pension en trois clics ?

En était-il capable d'un point de vue technique ? Assurément. L'aurait-il fait pour autant ? Jamais de la vie, et Brenner le savait.

– Arrête ta frime à deux balles et file-moi cet accès.

L'autre s'exécuta en grommelant des injures aussi absconses que ses lignes de code. Et Karl put bientôt explorer les zones les plus obscures du parcours de Sara Kaspersen.

Au-delà du CV officiel, chaque officier faisait l'objet d'une enquête ad hoc au moment de son intégration. Le résultat, un dossier classé, n'était accessible qu'aux directeurs ainsi qu'à quelques officiers de rang supérieur tels que Hjerne.

Ce que Brenner découvrit au sujet de la jeune femme le laissa plus stupéfait encore que l'offre d'emploi qu'il venait de recevoir.

– Petite cachottière, souffla-t-il. Alors comme ça, on aime les grosses cylindrées ?

Avant de passer le concours de l'académie de police, durant ses années fast-food et téléconseil, Sara avait fréquenté les ennemis de l'AK81, les Hells Angels de Copenhague. Sa relation au gang dépassait la simple curiosité ou la passade transgressive d'une adolescente en mal de repères. Ses liens aux Hells, comme on les surnommait, avaient été étroits, et assez durables pour leur donner chair, au sens le plus strict du terme : selon les témoignages collectés, elle avait eu un enfant avec l'un des bikers, un certain Anton Laurig.

Alors que diable fichait-elle, des années plus tard, au bras d'un AK81 pur jus ? Jouait-elle les infiltrées chez ses anciens ennemis sur ordre de Jacobsen ?

Cette méthode ressemblait bien à celles de l'homme que Karl s'apprêtait à évincer.

L'apparition d'un étrange numéro à rallonge sur l'écran

de son Smartphone coupa court à ses réflexions. Quinze chiffres. Probablement un Iridium. Il hésita de longues secondes avant de décrocher.

– Brenner, grasseya-t-il enfin.

– *Lille bastard !* Si tu me dis que je te réveille, alors c'est que tu mérites vraiment ta connerie de retraite !

Qaanaaq. Celui-ci ne pouvait pas plus se tromper. Sur toute la ligne.

26

– Qaanaaq ?! Qaanaaq, réveille-toi !

Il avait pu se passer mille ans comme une minute depuis qu'il avait fermé les yeux. Leurs nuits étaient si hachées, entrecoupées par les soins apportés aux chiens, qu'ils flottaient tous dans un état incertain, entre épuisement total et instinct de survie. Adriensen avait lutté contre le sommeil aussi longtemps que son organisme assailli par le froid le lui avait permis. Un œil entrouvert et rivé au duvet de Markus. Le novice de la Sirius occupait chacune de ses pensées depuis son dialogue nocturne avec Karl.

– Le type qui marche aux côtés de Kaspersen sur la vidéo de surveillance s'appelle Milo Arrensen, avait résumé Brenner. C'est l'un des gros bras de l'AK81.

– *Pis !* Et aucun moyen de balancer une photo sur cette connerie d'Iridium !

– Je te confirme.

– Tu pourrais au moins me le décrire ?

– Je dirais pas loin de deux mètres, cheveux clairs et ras façon commando, cou de taureau, des bras comme mes cuisses, et néanmoins une tête à faire traverser les vieilles dames. Tu vois le genre de gus.

Qaanaaq ne voyait que trop bien. Il n'avait pu réprimer un regard oblique en direction de Markus. La description faite par Brenner correspondait trait pour trait au colosse emmailloté qui reposait à quelques pas de lui. Dormait-il ? Difficile à dire. Le visage massif disparaissait dans l'épaisseur du sac de couchage ; il était exclu de dégainer son appareil pour l'immortaliser.

Par prudence, Qaanaaq s'était rééquipé en hâte et avait poursuivi sa conversation à l'extérieur. Le blizzard avait regagné en force, érigeant autour de lui une cabine privative de neige et de tumulte, avec un peu de chance assez efficace pour qu'on ne capte pas ses propos depuis l'intérieur de l'abri.

– Aucun autre signe particulier : tache, cicatrice, tatouage ? avait-il crié dans l'appareil.

– Rien de visible sur le cliché envoyé par Pitak. On parle d'une image arrêtée sur une bande-vidéo. Autant dire qu'on est assez loin de la résolution de tes joujous.

– Est-ce que tu peux contacter la base navale d'Holmen avec ta photo d'Arrensen, et leur demander s'il correspond à l'une de leurs recrues récentes ?

– Pourquoi, tu as quelqu'un en tête ?

Qaanaaq avait jeté un regard par-dessus son épaule, afin de vérifier qu'il était bien le seul à être sorti de la tente :

– Ça se pourrait, oui. Tu me rappelles dès que tu as du neuf ?

– Oui, bien sûr. À propos de neuf...

– Qaanaaq ? Tu m'entends ?

Enfin il ouvrit les yeux sur l'ovale d'un visage familier. Penchée sur lui, Massaq affichait la mine des mauvais jours. Une évidente inquiétude creusait ses quelques rides et plissait son front.

– Je suis désolée. Je ne l'ai pas entendue partir.

Du coin de l'œil, il constata que le duvet de Markus était vide. Quant au sac qui faisait office d'oreiller, ce sac si gonflé, il avait disparu lui aussi.

– Tu parles de qui ?

– Sara ! Elle a disparu pendant la nuit. J'ai fouillé les alentours du camp. Elle n'est nulle part.

Tiré de son sommeil par leurs éclats de voix, Appu se joignit à leur échange.

– Qu'est-ce qui se passe ?

– Il se passe qu'on a une disp... Enfin, non, sans doute deux disparitions. Markus et Sara.

Incrédule, le regard rond du flic inuit fouilla l'intérieur de la tente. En comptant le sien et celui de Massaq, il ne vit que cinq nuages de vapeur s'échappant des bouches présentes, et non six.

– Attendez, dit Apputiku, hier soir, il m'a dit qu'il plantait parfois sa toile perso à l'écart des autres. Il est peut-être juste à côté.

À son tour, Molsen se redressa. Sans un mot, il chaussa ses *kamiks*[1] et se rua dehors, aussitôt suivi par les autres occupants.

Le bref intermède de lumière ne se lèverait pas avant plusieurs heures, et une nuit dense enveloppait toujours leur campement. La visibilité, encore limitée, ne permettait pas de le balayer du regard depuis un unique point de vue. Molsen enjamba le rempart de glace édifié par ses hommes la veille et se mit à trotter tout autour de leur bivouac, décrivant des cercles de plus en plus larges.

Aucune autre tente ne lui apparut dans ce périmètre glacé.

Quand enfin il repéra la meute des chiens, enchaînés à quelques dizaines de pas seulement des humains, il se statufia d'un coup :

– Il en manque ! hurla-t-il.

Qaanaaq et Appu le rejoignirent les premiers.

– Combien ?

– Attendez, je compte...

Ce n'était pas chose facile. Sortis de leur torpeur par la présence des hommes, les animaux au poil givré hululaient

1. Bottes traditionnelles inuites, en peau de phoque ou d'ours polaire.

181

à tout rompre. À leur manière, eux aussi réclamaient leur petit déjeuner.

Svensen et Karlsen arrivèrent bientôt à leur suite.

– C'est absurde, souffla Molsen après un instant d'observation minutieuse.

– Quoi ?

– Ils n'en ont pris que cinq, dont Paris, la chienne blessée que vous avez voulu à tout prix garder.

Qaanaaq ressentit un pincement au creux de la poitrine. Il lui semblait perdre CR7 une deuxième fois.

– Et alors ? demanda-t-il après un instant de sidération.

– Alors, vu le poids de nos traîneaux, même à vide il faut un minimum de neuf ou dix bêtes pour les déplacer. En tant que tels, cinq chiens ne servent à rien. Surtout pas avec une patte folle dans le lot.

– Le rouge, le noir, le jaune, ils sont tous là, indiqua Svensen. Aucun des traîneaux n'a été embarqué.

– J'ai jamais vu ça. C'est pas du vol, ni même une fuite.

– C'est du suicide, conclut Qaanaaq à la place du capitaine.

La perspective se perdit dans les confins bleus, piqués de blanc, qui s'étendaient tout autour d'eux. Comment pouvait-on choisir une fin pareille ? Qu'avaient-ils à cacher de si terrible pour préférer ce destin-là au froid couperet de la justice ?

Après un crochet par la tente des femmes, Massaq les rejoignit, essoufflée :

– Sara… Elle n'a rien pris avec elle. Toutes ses affaires sont là. Même son sac à dos.

– Tu es sûre ?

– Certaine. On vient de faire un tour rapide de la tente avec Camilla et Lotte.

– C'est pas le cas de Markus, ajouta Apputiku. À part son duvet, il n'a rien laissé derrière lui. Ménage parfait.

Deux fuyards, deux attitudes bien différentes. Sara avait-elle suivi Markus sous la contrainte ? Pourtant, si Brenner confirmait l'identité véritable du novice de la Sirius, alors leur présence conjointe aux abords de l'aéroport de Kangerlussuaq, le jour même de la disparition d'Horason, laissait supposer une réelle complicité.

Que s'était-il passé entre eux deux ? Sara l'infiltrée s'était-elle fait démasquer par Markus, alias Milo Arrensen ?

Des éléments sur les gangs scandinaves revinrent à la mémoire de Qaanaaq. Dans le nom du clan AK81, les chiffres 8 et 1 correspondaient aux H et A des Hells Angels, leurs anciens maîtres. Quant aux lettres AK, il s'agissait d'un acronyme pour l'expression danoise *Altid Klar*, littéralement « toujours prêt ».

Prêt à quoi ? s'interrogea-t-il. Prêt à kidnapper, à s'enfuir... à tuer ? Prêt à chasser la SPA sur l'inlandsis, afin d'étouffer les efforts de coordination policière dans l'œuf ?

« Ce qui se passe ici, au Groenland, fait probablement partie de la guerre entre gangs », avait prétendu Camilla Feg, citant son flic de mari. Spécialiste du sujet, Henrik Kudström devait disposer de plus d'un indic au sein des deux factions rivales. Il fallait être plutôt sûr de soi pour affirmer de telles choses. Avait-il vu juste avant tout le monde ?

Délaissant le reste du groupe, Qaanaaq fit quelques pas, seul sur la surface blanche. Le possible remplacement de Jacobsen par son vieux copain Brenner était certes une bonne nouvelle, mais elle lui parut dérisoire au regard de la situation présente.

Son regard cherchait dans l'immensité des réponses que celle-ci lui refusait obstinément. À ses innombrables questionnements, ne répondait que le souffle entêtant du blizzard.

Tu ne sais rien. Tu n'es rien.

Et si la folie polaire avait déjà pris le relais de la furie destructrice des hommes ?

27

Versant est de l'inlandsis, parc national du Nord-Est du Groenland – 8 février

Le traîneau gonflable crissait sur la glace à la manière d'un étrange mammifère marin. Écorchant la surface, son ventre traçait un sillon peu profond, mais aussi large que deux véhicules réunis.

Milo Arrensen se demandait comment les flics qui étaient intervenus autour du point 660 avaient pu interpréter cette traînée. Elle n'était pas courante, et pourtant, une telle marque ne pouvait être que le fruit d'une intervention humaine. À sa connaissance, c'était le seul indice qu'il avait laissé derrière lui au cours de son opé au Groenland, sous son identité de Markus.

Cet âne de Kalakek ferait-il le rapprochement avec le bout de toile qu'il avait vu dépasser de son sac ? Peut-être pas tout de suite, mais ce temps viendrait, il n'en doutait pas. Et de toute façon, leur disparition du trek SPA éveillerait forcément l'instinct des flics. Mais il n'avait guère eu le choix. Trop de signaux convergents. Trop de questions indiscrètes, désormais aussi fréquentes que celles d'un gosse.

C'est quoi ton tatoo ? C'est quoi cette tente ? Et pourquoi pourquoi pourquoi ?

Pire que tout, il disposait de moins en moins de marge

de manœuvre pour s'en prendre aux invités d'Adriensen. Déjà, lors de l'incident de chasse, il s'en était fallu de peu que sa complice et lui ne soient démasqués.

Sa complice, parlons-en. Pouvait-il encore appeler ainsi celle qui avait sciemment manqué sa cible ?

Ligotée à l'étonnante embarcation, Sara Kaspersen n'avait pas décroché un mot depuis qu'il l'avait arrachée à sa tente sous la menace de son Glock 20, l'arme de poing officielle de la Sirius.

Les yeux clos, la jeune femme subissait les cahots sans se plaindre. Dormait-elle ? Peut-être bien. Elle-même n'aurait su le dire. Après tout, la structure emplie d'air amortissait une bonne partie des accidents du relief.

Les minutes et les heures passaient, y compris un peu de jour, et il semblait à Sara que le paysage autour d'eux se répétait sans cesse. Tournaient-ils en rond ? Était-ce là la stratégie de son ravisseur, décrire des cercles autour de la position du trek, et harceler Molsen et les siens le moment venu, comme une guêpe polaire ?

Au niveau d'un petit lac – elle ignorait qu'il pût en subsister en cette saison et à cette altitude – le musher fouilla sa poche à soufflet, en sortit un objet inconnu d'elle, une sorte de circuit imprimé couvert de silicium, et le jeta sans hésiter dans la grande flaque d'eau trouble, presque grise. La chose disparut aussitôt et, à voir le sourire sur son masque givré, Milo en concevait une réelle satisfaction.

À l'avant, les chiens ne manifestaient aucun désaccord, eux non plus. Ils se contentaient de trotter à une allure réduite, les oreilles aux aguets et la langue pendante. Peut-être craignaient-ils de subir le même sort que Paris, la chienne piégée au sel. Sara sortit enfin de son mutisme :

– Pourquoi tu l'as prise ? Avec sa patte avant blessée, c'est plus un poids qu'autre chose.

L'animal claudiquait à part des siens, cahin-caha, libre de tout harnais et de tout trait. Comme les « bonnes d'enfants » chères à Rasmussen, elle cheminait quelques foulées en avant de l'attelage, en éclaireuse.

– Son odorat est intact, lui.

– Super, au moins on est sûrs de ne pas se manger un moulin.

– Ne fais pas l'idiote. Tu sais pertinemment à quoi elle va nous servir.

Elle avait sa petite idée sur le sujet, oui, mais elle voulait le lui entendre dire.

– À compenser les pannes de GPS ? lança-t-elle comme une perche.

– Tu vois, quand tu veux. Il n'y a pas meilleur outil pour localiser d'autres hommes et d'autres chiens qu'un flair comme le sien. Même quand leurs balises seront inopérantes, *elle* saura toujours où ils sont.

Ou comment recycler ce qu'il avait failli sacrifier sans état d'âme. Le cynisme de Milo la révolta, mais elle ne pipa mot.

– Sans compter qu'Adriensen n'a pas arrêté de la caresser, ajouta-t-il pour clore le sujet. Maintenant, elle serait capable de le repérer à des kilomètres, quelles que soient les conditions météo. C'est beau l'amour, hein ?

En milieu de journée, après un nombre de rotations qu'elle peina à évaluer, ils firent une halte d'une demi-heure pour s'alimenter. Biscuits et fruits secs, ainsi que des barres de pemmican, cette viande concentrée typique des explorations en milieu arctique. Milo défit juste assez les liens de sa prisonnière pour lui permettre de se sustenter.

Ils s'étaient arrêtés à la lisière d'une faille qui marquait la démarcation entre deux immenses plaques de glace. On eût dit que le pied d'un géant avait brisé la surface de l'inlandsis. Pour la première fois depuis leur départ de Daneborg, et bien qu'elle ne produisît aucun effort musculaire, Sara éprouvait des difficultés à respirer. L'air de rien, ils devaient désormais taquiner les trois mille mètres d'altitude. Elle comprenait mieux les ahanements de morse qui s'échappaient de la bouche de son geôlier courant derrière le traîneau. Même un homme aussi bien bâti et entraîné que lui commençait à cracher ses poumons, à cette hauteur. Lorsque enfin il recouvra un souffle plus régulier, il rompit leur silence empesé :

– Pourquoi t'as fait exprès de le louper ?

Niko Mäkinen, bien sûr. Aucun préambule n'était nécessaire pour le préciser.

– Les conditions étaient très mauvaises, se défendit-elle entre deux bouchées. On n'y voyait rien. Et puis le tir dans le blizzard, c'est pas vraiment ma spécialité, si tu veux savoir. Les écarts de trajectoire sont bien plus importants.

– Ne me prends pour un con. T'es la meilleure tireuse qui soit sortie de Brøndby ces dix dernières années. Une snipeuse comme toi accrocherait une mouche dans le noir par force 12.

Elle accueillit le compliment comme une gifle. Elle n'ignorait pas à quel point cette compétence avait pesé dans son « recrutement » par l'AK81. En serait-elle là sans ce maudit talent ?

– Je ne tue pas un confrère, point barre, dit-elle après un blanc. Même pour la meilleure raison du monde. De toute façon, si j'avais fait mouche, Jacobsen l'aurait appris par Bornberg, et il m'aurait sortie du jeu illico. Fini le team building bidon pour ridiculiser les gars du Politigarden. Et fini pour toi les occasions de leur faire la peau. Crois-moi, si j'avais tué notre ami finlandais, on aurait tous repris l'Hercule pour Copenhague depuis belle lurette. C'est ça que tu veux ?

Achevant son snack de pemmican, Milo se dressa devant elle sans réagir à ce monologue. Toujours sans un mot, il entreprit de la rattacher du mieux qu'il le pouvait à l'énorme baudruche en textile renforcé. Sans points d'attache rigides, ce n'était pas chose facile.

Quand il eut fini sa tâche, et qu'à nouveau elle ne fut plus capable du moindre geste, alors seulement il répliqua :

– Si je comprends bien, tu t'en fous, d'elle. T'as aucune envie de la revoir. T'es consciente de ce qui va se passer si je fais remonter tes petits états d'âme ?

Groenland, Kangerlussuaq, février 1972

Depuis toujours Flora considère les aéroports comme des ventres. Mieux, des matrices. Protectrices quand il le faut. Nourricières même, avec leurs bars et leurs échoppes Duty Free à n'en plus finir. Mais prêtes aussi à vous projeter vers de nouveaux mondes, de nouvelles vies, le moment venu.

Jamais elle n'a envisagé ces lieux comme de potentiels espaces hostiles. Et pourtant, plus elle parcourt la petite aérogare de Kangerlussuaq en tous sens, plus elle doit se rendre à l'évidence : ce giron-là ne leur veut pas du bien.

Depuis une heure déjà, leur recherche reste vaine. Dans le hall comme à la cafétéria. À la douane comme dans les boutiques.

« Blond, grand comme ça, un bonnet bleu et rouge. Ça ne vous dit vraiment rien ? » Mais à chaque fois on leur répond avec ce même dodelinement de la tête impuissant. Ce même sourire désolé.

Knut et elle sont habitués aux fugues de Lars, neuf ans tout juste. Dans les rues de Frederiksberg, leur quartier de Copenhague, leurs voisins connaissent tous ce gamin casse-cou qu'ils retrouvent qui dans leur jardin, qui sous leur porche. Jusque dans leur cave ou leur cuisine. Une fois, il a passé une journée entière dans un garage, entre les cartons de déménagement des nouveaux propriétaires, se nourrissant de croquettes pour chats.

Mais c'est la première fois que le fils Adriensen disparaît aussi loin de sa base. Et surtout : dans un environnement aussi peu familier. Derrière les larges baies vitrées, au-delà des pistes, les collines enneigées, auparavant carte postale idyllique, semblent à présent encercler le groupe de bâtiments. Les toiser d'un air martial. Ici, ils le savent, la nature sauvage guette les hommes imprudents. Et ce n'est pas le buste de Knud Rasmussen, inauguré il y a peu, qui les contredira.

À quelques pas seulement, le grand désert glacé attend son heure.

On est début décembre. Il ne fait encore que –10 °C en journée, autour de –15 °C la nuit. Combien de temps un enfant de cet âge peut-il survivre dans ces conditions ?

Vingt-quatre heures ? Moins que ça ?

« Dernier appel pour les passagers à destination de Copenhague », lance une hôtesse aux sols dans les haut-parleurs. « Je répète, dernier appel... »

C'est désormais un fait acquis : l'avion ne sera pas complet ; trois personnes manqueront à son bord. Deux adultes et un enfant.

* * *

Il ne pensait pas parvenir si loin.

À sa sortie de l'aéroport, il s'est contenté de suivre les panneaux qui indiquaient le point 660. « Porte d'entrée de l'inlandsis », a-t-il lu dans le guide touristique de ses parents. L'intitulé sonnait bien. Les photos donnaient envie. Et puis, ça ne devait pas être si difficile à atteindre.

En tout cas, c'est ce qu'il pensait avant de perdre le fil du sentier. Avant que la neige qui tombe désormais sans trêve ne recouvre ses traces. Voilà bientôt une heure qu'il ne perçoit plus les lueurs de Kanger... Kanger... Oh, la vache, ces noms groenlandais !

Il n'a plus pour guider ses pas que cette lampe de poche offerte par son père. Sa seule compagnie sont les lièvres blancs qu'il attrape par moments dans son faisceau.

Où est-il ? Il n'en sait rien.

A-t-il peur ? Pas vraiment. N'est-ce pas ce qu'il a toujours voulu : être introuvable ? Larguer pour de bon les amarres ?

* * *

Le ratissage de l'aérogare n'a rien donné.

La battue aux alentours non plus.

Près de trois heures ont passé depuis que l'alerte a été lancée.

Puis six.

Puis douze.

Puis leurs yeux ont fui les montres et les horloges.

Chaque heure ne compte pas, chaque heure décompte. Rabote un peu d'espérance de vie. Gomme les perspectives de retrouvailles, comme la neige a effacé le relief au-dehors.

– On peut essayer d'élargir les recherches, propose Adam Arnatsiaq, le chef de la police de Kangerlussuaq, un vieil Inuit partiellement édenté. Mais à cette heure, avec le blizzard qui se lève et la visibilité presque nulle, je préfère être honnête : on a très peu de chance de repérer quoi que ce soit.

Il a le tact de ne pas préciser « mort ou vif ».

– Vous ne pouvez pas faire venir un hélico de Nuuk ? Je croyais qu'Air Greenland avait passé un accord de SAR[1] avec la police du pays ?

– J'ai déjà appelé. Tous les appareils sont partis en mission. Au mieux, on en aura un demain soir. Je suis désolé.

1. SAR, ou Search And Rescue.

Flora que rien n'arrête. Flora que tous à Niels Brocks Gade redoutent malgré son jeune âge. Flora esquisse un geste de colère puis s'écroule sur sa chaise.

Mutique, Knut serre les mains de son épouse comme s'il cherchait à les broyer plutôt qu'à les réconforter.

Laissés à leur peine dans la petite pièce – le temps des décisions est venu –, ils échangent enfin quelques mots à mi-voix.

Lui parle d'être raisonnable. Il promet qu'ils reviendront. Que l'affaire n'en restera pas là. Qu'une fois à Copenhague, ils remueront ciel et terre.

Mais elle ne veut rien entendre. Elle gémit. Elle pleure. Elle va jusqu'à le griffer, comme ça, pour rien, puis se griffe elle-même. Parce que cette douleur, dérisoire, est plus réelle que l'immense souffrance absurde qui s'est abattue sur eux.

Quand arrive le moment d'embarquer, le surlendemain matin à l'aube, après une nouvelle journée de vaines recherches, Flora Adriensen n'est plus que l'ombre de son ombre. Elle ne tient plus debout. Il faut deux hôtesses en plus de Knut pour la traîner jusqu'à sa place en business – on les a surclassés, indemnité cruelle.

Le vieux policier inuit a promis, entre « collègues » c'est le minimum : il n'abandonnera pas. Il la tiendra informée chaque jour, et ce quelle que soit l'issue.

Et tandis que le jet roule et décolle dans un grondement terrible, elle se berce de cette illusion qu'entretient la vue offerte par le hublot. Lars est là, quelque part, dans cet aplat blanc piqué de taches brunes. Point de couleur invisible dans la toile infinie. Il est vivant, elle en est certaine.

Et il reparaîtra comme il a toujours reparu.

Un voisin le ramènera, divague-t-elle.

Oui, un voisin le ramènera… Et si ce n'est pas le cas, c'est elle qui retournera le chercher dans cet enfer gelé.

D'ailleurs, elle sait déjà à qui elle pourra demander de l'aide. Elle est flic, après tout. Il faut bien que cela serve à quelque chose.

28

[IMG_0403.jpg / 9 février 2022 / 10 h 12 / Une fusée rouge dans le ciel blanc de l'inlandsis]

La veille encore, semblait-il à Qaanaaq, avant qu'ils réalisent que « Markus » et Sara avaient pris la tangente, leur matériel GPS fonctionnait sans accroc – l'épisode de la dérive de l'équipage rouge remontait à plus de deux jours et tout avait alors été rétabli. Ils n'y pensaient presque plus.

Mais les tablettes s'étaient à nouveau révélées incapables de localiser les balises des deux fugitifs, ni celle qui pouvait être à l'autre bout de l'inlandsis, ni celle qui gisait à quelques mètres de là, sous la tente des femmes, dans le duvet vide où elle avait été abandonnée.

– D'habitude ce matos marche à la perfection, s'était désolé Molsen, avec dans la voix un trouble qu'aucun de ses hommes ne lui connaissait. Je ne comprends rien à ces ratés en série.

Car force était de constater que leurs balises ne renvoyaient pas le moindre signal, pas plus que leurs tablettes. Dans le ciel enfin dégagé, piqué d'étoiles, aucun satellite ne captait plus leur présence.

Là-haut, rien ni personne ne les voyait plus briller sur l'immensité blanche.

Une journée puis une nuit supplémentaires de bivouac forcé avaient achevé de les déprimer. Le beau temps fugace avait cédé la place à une nouvelle chape brumeuse.

L'accablement était tel, parmi les membres du trek, que le soir précédent Molsen en avait oublié le point radio quotidien avec le poste de Mestersvig. De toute façon, à part faire paniquer Bornberg, il ne voyait pas bien à quoi les deux opérateurs avachis sous leurs casques auraient pu leur être utiles. La seconde moitié de la patrouille Sirius devait se trouver à l'autre bout de l'inlandsis, à l'heure qu'il était. Bien trop loin pour envisager une éventuelle opération de renfort – Molsen répugnait encore à employer le mot « secours ».

Quant à l'espoir d'un retour des fuyards, balayé par les rafales, il n'était guère plus consistant désormais qu'un vulgaire flocon. Pour autant, il n'était pas question de reprendre la route dans ces conditions. Surtout pas sans une partie de l'effectif initial – les règles de la Sirius en la matière étaient sans appel. Et le temps lui-même, cristallisé, paraissait faire du surplace.

Au matin du 9 février, le chef du Politigarden et celui des soldats tinrent un rapide conciliabule.

– Vous dépendez bien du JAC ? demanda Qaanaaq à Molsen.

– Oui.

– Alors le major Jorgensen ne devrait pas se faire trop prier pour nous envoyer un de ses coucous de reconnaissance, non ?

– Si on fait ça, Bornberg va être informé et me sonner les cloches jusqu'à l'an 3000.

– On est coincés là depuis avant-hier soir. On ne sait *ni* où on est exactement, *ni* quelle direction prendre. Franchement, capitaine, vous voyez d'autre solution ?

Pour minimiser les remontrances du big boss de la Sirius, il fut convenu que ce serait Qaanaaq qui contacterait le quartier général du Joint Arctic Command. Deux ans plus tôt, Jesper Jorgensen et lui avaient collaboré dans l'affaire

194

des icebergs mortels. Sans être chaleureuse, la relation entre les deux hommes s'était déroulée dans un professionnalisme que Qaanaaq qualifiait de « correct ». L'étonnement premier de Jorgensen passé – décidément, le flic du Politigarden ne l'appelait que lorsqu'il était dans une merde noire – leur échange fut bref et efficace, concentré sur les aspects techniques. L'attente qui suivit se révéla singulièrement plus longue.

Près de cinq heures plus tard, le pilote du Sikorsky Seahawk parti de Nuuk appela enfin Adriensen sur son Iridium.

– Commandant, je suis en approche de zone. Pouvez-vous me confirmer vos coordonnées, s'il vous plaît ?

D'un geste impérieux de l'index, Qaanaaq exigea de Molsen qu'il lui affiche les deux suites chiffrées enregistrées dans l'historique sa tablette. Leur dernière position connue.

– Bien sûr, reprit-il après un instant : 73° 28' 38,549'' de latitude N, et 33° 16' 29,489'' de longitude O.

Il aurait pu aussi dire : le trou du cul glacé du monde.

– *Roger*, c'est bien ce que j'avais. J'y suis en moins de cinq.

Trois minutes lui suffirent pour se manifester de nouveau :

– Vous êtes cent pour cent sûr des coordonnées que vous m'avez données, commandant ?

– Oui, oui, éluda-t-il.

Rien n'était plus faux, mais ce n'était pas le moment de semer le doute chez leur sauveteur.

– Écoutez, c'est bizarre. Je suis juste à votre verticale et je n'ai rien en visuel. Ma caméra thermique embarquée ne me renvoie que du bleu.

Couleur minérale, couleur de la glace. À l'opposé du rouge orangé des organismes vivants sur le spectre. Qaanaaq encaissa l'info sous l'œil inquiet de Molsen.

– Et si vous élargissez le périmètre de détection, vous ne captez toujours rien ?

À défaut de les repérer eux, peut-être pourrait-il situer Sara et l'homme qu'il fallait probablement appeler Milo.

– Non, désolé. Je n'ai rien qui respire ou qui bouge à plusieurs dizaines de milles à la ronde.

Depuis quand ne se trouvaient-ils plus là où ils croyaient être ? Depuis quand avaient-ils dévié de leur cap, naufragés sur ces flots pétrifiés ?

– Vous n'auriez pas une fusée de détresse, par hasard ? demanda le pilote.

Sans prendre la peine de répondre, Qaanaaq réclama l'engin à Molsen. Il ne leur fallut guère plus d'une minute pour tirer la gerbe de lumière rouge vers le ciel laiteux.

– C'est fait... Vous voyez quelque chose ?

Mais ils eurent beau renouveler l'opération deux fois, rien n'apparut dans la nue autour du cockpit. Pas besoin d'être spécialiste pour comprendre ce que cela signifiait : même par temps couvert, une fusée était visible à près de quarante kilomètres. Si le pilote du Seahawk n'apercevait rien, c'est qu'ils s'étaient déroutés d'une distance bien supérieure.

Le Sikorsky reparti bredouille pour Nuuk, Molsen passa un bon moment à ausculter les appareils défectueux avec Søren. Tous deux restèrent formels : ils ne présentaient aucun signe de dommage ou d'épuisement de leur batterie interne. Ils n'entrevoyaient aucune explication technique à ce phénomène. Ils éliminèrent également d'éventuelles perturbations extérieures, notamment magnétiques ; ils se situaient bien trop loin du pôle pour qu'une telle hypothèse fût envisagée avec sérieux.

– J'imagine que plus personne ne capte rien sur son portable ?

Chacun dans le groupe, réuni sous l'une des deux tentes d'hommes, vérifia pour la forme. Mais même Camilla Feg, la dernière à disposer d'une modeste « barre », dut admettre son impuissance.

À mi-voix, Qaanaaq confia ses états d'âme à Appu :

– Mon Iridium ne peut pas être localisé par les systèmes de triangulation ordinaires. Par contre, si je demande un bornage du portable de Camilla à Brenner, peut-être qu'il pourra nous sortir quelque chose. Son dernier appel en Suède remonte à près d'un jour et demi, au moment où on a perdu la trace des deux autres traîneaux.

– On était déjà dans les parages ! s'enflamma son ami.

Mais Adriensen ne paraissait pas partager son enthousiasme.

– C'est vrai. Mais elle est restée peu de temps en ligne, et son réseau était très mauvais. La borne relais qui l'a accroché ne se trouvait certainement pas à côté. En fait, si on triangulait l'appel, le périmètre que ça ouvrirait pourrait s'étendre sur des milliers de kilomètres carrés...

Bien au-delà de la capacité de recherche d'un unique appareil de SAR, comme le prouvait l'échec essuyé par le pilote du JAC.

– Ce n'est vraiment pas la même chose que de borner un appel en pleine ville, ajouta un Qaanaaq dépité, douchant les espoirs d'Appu.

Chacun y allait à présent de son angoisse ou de sa petite théorie stérile. Peu à peu, et bien qu'ils s'en défendissent, les vannes de la panique s'ouvraient. Blottie contre Niko Mäkinen, Lotte peinait à masquer ce qui ressemblait à des sanglots. Camilla Feg elle-même, recroquevillée, les bras passés sous ses genoux, n'en menait plus vraiment large.

Parmi les invités, hormis Qaanaaq, seuls Massaq et Emet conservaient un apparent sang-froid.

À l'issue d'une brève incursion au-dehors, Molsen revint les bras chargés du gros poste VHF. Contrairement au protocole habituel, il manipula l'appareil en personne – c'était l'un des avantages de la polyvalence exigée des Sirius, tous savaient se servir de l'équipement.

Mais il eut beau activer boutons et leviers dans un ordre défini, preuve de sa maîtrise, l'engin demeura inerte. Comme si le froid l'avait à son tour ankylosé.

– C'est pas vrai ! gronda-t-il.

Søren proposa une fois de plus son aide pour désosser le bloc de plastique dur et grenelé. Les gestes étaient techniques, précis, et le verdict qui tomba bien vite de la bouche de Molsen n'en fut que plus accablant :

– L'un des principaux circuits imprimés a été retiré.

– Vous voulez dire ?

– Qu'elle a été sabotée. Qu'on *nous* a sabotés.

L'homme, cette mécanique qu'un rien bousille.

29

[IMG_0476.jpg / 9 février 2022 / 16 h 55 / La tombée de la nuit sur l'inlandsis]

– Patron ?
– Pitak ! Dieu merci, tu réponds !
– Pourquoi je ne répondrais pas ?
– Pour rien, pour rien, éluda Qaanaaq en repensant aux options de secours qui s'ouvraient à eux, et à la réflexion menée avec Molsen, un peu plus tôt.

Jacobsen ? Hors de question pour le moment. Il semblait désormais évident que le patron de la police judiciaire danoise, *son* patron, avait cherché à planter le séminaire SPA qu'il avait lui-même réclamé.

Karl Brenner ? Inutile, en l'état. Qu'aurait pu faire son vieux comparse de Niels Brocks Gade depuis Copenhague ? Et puis, si celui-ci avait la moindre chance de remplacer la Fourmi, peut-être n'était-il pas opportun de l'impliquer plus qu'il ne l'était déjà dans leurs embrouilles polaires. L'occasion de se débarrasser de Jacobsen était trop belle.

Pour finir, Qaanaaq s'était étonné que Molsen ne dispose d'aucun numéro de téléphone pour joindre le poste de Mestersvig en cas de panne radio. De même, que penser du silence de Bornberg, sans doute déjà prévenu de leur absence au rendez-vous quotidien sur les ondes ? Le chef de la Sirius se souciait-il si peu de ses hommes et de ses invités ? Se pouvait-il qu'il fût de mèche avec la Fourmi ? « De toute manière, il ne pourra pas déployer plus de moyens pour nous retrouver que ceux que vient de nous envoyer le JAC », avait plaidé Molsen, toujours aussi réticent à faire résonner l'alarme du côté de Daneborg.

Restaient Pitak et les maigres capacités du Politigarden. Restaient Markus/Milo et Sara, égarés quelque part dans ce désert, sur lequel un soir précoce venait de tomber.

Le groupe du trek accueillit le phénomène naturel comme une punition supplémentaire. Comme une autorisation à s'apitoyer sur son sort. Les visages mâchés par le froid et le vent se paraient d'un nouveau masque, celui du désespoir. Et dans ce lent délitement du corps et de l'âme, les soldats de la Sirius n'étaient pas en reste. On les préparait à tout, sauf peut-être à l'inéluctable.

Quand Qaanaaq eut achevé le récit de leurs déboires du jour, Pitak demeura interdit quelques instants. L'absurdité de la situation le disputait au tragique : ils se parlaient, tous deux bien vivants, et pourtant, selon l'hypothèse la plus probable, l'un d'entre eux ne serait bientôt plus de ce monde. Digéré par le ventre infécond de l'inlandsis. Sa chair faite cristaux.

– J'ai essayé de t'appeler hier soir, assez tard, furent ses premiers mots, quand enfin il sortit de sa torpeur. Mais je n'ai pas réussi à te joindre.

Sans doute quand Qaanaaq était allé embrasser Massaq sous la tente des femmes.

– Tu n'as rien à te reprocher. Karl m'a dit tout ce que tu lui avais fourni comme matériel. Tu as fait du très bon boulot.

– Merci.

Son patron risquait la mort, et il trouvait encore le moyen de complimenter ses troupes.

– Raconte-moi plutôt ce qu'il y a de neuf de ton côté.

Un raclement de gorge à la tonalité animale traversa le combiné. Puis Pitak débita son compte rendu, comme si de rien n'était. Comme s'il ne parlait pas à un condamné en sursis :

– J'ai contacté directement le Trafikstyrelsen. Ils m'ont confirmé ce qu'on pensait : Horason était bien enregistré sur un vol privé d'Air Greenland pour Danmarkshavn, à bord du Bell 212 d'Erik Olsen. Mais il ne s'est jamais pointé à l'héliport de Kangerlussuaq.

Et pour cause. À l'heure où le pilote aux allures de Viking l'attendait sur le tarmac, le flic islandais luttait sans doute déjà contre l'inlandsis et ses monstres.

– Et Olsen, il est revenu de Kullorsuaq ?

– Non, il a embrayé sur une semaine de congé. Soi-disant il avait du reliquat à poser. J'ai capté son numéro de portable via Tobias, mais il ne décroche pas.

Le pilote avait-il été soudoyé par les ravisseurs pour prix de sa discrétion ? Possible.

Voilà qui confirmait au moins que la disparition d'Horason, préméditée par Jacobsen si l'on en croyait l'absence de demande d'autorisation pour l'Islandais, et dont ce dernier était complice, avait été détournée par plus malins qu'eux. Les conspirateurs s'étaient fait hacker leur conspiration.

Quant à ceux qui avaient enlevé Horason sur le chemin menant au point 660 – Sara et Markus, alias Milo, a priori – ils avaient choisi pour lui un tout autre destin. Une trajectoire faite de griffes et de glace, qui s'était achevée dans l'un des casiers réfrigérés de Lotte Brunn.

– Très bien, conclut Qaanaaq à la fin du rapport.

– Tu veux que j'appelle le JAC ? Ils peuvent peut-être renvoyer un appareil à votre recherche demain matin ?

– Laisse tomber le JAC. J'ai parlé à Jorgensen après l'échec du premier Sikorsky et il n'a rien voulu savoir.

– Sérieux ?!

– Tu sais, il n'a jamais trop fait dans le sentiment.

Qaanaaq se rappelait encore la raideur indifférente affichée par le major du JAC lorsque la vie de Bodil, la sœur cadette d'Apputiku, était en jeu[1].

– En gros, on s'est foutus dans la merde tout seuls, poursuivit-il, alors on doit s'en sortir tout seuls. Il prétend qu'il n'a pas le droit de mobiliser plus d'hommes et de matériel dans ce genre de circonstances. C'est limite s'il ne m'a pas reproché d'avoir monopolisé un de ses hommes et un de ses coucous pour des prunes.

– *Hvilket fjols*[2] *!* s'exclama Pitak, hors de lui.

– Est-ce que tu pourrais plutôt contacter le SAR d'Air Greenland ? De mémoire, ils disposent de deux S-61[3] pour les couillons perdus dans notre genre.

– C'est comme si c'était fait !

Mais lorsque Pitak le rappela une demi-heure plus tard, son ton embarrassé et confus valait aveu d'impuissance.

– Je suis vert. Jorgensen avait déjà rencardé ses potes d'Air Greenland pour les prévenir qu'on ferait appel à eux. Du coup, ils tiennent le même discours que le JAC. De toute façon, version officielle, l'un de leurs S-61 est en rade et l'autre est en mission entre Qaanaaq et Siorapaluk.

À l'extrémité nord-ouest du pays. À l'autre bout de l'île-continent.

Et dire qu'un an plus tôt, l'hélicoptère du Politigarden, *leur* hélico, avait sombré quelque part au large d'Uummannaq, l'indispensable Mikkel aux commandes. « Faut *vraiment* qu'on sorte de cette merde ! » avait hurlé ce dernier quelques instants avant de perdre le contrôle.

Avant de s'écraser sur un pan de banquise fragilisé par la tempête.

---

1. Voir *Diskø*.
2. « Quel connard ! » en danois
3. Sikorsky S-61, hélicoptère « tout temps » spécialisé dans les opérations de recherche et sauvetage.

Avant de couler dans les eaux sombres d'une éternelle nuit.

Comme alors, Qaanaaq posa ses deux mains sur son crâne dénudé, dans une attitude méditative.

Oh, si ce jour-là il n'avait pas poussé son pilote à prendre des risques inconsidérés.

Si ce jour-là il avait remisé ses folles intuitions et activé ce qu'il lui restait de logique et d'instinct de survie.

Si seulement il n'avait pas sacrifié Mikkel sur l'autel de ses lubies, celui-ci pourrait les sauver aujourd'hui. Tout était dans tout, tout n'était qu'un cycle. Et dans cette grande boucle, il le savait d'expérience et d'amertume, on ne finissait jamais de payer ses erreurs passées.

30

[IMG_0502.jpg / 9 février 2022 / 20 h 58 / Le sac à dos de Sara Kaspersen éclairé à la lampe frontale]

Tous ceux qui s'aventurent un jour sur l'inlandsis connaissent cette leçon. L'ennemi n'est pas tant le froid ; l'ennemi, le seul qu'il faut craindre, c'est l'immobilité. Celle qui tétanise et vous renvoie à cette vérité élémentaire : vous n'êtes rien d'autre qu'un morceau de chair voué tôt ou tard à la congélation, puis à la consommation par un prédateur plus résistant que vous.

Comme n'importe quel animal, comme n'importe quel bout de viande.

Perdus pour perdus, et malgré l'heure déjà tardive, Qaanaaq avait convaincu Molsen de partir à la chasse aux fugitifs. La décision allait pourtant à l'encontre des règles de survie de la patrouille. La logique, la seule qui eût prévalu en temps normal, était de rebrousser chemin suivant l'aiguille d'une bonne vieille boussole, en direction de la côte est. Mais même pour cela, sans doute était-il presque trop tard. Alors que si par miracle ils mettaient la main sur les deux suspects, peut-être parviendraient-ils à convaincre quelqu'un de leur envoyer des secours. Pourquoi pas le directeur Kollman en personne, puisque Karl Brenner semblait désormais entré dans ses bonnes grâces.

Certes, le flair exceptionnel de Paris leur faisait défaut.

Mais ils pouvaient toujours compter sur les deux autres femelles, Sally et Sedna. Juste avant le départ, on leur fit sentir le sac de couchage dans lequel Sara avait passé plusieurs nuits, saturé de fluides et de phéromones. La plus âgée des deux chiennes, Sally, partit ventre à terre, sans même attendre le *frem* ordonnant la mise en branle de son équipage. Une excitation de chiot paraissait l'animer. Elle tractait le reste du pack plus qu'elle ne le guidait. Avait-elle senti quelque chose ?

Les jours avaient beau s'allonger – quinze minutes gagnées par unité de vingt-quatre heures –, ils demeuraient très courts. Or, dès le dernier rayon drapé sous la couette de l'horizon, la progression des attelages incomplets ralentit. Chaque mètre parcouru se faisait désormais plus âpre, plus pesant. Et même mordus à intervalles réguliers par la pointe des fouets, les chiens en nombre insuffisant renâclaient à avancer sur un sol qu'ils devinaient plus qu'ils ne voyaient. L'un après l'autre, ils hurlaient leur désaccord. À plusieurs reprises, les bêtes changèrent de place et les traits s'emmêlèrent. Les trois *naalagaq*, les chefs de meute, avaient beau rappeler à l'ordre leurs vassaux de jappements furieux, le vent de la mutinerie s'était levé peu à peu sur les traîneaux de la Sirius. Pour pallier toute nouvelle salade de Nylon, Molsen et les deux autres mushers durent modifier la disposition, passant du traditionnel éventail véritable, standard des attelages groenlandais, à un éventail allongé, gage d'un espace accru entre les animaux.

Qaanaaq, lui, ne quittait pas les flics de la SPA des yeux. Il n'aurait plus manqué qu'il perde un autre de ses convives. Mais plus les heures filaient et plus ses yeux peinaient à trouer l'obscurité poudreuse, blanchie d'éclats soulevés par les patins.

– On n'obtiendra plus rien d'eux aujourd'hui, indiqua bientôt Molsen en désignant les chiens.

Ils s'arrêtèrent. Le lieu de leur nouveau bivouac n'avait

rien d'idéal, mais au moins, le blizzard n'y soufflait plus qu'avec modération. Langue pendante, les bêtes réclamaient leur dose quotidienne de pemmican et de quartiers de phoque durcis par le gel. Bien décidés à ne pas courir une foulée de plus. Un piquet de grève de canins au milieu de nulle part.

– Sara et Markus… Vous pensez qu'ils sont loin ? s'enquit Qaanaaq.

– Pas très, non. Vous avez vu comme moi le comportement de Sally ? S'ils nous avaient mis des centaines de milles dans la vue, elle ne s'emballerait pas autant.

Dégainant sa boussole de poche, un modèle en acier piqué qui fleurait bon les années 1950, temps béni des grandes explorations polaires, Molsen précisa :

– Ce que je peux vous dire, c'est que si c'est bien eux que nous suivons comme ça, ils nous embarquent droit au sud-ouest.

Droit vers le cœur de l'inlandsis. À l'opposé de Daneborg et des cabanes d'étape de la Sirius. Or l'adjudant Svensen, l'intendant de leur mission, était formel : hormis les quelques rations de survie contenues dans son paquetage, Markus/Milo n'avait rien ponctionné sur leurs réserves de vivres au moment de sa fuite.

– C'est pas cohérent. S'ils voulaient se rapprocher des dépôts de nourriture, ils ne devraient pas plutôt se diriger vers l'est ?

Comme nous devrions le faire, s'abstint de commenter Molsen. À la place, il lâcha, bref nuage blanc dans la nuit :

– Si.

Dans ce cas vers où – ou plutôt vers quoi – les entraînaient-ils ? Vers quelle pénurie ? Vers quelle mort ?

Ils s'activaient tous à l'édification des tentes et des remparts de glace à la lueur des lampes frontales quand la stridulation d'un appareil électronique retentit. Les gestes se figèrent. Les faisceaux inquisiteurs fouillèrent le noir épais de leur campement.

Un à un, ils sortirent leurs mobiles. Mais d'un hochement résigné, chacun signifia que non, décidément, l'heure du réseau tant espéré n'était pas revenue. « Aucun signal », clamaient de concert les écrans. Et pourtant, la sonnerie invisible persistait.

Les narguait.

Appu se rua soudain sur le chargement du *komatik* jaune, stationné plus près des tentes que lors de leurs bivouacs précédents. Arrachant aux cordages le sac à dos de Sara Kaspersen, il en renversa le contenu à même le sol gelé. Parmi les effets personnels de la flic danoise, il repéra un Smartphone dont la présence confirmait a priori l'hypothèse d'un départ involontaire. Si elle avait suivi Markus/Milo de son plein gré, aurait-elle laissé un bien si précieux derrière elle ?

– C'est un appel ? Elle capte quelque chose ? s'écria Qaanaaq, surgi aux côtés de son ami.

Pour toute réponse, Apputiku brandit vers lui le combiné qu'il venait de ramasser. « P-Pille[1] », indiquait le rappel automatique programmé chaque jour à 21 heures par sa légitime propriétaire.

Échange de regards. Éclosion de sourires. Puis un franc éclat de rire que rien ne semblait pouvoir contenir. Le message que Sara s'adressait à elle-même était si incongru, dans ce contexte… Le banal devenait si drôle, quand il s'invitait sans crier gare dans le tragique.

Leur hilarité passée, Qaanaaq confia le portable à Søren. Par la seule magie du Bluetooth et de sa débrouillardise, il ne lui fallut que quelques minutes pour pénétrer dans la mémoire de l'appareil.

– Alors, ça dit quoi ?

– Apparemment, elle a fait le ménage dans ses SMS et ses contacts.

Pour preuve, Søren lui présenta lesdits répertoires, aux trois quarts vierges.

---

1. « Pilule contraceptive », en danois.

– Idem pour les autres applications. Boîte vocale vide, messagerie sans mails, calendrier dépourvu d'entrées.

– Et les photos ? Tu as regardé les photos ?

Le technicien de la bande s'excusa d'un plissement du front puis fit défiler les quelques clichés épargnés par la purge. Il n'y en avait qu'une petite dizaine, tous représentant une petite fille de cinq ou six ans, angelot brun aux cheveux nattés.

Sa fille ? Sara enfant ?

Quelques détails en apparence négligeables, comme une trousse à l'effigie de la célèbre Pat' Patrouille, une série animée débarquée sur les écrans moins d'une décennie auparavant, achevèrent de sceller la réponse.

Sa fille.

Sur les premières images, les plus anciennes, la gamine respirait la joie de vivre. Sur une ou deux d'entre elles, on devinait même la présence fantomatique de sa mère, Sara Kaspersen, au reflet de son visage sur un verre ou sur la surface d'un écran éteint.

Mais les derniers instantanés donnaient à voir tout autre chose que ce bonheur domestique ordinaire. La fillette semblait apeurée. Paniquée. Et même en pleurs sur l'ultime image de la série.

Qui garderait sur soi des photos de son enfant traumatisée ?

– Refais voir la précédente ? ordonna Appu, penché sur l'épaule de Søren.

Ce dernier s'exécuta. Bien que plongée dans la pénombre, la scène laissait deviner une compagnie moins bienveillante que celle d'une maman. À la limite basse du cadre en partie coupé, un avant-bras aussi gros qu'une cuisse ceinturait la gamine en larmes.

– Qu'est-ce que tu as repéré ? demanda Qaanaaq d'une voix blanche.

– Le tatouage.

La peau velue était ornée d'encre noire. Mais le motif ainsi exposé à l'œil de la caméra n'avait rien d'aussi gracieux que la chevelure d'Arnakuagsak, la déesse de la Mer, qui flottait sur les bras des époux Adriensen.

– On dirait un fusil d'assaut, non ?

– Une kalach, suggéra Appu. En tout cas, Markus porte exactement le même dans le cou.

– Tu es sûr de ça ?

– Certain.

– C'est le signe de reconnaissance de l'AK81. Une kalachnikov pour symboliser les lettres AK[1]. Et un 8 et un 1 de part et d'autre de la crosse, ajouta Camilla Feg.

Sans doute tenait-elle l'information d'Henrik Kudström, son mari, spécialiste du mouvement factieux. Le ton bravache de l'écrivaine avait cédé la place à un miaulement timide. Elle ne semblait désormais tirer aucune gloire de ses connaissances. Pas plus qu'elle ne cherchait à les monnayer.

D'ailleurs, tous les flics se posaient à présent les mêmes questions : le gang détenait-il la fille de Sara Kaspersen ? L'AK81 avait-il fait chanter la jeune officière prodige, pour détourner à leur profit le stratagème prévu par Arne Jacobsen ?

Jusque-là complice de la Fourmi, celle-ci était-elle devenue malgré elle le bras armé des ravisseurs de sa gosse ?

Une chose, au moins, semblait certaine aux yeux de Qaanaaq : plus besoin d'attendre la confirmation de Brenner pour l'affirmer, Markus Thomsen et Milo Arrensen n'étaient qu'une seule et même personne. Novice de la patrouille Sirius et membre actif de l'AK81.

La voix de Massaq, agenouillée sur le sol obscurci à quelques pas d'eux, les tira brusquement de leur stupeur. Le nez collé à la glace, elle paraissait humer celle-ci, comme l'aurait fait Paris.

– Son portable est peut-être vide, dit-elle, mais son sac est plein de sel. Un paquet entier, même.

---

1. La référence officielle de la Kalachnikov (en russe) est en effet AK.

31

Daneborg, quartier général de la patrouille Sirius – 10 février à l'aube

Ben dis donc, c'est pas vraiment la Suisse. Voilà ce qu'aurait dit Arne Jacobsen en découvrant Daneborg s'il avait eu pour coutume de s'autoriser une expression si relâchée. À la place, il se contenta d'un soupir aussi profond qu'un râle et aussi long que le pont de l'Øresundsbron[1], laissant glisser son regard gris sur le désordre blanc fait de congères et de bidons renversés.

Depuis quand n'avait-il plus mis les pieds dans un pareil cloaque ? Il préférait ne pas répondre à cette question.

Tout juste débarqué de l'hélico, un Sikorsky bleu nuit frappé du « Politi » réglementaire, il effectua quelques pas sur le tapis de neige givré, aussi craquant sous ses bottes qu'un parquet de verre, puis considéra le paysage enténébré d'un œil torve. Tout ce qu'il devinait n'était à ses yeux que crasse et déprime. Et dire que des hommes supposés sains d'esprit venaient passer ici deux années entières, de leur propre chef. Le goût des autres pour l'« aventure », cet autre nom qu'on donnait à des vies pouilleuses, l'étonnerait toujours.

1. Pont routier qui relie les villes de Copenhague, au Danemark, et de Malmö en Suède.

À quelques centaines de mètres en arrière de la piste, il aperçut le flash lumineux d'une porte qui béait sur la nuit. Un homme sortit du bâtiment coiffé d'une tour – le poste de commandement de la base, supposa-t-il – et trotta dans sa direction, balayant l'obscurité d'un fanal électrique porté à bout de bras.

Quand il fut assez proche de lui, l'individu alerté par le vacarme des turbines tendit la lampe à hauteur de visage et s'écria :

– Directeur Jacobsen ! Mais qu'est-ce... ?

... que vous venez foutre ici ?... que vous venez m'emmerder sur mes terres ?... qui vous a pris de quitter les moquettes moelleuses de Niels Brocks Gade ? Mais au lieu de terminer sa phrase, il éructa une sorte de rot fétide, contenu à grand-peine.

– Cachez votre joie, Bornberg, répondit Jacobsen d'un ton rogue. Vous me faites visiter votre petit paradis ?

L'entraînant à sa suite, le commandant de la Sirius le conduisit au mess. À cette heure très matinale, le soleil ne se lèverait pas avant trois ou quatre heures. C'était le seul lieu potable pour accueillir un invité de sa qualité. Surtout débarqué par surprise.

Autour d'un café fraîchement percolé, les deux hommes poursuivirent leur échange. De la cuisine attenante leur parvenait l'écho du binôme d'intendance de la semaine s'affairant à la préparation du petit déjeuner. Des parfums de porridge tiède, de bacon frit et de pain grillé flottaient jusqu'à eux.

– Je me doute que ma venue n'était pas attendue, lança Jacobsen, mais voilà au moins deux jours que je n'ai plus reçu de signes de vie ni d'Adriensen, ni de notre représentante au sein de la SPA. Vous m'accorderez qu'il y a de quoi s'inquiéter un chouia.

Bien sûr, il ne fit pas mention du rôle occulte qu'occupait Sara Kaspersen au sein de ce séminaire, pas plus qu'il ne relata les circonstances de son propre départ de Copenhague : deux jours plus tôt, alors qu'Alexander Kollman réclamait à le voir d'urgence, il avait prétexté un coup de froid et s'était fait délivrer un arrêt maladie de complaisance, repoussant ainsi la prochaine engueulade de son patron.

Mais le plus inquiétant, dans l'histoire, c'était l'absence totale de signal renvoyé par le portable de Jonas Horason. Après l'appel des météorologues de Danmarkshavn, il avait pris la peine de faire borner le numéro de l'Islandais. En vain. Un silence têtu qui contredisait les affirmations rassurantes de Sara Kaspersen.

La face de vieux chien de Bornberg se plissa de contrariété.

Et vous ne pouviez pas juste me passer un coup de fil ?! s'abstint-il de répliquer.

– S'il n'y a que ça, dit-il plutôt, sachez que j'ai parlé au commandant Adriensen pas plus tard qu'avant-hier.

Mensonge. Leur dernière discussion remontait au 7 février, soit près de trois jours auparavant.

– Deux jours, c'est un peu une éternité, non, quand on crapahute comme eux au milieu de nulle part ?

– Le capitaine Molsen est le plus chevronné des patrouilleurs. Avec lui, vos invités ne risquent rien, croyez-moi.

À son tour, Bornberg se garda de partager ses récentes angoisses. Car les factionnaires de Mestersvig étaient formels : Molsen avait fait défaut aux deux derniers rendez-vous radio journaliers. Là encore, les dernières nouvelles reçues par les ondes VHF remontaient à l'avant-veille.

Mais les opérateurs ne lui avaient rapporté ce silence que le soir précédent. Depuis, il n'avait pas eu le cran de se confronter à l'impensable, repoussant sans cesse le moment de contacter Adriensen sur son Iridium. Après tout, s'il y avait le moindre problème, celui-ci savait où le trouver, non ?

– Et sans indiscrétion, reprit la Fourmi après deux lampées de jus bouillant, que vous a-t-il raconté, notre « ami » Qaanaaq ?

Les guillemets ironiques s'entendaient presque.

– C'est plutôt moi qui avais du neuf à lui apporter. Je venais de recevoir les autorisations du ministère pour sa traversée du parc national avec son groupe. Il était convenu que je le prévienne quand ce serait le cas.

Le visage d'ordinaire impassible de Jacobsen se crispa, façon drap plissé. Comme sous l'effet d'une gorgée amère.

– Mais y a eu un très léger hic...

– Un hic ?

– Il semblerait que personne, dans le service concerné, n'avait prévu de laissez-passer pour Jonas Horason.

Alias, le disparu.

– Étrange, en effet, grinça Jacobsen sans conviction.

Mais quelle idiote ! Il passerait un méchant savon à sa secrétaire à son retour au bercail. Il avait tant insisté pour qu'elle n'oublie pas d'inclure l'Islandais dans la demande collective d'autorisations que cette gourde s'était emmêlé les pinceaux, et avait *in fine* fait le contraire.

Le petit personnel, cette plaie.

– Le commandant Adriensen a fait un commentaire à ce propos ?

– Il m'a juste demandé si vous étiez informé de cette anomalie. Et quand j'ai proposé de vous tenir au courant, il m'a dit que ce n'était pas nécessaire.

Vu son pouvoir de déduction, Adriensen *savait*, c'était certain. Il avait probablement mis à jour sa cabale : l'escamotage d'Horason, l'échec programmé du séminaire, la mise en péril du Politigarden. Jacobsen comprenait mieux pourquoi, selon la rumeur, Karl Brenner écumait depuis quelques jours les couloirs de Niels Brocks Gade, en quête d'indiscrétions sur Sara Kaspersen. Il était sans doute missionné par son vieil ami.

L'étau se resserrait. Car il voyait mal les deux compères tenir leur langue.

– Vous ne pensez pas que ce serait le moment idéal pour le rappeler ? proposa Jacobsen en croquant dans une tartine beurrée tout juste servie. La suggestion sonna comme un ordre.

– Qui ça ? Adriensen ?

– Oui, puisqu'on est là, tous ensemble, tranquilles... Ils ne petit-déjeunent pas, vos gars, quand ils se baladent dans la nature ?

– Si, si.

À l'évidence à contrecœur, Bornberg dégaina son mobile et composa le numéro de l'Iridium. Ils attendirent. Les communications satellite mettaient toujours un peu plus de temps à s'établir que les connexions GSM classiques, mais pour le coup, la façon dont les sonneries sans réponse s'étiraient n'augurait rien de bon. D'un moulinet de l'index, Jacobsen lui intima de renouveler sa tentative, sans plus de succès.

– Je pense que nous n'avons plus vraiment le choix, conclut la Fourmi.

– Mais encore ?

D'un doigt tendu vers le Sikorsky qui l'avait conduit là, Jacobsen exposa son plan :

– Eh bien, moi, j'ai pris un hélico dans mes bagages. Vous, vous connaissez le terrain mieux que personne. Une petite opération de secours s'impose, vous ne croyez pas ?

– C'est le rôle de la JAC, pas le nôtre. Et je le répète : le capitaine Molsen est tout à fait apte à...

– Vous me fatiguez, avec votre Molsen. Faut-il vous rappeler que trois officiers de police étrangers sont égarés quelque part sur l'inlandsis ? Tous trois sous la responsabilité de la patrouille Sirius. Sous *votre* responsabilité, Bornberg ! Il pourrait y avoir des conséquences. Dois-je vous faire un dessin ?

Le commandant de la Sirius blêmit légèrement. Un filet de bave teinté de confiture coulait sur son menton fuyant. Il dodelina de la tête un instant puis opina, les yeux clos, sa reddition valant approbation.

S'ils retrouvaient les membres de la SPA sains et saufs, spécula Jacobsen, alors peut-être Kollman fermerait-il les yeux sur sa petite « vendetta » personnelle contre le Politigarden de Nuuk et Qaanaaq Adriensen.

Si tous rentraient à la maison sans bobos, qui sait, peut-être même liés par les épreuves vécues, composant la fameuse task force exigée en haut lieu, il sauverait les meubles et sa tête.

Mais pour ça, il fallait accepter de ne plus être « suisse ». Tomber la cravate. Remiser la ponctualité et la propreté. Aller se souiller dans ce bourbier blanc. Retourner là où il s'était juré de ne jamais remettre les pieds.

32

[IMG_0533.jpg / 10 février 2022 / 09 h 12 / Sally prête au départ]

Sous les –40 °C, Molsen n'avait pas menti, la véritable douleur du froid commençait. Celle qui oppressait la poitrine. Brûlait la peau aussitôt dénudée. Engourdissait le moindre geste. Pétrifiait toute trace liquide instantanément.

Mais sous les –50 °C, une autre dimension s'ouvrait encore. La sensation n'était plus seulement physique – ces poignards qui lardaient les poumons au moment d'inspirer –, elle prenait un tour spirituel. Chaque pensée, lorsqu'elle n'était pas juste grippée, semblait vouloir s'échapper de cet enfer. On se trouvait, dès lors, dans l'au-delà de la cristallisation. Là où l'esprit se libérait du parfait assemblage moléculaire de la glace et se faisait ondes.

À plusieurs reprises, Qaanaaq eut le sentiment que son regard volait au-dessus de leur bivouac. Que son âme, comme celle des *angakuk*[1] lorsqu'elle voyageait dans l'invisible, avait quitté pour de bon son enveloppe suppliciée. L'impression n'était pas très différente de celle qu'il avait connue un an plus tôt, quand Tukanaq lui avait fait boire cet étrange breuvage et qu'il s'était senti voler loin, si loin de son corps.

De là-haut, leur situation ne paraissait pas si dramatique.

1. Les chamanes inuits, voir *Nuuk*.

De là-haut, la vue de ce blanc sans limites l'apaisait. Il n'était pas le seul à planer ainsi, ce matin-là. La plupart s'étaient si bien échappés qu'aucun ne ressentit la moindre faim. On sauta le petit déjeuner sans s'en rendre compte.

Le retour dans la matière fut violent.

Depuis de longues secondes déjà, gestes machinaux, ses mains gantées tentaient d'activer l'Iridium. Mais la prétendue maladresse que Qaanaaq attribuait à la température et aux épaisseurs de textile ne tarda pas à révéler son véritable nom : une panne.

– Il déconne ? demanda Appu.

– Je ne sais pas. Je crois juste que la batterie est morte.

Cette fois, le sel retrouvé dans le paquetage de Sara ne pouvait être mis en cause – était-ce Markus, alias Milo, qui l'avait planqué là à dessein ?

Fouillant les poches de son sac à dos avec fébrilité, Qaanaaq en sortit deux accus de secours. Testa chacun d'eux. Dut admettre l'évidence : le froid avait tout emporté, jusqu'à la plus infime miette d'énergie. GSM, VHF, GPS, et à présent cela. Leur dernier lien avec le monde des hommes et des acronymes venait de mourir.

Autour de lui, ses compagnons n'eurent besoin d'aucune explication pour comprendre. L'expression sur son visage suffisait.

Apputiku se résolut à ne pas appeler Bébiane. À ne pas connaître le résultat de cette fameuse échographie du deuxième trimestre, qui avait dû être réalisée la veille.

Massaq se maudit d'avoir refusé l'offre de Camilla Feg, deux ou trois jours plus tôt, d'utiliser son portable pour appeler les enfants.

Quant à Qaanaaq lui-même, il sut qu'il ne joindrait plus ni Pitak – adieu, les ultimes espoirs de secours – ni Karl Brenner – adieu, les réponses à ses innombrables interrogations sur Sara, Markus/Milo, et le secret qui les liait.

Les treize membres restants du trek se regroupèrent dans l'espace entre les tentes, là où le vent soufflait le moins fort. Un conseil s'improvisa. Certains, paralysés par le froid et la stupeur, paraissaient incapables de prendre la parole. Plus rompu que tout autre à ces conditions extrêmes, Molsen revint le premier à la charge, son pragmatisme à l'œuvre :

– L'inventaire qu'on a effectué hier soir avec Svensen est sans appel : même en se rationnant au maximum, à environ mille cinq cents à deux mille calories par jour et par personne...

Soit plus de deux fois moins que les cinq mille calories par jour nécessaires.

– ... on n'a guère plus de deux jours de réserves devant nous. Trois au max.

Le capitaine de la Sirius avait été transparent à ce sujet, et ce dès leur départ. En acceptant de prendre plus de « touristes » que ses traîneaux n'étaient conçus pour en transporter, il avait dû rogner sur la quantité de vivres emportée, calculée pour une fois au plus juste.

Or, par la faute de leur parcours dévié de la boucle initialement prévue, cette prévision déjà très légère s'était vue faussée.

– Conclusion ? lança Qaanaaq.

– Comme vous le savez, et pour une raison que je ne m'explique pas, on ne dispose plus de moyen technique pour nous localiser. Vu notre environnement actuel, je pense qu'on se trouve au moins à trois cents kilomètres à l'ouest de chez nous. Peut-être plus.

À l'heure qu'il était, ils auraient pourtant dû ne se situer qu'à une petite journée à peine de leur base. Si toutefois ils avaient suivi l'itinéraire envisagé.

– Vous voulez toujours rebrousser chemin, c'est ça ?

– Affirmatif. Les chiens aussi vont bientôt manquer de nourriture. Même en exigeant d'eux l'impossible, cinquante kilomètres par jour ou plus, et même en imaginant qu'on retombe sur un dépôt en cours de route...

Lui-même ne paraissait pas y croire une seule seconde.

– … ni eux ni nous n'atteindrons jamais Daneborg. Pas si nous ne reprenons pas la direction du nord-est dès que possible.

Dès maintenant, disait son regard.

Sur le coup, le groupe ne réagit pas à ses prédictions funestes. Pas plus que la meute, stationnée non loin, étrangement silencieuse.

Seule Sally, la femelle de l'attelage jaune, manifesta quelque chose. Comme depuis la veille, elle exprimait une envie irrépressible d'en découdre avec les étendues sans fin de l'inlandsis. Les pattes tendues, prêtes au départ. Sa truffe frémissante dressée vers l'ouest.

– Et Sara, vous en faites quoi ? finit par lâcher Qaanaaq. Si, comme on le croit, elle est bien l'otage d'Arrensen, on la laisse derrière nous, entre les mains de son ravisseur ? C'est ça, votre conception de la solidarité ?

Qui savait de quelles représailles serait capable la Fourmi, s'ils abandonnaient à son sort sa petite protégée ?

Malgré son jeune âge, Molsen affichait la tête de celui qui avait vécu cette situation mille fois. Voilée de lassitude.

– Parce que vous, vous pensez qu'il est préférable de sacrifier tout le groupe pour une seule personne ? dit-il sans agressivité.

Un brouhaha gagna les rangs de leurs camarades. Et si les soldats de la Sirius adhéraient tous à l'option défendue par leur chef, un débat âpre vit le jour parmi les flics du Politigarden et de la SPA, majoritaires.

Malgré l'épuisement, le ton montait.

Une fracture se dessinait sur la surface de leur amitié. La cohésion d'hier se craquelait dans le gel d'aujourd'hui. Niko Mäkinen, Camilla Feg et Lotte penchaient clairement pour l'est. Emet Girjas et Søren, ostensiblement pour l'ouest.

Chez certains, déchirés entre émotion et raison, la faille se creusait au beau milieu de l'âme. Appu, en particulier, se sentait incapable d'élire un parti plutôt qu'un autre. Pris entre sa loyauté et son cœur, son métier et sa peur. Mais peu à peu, la balance bascula du côté des raisonnables.

– Il faut qu'on rentre.

Massaq scella ainsi leur victoire – elle s'était tenue jusque-là à l'écart de la controverse, aussi mutique qu'elle savait l'être. Elle qui avait tant rêvé de cet inlandsis, elle ne pouvait se résoudre à faire de Bodil un orphelin. Sans parler de Jens et Else, eux qui avaient déjà perdu un père et une mère. Qu'avaient-ils fait pour mériter cette double peine ?

Qaanaaq comprenait ce choix sans l'admettre. Ses yeux fuyaient ceux de sa femme. D'une main passée sur son crâne, il signifia sa déception, qu'il projeta ensuite sur le sol d'un mouvement de gant, comme un chasseur se délesterait d'un trop-plein de graisse.

La logique, cette glu qui poissait toutes nos décisions.

Puisque le dilemme semblait cette fois dissipé, Molsen ordonna à voix haute, à l'intention de tous :

– On remballe tout. Départ dans quarante-cinq minutes, repas des bêtes compris. Allez, *go, go, go* ! On ne traîne pas.

Aussitôt, on s'affaira en tous sens. Une énergie nouvelle s'empara des membres de l'expédition. En dépit du froid, les gestes se firent rapides, précis, déjà projetés vers un salut possible. Les chiens, flairant eux aussi l'imminence du départ, reprirent leur concert de cris. Sally n'en pouvait plus d'impatience.

Sous l'une des deux tentes d'hommes, Apputiku prit le temps d'ajouter une couche de vêtement aux trois pelures habituelles qu'il portait déjà. Mais quand il voulut renfiler sa parka par-dessus la seconde polaire, il se trompa et prit celle d'Emet Girjas – le vieux Sami l'avait imité.

Le vêtement se révéla trop étroit pour son corps rondouillet. Impression d'inconfort. Gêne dans le dos et sous les aisselles. Tels furent les signaux de sa méprise. À l'arrière du col qui l'étranglait, il perçut une présence qui n'avait pas dû déranger le légitime propriétaire du manteau, plus fluet.

Appu palpa la doublure intérieure par réflexe, la déboutonna, et en sortit un petit objet plat et oblong qu'il brandit dans le clair-obscur ouaté de l'habitacle. Non sans surprise.

– Tu as trouvé ça où ? s'écria Søren, qui roulait son duvet juste à côté.

– Là, dans la veste de...

Les traits de Girjas se froissèrent en une moue coupable. Mais il se défendit sans laisser aux deux autres le temps d'un mot :

– Ce n'est pas à moi.

– J'espère bien, dit Søren. Mais j'en conclus que vous savez ce que c'est, je ne me trompe pas ?

– Vous m'expliquez ? gronda Appu.

– Ce truc est un brouilleur de GPS.

Voilà qui expliquait bien des choses : cet instant où les *komatiks* jaune et noir avaient perdu de vue l'attelage rouge, celui dans lequel voyageait Emet ; l'absence de détection par le Seahawk envoyé par le JAC ; et désormais, leur désorientation totale.

– Je vous garantis que cet engin ne m'appartient pas, répliqua Girjas. Et que je ne l'ai pas actionné.

À ces mots, Søren se saisit du boîtier noir et le désactiva d'une pression sur l'unique bouton.

– Tu veux nous faire croire qu'on l'a mis sur toi à ton insu ?

– Exactement. Et je ne vous ai jamais autorisé à me tutoyer.

Le Sami avait sa fierté.

– Et qu'est-ce qui nous prouve que vous n'êtes pas un complice de Markus, enfin, de Milo ? le pressa Apputiku.

Certes, Emet avait failli laisser sa peau dans l'incident du moulin. Mais n'était-ce pas le novice du traîneau rouge qui l'avait sauvé, en volant à son secours ?

– Rien, admit Girjas dans un souffle, comme épuisé par cet échange. Vous allez devoir me croire sur parole. Mais c'était le but de ce séminaire, non ? Établir la confiance entre nous ?

33

Copenhague, Niels Brocks Gade – 10 février, dans la soirée

Au moins une dizaine de tentatives au cours de la journée, et autant d'échecs. Désormais, Qaanaaq ne répondait pas plus sur son Iridium que sur son mobile conventionnel. Vers 18 heures, Karl Brenner décréta son ami injoignable, quelle qu'en fût la raison. Il connaissait assez son Adriensen dans le texte pour savoir ce dernier capable d'organiser son silence radio de manière intentionnelle.

Mais ce n'était pas vraiment de nature à le rassurer. Qaanaaq avait tant enduré, depuis son arrivée au Groenland. Malgré Massaq, malgré Bodil, en dépit de ces présents que lui avait faits son pays d'adoption, le patron de la police de Nuuk paraissait encore si fragile.

Lille thug, *rassure-moi. T'as quand même pas fait une connerie pareille ?*

Karl avala le contenu de son mug frappé du mot *POLITI* et le rechargea aussitôt en café noir. La journée avait été longue. Son planning de retraité lui semblait parfois plus chargé que lorsqu'il était encore en activité. Voilà qu'il pensait déjà comme un vieux con. Après tout, la proposition de Kollman serait peut-être le meilleur moyen de conjurer ce genre de fatalité.

Debout devant l'unique fenêtre de son salon, il fixait la file de spectateurs qui s'étirait devant l'entrée de la Cinémathèque danoise, sans détailler aucun d'entre eux. Son regard ondulait sur la houle humaine. Certains soirs de gala, ils occupaient tout le trottoir en face de son immeuble, rue Landemaerket.

S'il reprenait du service, il pourrait s'asseoir sur les séances en journée. En soirée aussi, en fait. Il pourrait oublier sa petite vie de sexa-célibataire. À dire vrai, ce n'était sans doute pas ce qui pouvait lui arriver de pire.

Revenu à son bureau-table basse-table à manger au centre de la pièce, il relut ses notes de la journée. Les militaires de la base d'Holmen avaient pris leur temps pour revenir vers lui. Mais finalement, quelques heures plus tôt, un adjudant dont la voix grave évoquait celle de Mads Mikkelsen lui avait confirmé ce que Qaanaaq avait déjà compris : l'homme aux côtés de Sara Kaspersen sur la vidéo de sécurité était bien Markus Thomsen, mieux connu des services de police sous le patronyme de Milo Arrensen.

Comment la Marine danoise s'était-elle laissé berner au moment de le recruter ? La réponse était simple : par on ne sait quel miracle, jamais le gros bras de l'AK81 n'avait été interpellé. Son casier était aussi vierge qu'une première neige. Sans compter ses brillants résultats à tous les tests de sélection de la Sirius.

– Bonjour, Karl Brenner à l'appareil, j'aimerais joindre le directeur Jacobsen, s'il vous plaît.

– Ah désolée, il est parti.

Pis ! Ce n'est pas ce soir qu'il coincerait et confronterait la Fourmi. Que Jacobsen savait-il des douteuses fréquentations de Sara ? Cela faisait-il partie intégrante de sa mission ?

– Il y a longtemps ?

– On peut dire ça, oui, c'était il y a deux jours. Il est en arrêt maladie.

La secrétaire, regrettant sa confidence, tenta d'écourter l'échange.

– Attendez, l'interpella Brenner. Est-ce que vous pouvez me basculer sur le poste du directeur Kollman ?

– Ne quittez pas.

Mais la ligne du grand patron sonnait obstinément occupée, et son assistante devait être rentrée chez elle. Plus personne ne réceptionnait les appels à sa place.

Karl passa un manteau en laine grise sur sa silhouette de rapace. Dehors, le froid lui parut modéré pour la saison. Même pas un reliquat poudreux pour pocher l'asphalte. Un sentiment de nostalgie fugace le traversa : il regrettait tant les « vrais » hivers.

Remontant la rue Landemaerket à l'opposé de la Cinémathèque, il pressa le pas à travers la foule de fin de journée. À pied, Niels Brocks Gade ne se situait guère qu'à une vingtaine de minutes de chez lui. Avec un peu de chance, il arriverait sur place avant que Kollman ne s'en aille. Leur dernier entretien (nocturne) prouvait que ce dernier ne comptait pas ses heures, lui non plus.

Plus il progressait en direction de l'ouest, et plus la cohue urbaine se clairsemait. Dans le quartier des administrations, il ne croisa que quelques fonctionnaires en retard pour le dîner familial ou le coucher du petit dernier. Au poste de contrôle principal, devant l'immense grillage vitré, son pote complaisant n'était pas de faction. Il lui fallut de longues minutes, et le passage inespéré d'un ancien collègue, pour qu'on l'admît à l'intérieur de l'austère bâtiment.

Du temps de son service, Karl n'avait jamais eu l'honneur – ou subi l'humiliation, selon les circonstances – d'être convoqué dans le bureau d'Alexander Kollman. Ainsi, il erra un moment dans les couloirs désertés du troisième étage avant de trouver la porte concernée.

Celle-ci était grande ouverte. La pièce donnant sur la cour des colonnes affichait des dimensions impressionnantes. La déco y était beaucoup moins austère que chez Jacobsen : canapé vert anis, peintures abstraites aux murs, bibelots et trophées en tout genre.

– Entrez, Brenner, dit l'occupant sans lever le nez de ses papiers.

– Monsieur…

– Dois-je comprendre que c'est oui ?

– Pardon ?

– Vous ne viendriez pas en personne et à cette heure si vous aviez en tête de décliner mon offre. N'est-ce pas ? J'en déduis que vous l'acceptez.

– Je… Il y a un point que j'aimerais éclaircir, avant de vous donner ma réponse.

Kollman lâcha enfin son stylo et dévisagea son invité surprise, lequel prenait place en face de lui. Il mit quelques secondes à dominer le plissement contrarié de ses lèvres :

– Je vous écoute.

– Si vous voulez *vraiment* que je revienne pour m'occuper de la police judiciaire, je pense que nous devrions jouer franc-jeu dès le départ. Vous n'êtes pas d'accord ?

– Mais encore ? s'agaça l'autre.

– J'aimerais que vous m'expliquiez quel rôle exactement joue Sara Kaspersen dans les tensions actuelles entre Hells Angels et AK81.

– Ça, mon ami, ce sont des infos de directeur. Rejoignez-nous, et vous aurez accès à tous nos doss…

– Alors considérez-moi comme tel, le coupa Karl. Et affranchissez-moi comme doit l'être votre directeur de la police judiciaire.

Kollman esquissa un sourire, semblant apprécier la détermination de sa « jeune » recrue. Puis il reprit avec sérieux :

– Dès avant la scission entre les deux factions devenues rivales, Arne, le directeur Jacobsen, m'a convaincu que cette rupture allait avoir des conséquences majeures sur la criminalité scandinave. Que non seulement la quantité *mais aussi* la gravité des méfaits commis allaient exploser.

Pas un homme de terrain, cette Fourmi, mais un sacré bûcheur de dossiers, il fallait le lui accorder.

– Il était persuadé que le péril viendrait en priorité des

challengers, autrement dit de l'AK81, poursuivit-il. Que c'étaient *eux* qui déclencheraient la guerre entre les deux gangs.

– Il avait raison.

– Il avait raison, oui, et à ma demande, il a lancé une opération d'infiltration.

– Quand ça ?

– Il y a environ un an. Mais c'était un projet confidentiel. J'ai donné pour consigne de n'en informer que les officiers directement impliqués.

– Et pourquoi avoir choisi Sara Kaspersen ?

NBG regorgeait de flics plus capés et plus expérimentés qu'elle.

– Malgré ses états de service limités, elle nous a semblé à tous deux la meilleure candidate. Outre ses qualités propres de flic, elle était et elle est encore la seule de toute la boutique à avoir côtoyé ces bandes de près. À les avoir pratiquées de l'intérieur, si vous préférez. Avant de nous rejoindre, elle a même eu une fille avec l'un de ces types, un lieutenant des Angels.

– Je comprends l'idée. Mais vous n'aviez pas peur que ce soit *nous,* qu'elle infiltre ? Comment être certain que quelqu'un qui a quitté le camp des voyous pour celui des flics n'est pas une taupe des premiers chez les seconds ?

– La question s'est posée, bien sûr. Raison pour laquelle l'inspection des services a mené une enquête très minutieuse à son sujet, et a conclu qu'elle était clean. Que son engagement à nos côtés était sincère.

Karl laissa passer une poignée de secondes avant de réagir à cette affirmation un brin péremptoire. « Le soleil est pour un aveugle aussi noir que la nuit. » Il lui semblait entendre la voix de Qaanaaq susurrer l'un de ses sempiternels proverbes à son oreille.

– Vraiment ? finit-il par dire. Dans ce cas, comment expliquez-vous qu'elle se balade au Groenland avec un porte-flingue de l'AK81 ?

– Pardon ?!

En dépit du contre-jour, Brenner vit Kollman blêmir. Pour appuyer son propos, il dégaina son mobile et afficha l'image de surveillance la présentant bras dessus, bras dessous avec Milo Arrensen.

– Je vous présente Milo Arrensen. Tueur patenté de l'AK81, et depuis peu sous-marin de son gang au sein de la patrouille Sirius.

Sans laisser à son interlocuteur le temps de reprendre une contenance, il déballa alors tout ce que Qaanaaq et lui avaient découvert ces derniers jours. À tout le moins, ce dont ils étaient sûrs.

– Au Groenland, vous dites ?

– L'image a été prise à Kangerlussuaq, le 1er février dernier, le jour où les membres de la SPA arrivaient dans le pays.

– Jacobsen a prétendu qu'elle était en congé, se justifia Kollman d'une voix blanche, le regard absent.

Manifestement, la Fourmi avait caché à son supérieur quel autre usage il comptait faire de sa petite protégée.

– Drôles de vacances. On parle de complicité de meurtre sur la personne du représentant islandais, Jonas Horason. Et d'au moins deux autres tentatives d'homicide sur des participants au séminaire en cours.

Dans ce genre d'échange avec la hiérarchie, forcer le trait n'avait jamais fait de mal.

– On parle ni plus ni moins d'un complot pour décapiter la lutte anticriminalité en Scandinavie.

34

[IMG_0592.jpg / 11 février 2022 / 08 h 09 / **Empreintes d'ours sur le sol poudreux**]

– *Ay ! Ay !* hurla plusieurs fois de suite le lieutenant Karlsen, à l'arrière du traîneau jaune.

Cet ordre, celui de l'arrêt, était le seul énoncé en kalaallisut et non en danois. Ce mélange linguistique devait perturber les chiens, car il leur fallut plusieurs dizaines de mètres pour obtempérer.

Bientôt, les trois attelages s'immobilisèrent sur la croûte immaculée, fendue çà et là comme un gâteau trop cuit. Le froid était si intense que les structures qu'il avait lui-même façonnées, hummocks et congères, craquaient sous son action. Trop de gel tuait le gel.

– Pourquoi on stoppe ? s'enquit Molsen en rejoignant son subordonné, le pas lourd et le souffle court.

– Viens voir.

À quelques pas seulement en arrière du point de leur halte, Karlsen désigna un ensemble de traces qui scarifiaient la glace. À peine visibles à hauteur d'homme, elles devaient disparaître tout à fait dans le brouhaha givré soulevé par les patins, surtout depuis des traîneaux lancés à une telle vitesse.

Mais Samuel Karlsen était réputé au sein de la Sirius pour être la meilleure « bonne d'enfants » de la patrouille. Un œil d'une acuité hors norme, capable de repérer un simple lièvre à des milles à la ronde.

– Attends, mais…, feula Molsen.

– C'est un ours.

– Aussi loin à l'intérieur ? C'est impossible !

Chasseur d'animaux marins, l'ours polaire ne s'éloignait en principe jamais de ses zones de traque naturelles, proches du littoral. S'aventurer ainsi sur l'inlandsis s'apparentait pour un tel animal à du suicide.

– Pourtant, tu vois bien.

D'un index survolant les empreintes, il esquissa leur contour. Puis tendit le bras vers ce qui semblait être le point d'origine des foulées du plantigrade.

– On est clairement rentrés dans son périmètre.

Depuis la veille et leur demi-tour en direction du nord-est, ils n'avaient pourtant progressé que d'une petite trentaine de kilomètres. Durant la nuit, à bout de forces, ils avaient bivouaqué à même les traîneaux, sans prendre la peine de dresser les tentes. Mais à aucun moment ils n'avaient ressenti la présence d'une autre bête que les leurs à proximité.

Les chiens eux-mêmes, épuisés, s'étaient tus, fait rare.

– Ça date peut-être un peu, non ?

– Au contraire, dit Karlsen en s'accroupissant, son gant rasant à présent la surface. Elles sont très fraîches. Regarde, elles n'ont pas eu le temps de cristalliser sur le dessus.

Autour, le reste du groupe profitait de cette pause, qui pour étirer ses membres endoloris, qui pour avaler une rasade de café tiède à même la Thermos. Qaanaaq trotta jusqu'aux deux officiers de la Sirius.

– Qu'est-ce qui se passe ?

Tandis que Molsen lui résumait la situation, l'éclaireur remontait la piste de l'animal. Malgré les obstacles, celle-ci s'étirait de manière rectiligne. Flèche tendue entre son instinct et Dieu savait quel objectif.

Hormis au moment de la charge, les *Ursus maritimus* étaient connus pour leur vitesse modérée, mais très régulière.

Arpenteurs infatigables, ils avançaient d'un train plutôt lent, mais quasi ininterrompu, susceptibles de parcourir plus de soixante-dix kilomètres en une seule journée. Des milliers au cours d'une seule saison de chasse. Métronomes de ce silence glacé.

– Ici ! les appela Karlsen, agenouillé à une centaine de mètres de là.

Ils marchaient encore vers lui quand il leur annonça, d'une voix étranglée :

– Il est blessé, regardez.

Un mouchetis rouge, figé et noirci par les températures extrêmes, frappait la glace.

– Tu penses qu'il est venu mourir ici ?

– C'est un ours polaire, chef, pas un éléphant.

– Dans ce cas, je ne comprends pas, dit Qaanaaq. Qu'est-ce qu'il fait ici ?

– Ce qu'il fait ici ? Ça me semble assez clair, commandant : il nous suit.

Durant un instant balayé de blizzard, l'hypothèse les sidéra. Les rafales râppaient la neige récente et projetaient sur eux des tourbillons blancs. Ils se faisaient l'effet de cornets de glace saupoudrés d'éclats de coco.

– Vous pensez que c'est l'animal qu'on a blessé à Daneborg ?! cria Adriensen.

– Tout ce que je peux vous dire, c'est qu'en étant aussi éloigné de ses spots d'approvisionnement naturels, il est forcément affamé. Il boufferait n'importe quoi.

N'importe qui, crurent entendre les deux autres.

Dur au mal et résistant, l'ours polaire exprimait parfois des sentiments qu'on ne prête qu'aux humains : détermination, orgueil, susceptibilité… Mais c'était bien la première fois que l'un d'entre eux paraissait animé par la rancune. Par l'envie d'en découdre avec cette espèce dominante qui envahissait son espace et menaçait son mode de vie.

Fut un temps, à Daneborg, ils s'étaient crus chasseurs, et voilà qu'ils se découvraient chassés.

Revenus dans le groupe, ils firent pour tous une synthèse édulcorée de leur trouvaille, sans masquer pour autant la présence du prédateur dans les parages. Ils glissèrent juste sur la partie « vengeur griffu et assoiffé de sang », histoire de ne pas faire paniquer leurs camarades.

– Alors, on fait quoi ? demanda Appu. On poursuit vers l'est comme si de rien n'était ?

Soucieux de réaffirmer son autorité, mais aussi de respecter la décision prise collégialement quelques heures plus tôt, Molsen trancha net :

– Bien sûr. De toute manière, *il* est blessé et nous avons assez de fusils et de munitions pour l'achever en cas de rencontre.

Tous ceux qui avaient déjà opté pour le retour au bercail approuvèrent d'un murmure gommé par les bourrasques.

– Désolé, mais je ne suis pas d'accord avec ça, intervint Karlsen.

– Pourquoi ?

– Plusieurs raisons. La première, c'est le blizzard. Tu sais comme moi que les attaques sont beaucoup plus difficiles à anticiper dans ces conditions.

– On a les chiens.

– Ils ont déjà prouvé que leur odorat n'était pas infaillible.

– Aucun rapport, c'était à cause du sel, on l'a tous vu.

– N'empêche, plus nous irons vers l'est et plus nous nous rapprocherons de son territoire naturel. Il aura l'avantage de la connaissance du terrain. Et puis, qui sait, on risque aussi de croiser d'autres spécimens de son espèce.

– C'est toi, le spécialiste des ours, qui dit ça ?! Tu sais très bien qu'ils ne chassent pas en meute.

– Je ne te parle pas de meute, je te parle d'autres solitaires errants.

La passe d'armes virait au combat de coqs. Les deux officiers de la Sirius se dressaient à présent l'un en face de l'autre.

– Très bien, alors tu proposes quoi ?

En guise de réponse, Karlsen repêcha sa tablette GPS dans son sac à dos. Il ne lui restait plus beaucoup d'autonomie, mais depuis qu'ils avaient désactivé le brouilleur, elle fonctionnait normalement, à nouveau apte à les positionner sur les immensités blanches couvertes par le satellite.

– On est là, dit Karlsen en pointant l'encoche lumineuse qui clignotait en plein centre de l'écran (il dézooma la vue de deux doigts). Côté est, il y a bien Daneborg à trois cents bornes, ainsi que les éventuels dépôts, qu'on croisera sur la dernière centaine de kilomètres. Mais il y a aussi l'ours, peut-être même plusieurs.

– Et côté ouest, il n'y a rien sur des milliers de kilomètres, on ne va pas remettre ça sur le tapis ! s'exclama Molsen. Le choix qu'on a fait ensemble hier soir est le bon. Le seul qui soit raisonnable.

– Justement, regarde : à un peu moins de cent kilomètres au sud-ouest. Il y a *ça*.

Cette fois-ci, il posa son doigt ganté à même la surface embuée du moniteur OLED.

– Summit !? T'es sérieux ?

– Ils ont des vivres pour des mois, ils ont des réserves d'énergie, ils ont une radio pour communiquer avec l'extérieur ; ils ont tout ce que nous n'avons plus ! Moralité, on pourra se retaper et attendre sagement que le JAC ou autre vienne nous cueillir.

Agglutiné autour d'eux, le reste de l'expédition leva des regards interrogateurs – le confort contre l'épuisement, il y avait de quoi hésiter.

– C'est quoi, Summit ? demanda Camilla Feg.

– La base d'observation scientifique située en plein cœur de l'inlandsis. Opérée à parts égales par les Américains et nous.

Par « nous », il entendait les Danois, bien sûr.

– Et pourquoi vous ne nous en avez pas parlé hier ? s'étonna Qaanaaq. Quand on a délibéré sur la direction à prendre ?

– Parce que au moment où on en a débattu, on n'avait pas encore récupéré notre position GPS. J'ignorais qu'on était aussi proches de Summit. Et surtout, on n'avait pas croisé la route de notre « ami ». Vous admettrez que ça change pas mal la donne.

Il embrassa le domaine du *nanook* d'un large mouvement de bras. Il fallait l'admettre : **même** aussi loin de sa tanière, l'ours était ici chez lui.

Ils étaient les intrus.

Ils étaient les proies.

La discorde se réinstalla quand ceux qui avaient opté pour le retour à Daneborg quelques heures plus tôt changèrent brusquement d'avis.

– Je vote pour Summit, commença Søren. Si on se secoue un peu, on est au chaud dans moins de deux jours de marche.

– Pareil, embraya Emet Girjas.

– Summit aussi, dit Massaq, aussitôt suivie par Camilla et Appu.

– C'est n'importe quoi, souffla Molsen.

Même Svensen et les deux novices restants de la Sirius se rallièrent à l'avis du pisteur.

– Désolé, capitaine. Trois cents kilomètres d'un côté, cent de l'autre... Le choix est vite fait.

– Vous me faites tous chier ! hurla l'intéressé. On fait quoi si leur mission scientifique est interrompue, ou finie ? Hein ? On fait quoi s'il n'y a plus personne sur place ? Une bataille de boules de neige géante jusqu'à ce qu'on soit tous morts ?!

– Il n'y a aucune raison que la base soit désertée.

– Ah bon ? Parce que tu parles régulièrement avec les gars sur place, peut-être ?

– Oh, ta gueule, lâcha Karlsen, à bout de patience. Tu ne peux pas admettre que tu as tort, juste une fois ?

Brusquement, les deux hommes s'empoignèrent et roulèrent sur le sol gelé. Un cri à fendre la brume s'éleva alors :

– *Rend og hop*[1], tous autant que vous êtes ! Vous voyez pas qu'on va crever ici ?!

Lotte la douce, Lotte la calme, la sensée, avait perdu toute maîtrise d'elle-même. Depuis près de trois ans qu'ils la côtoyaient, aucun des flics de Politigarden ne l'avait vue dans cet état.

– Qu'est-ce que ça peut foutre que ce soit de froid, de faim ou dans la gueule d'un ours, putain ?!

Niko l'enveloppa de ses grands bras et tenta de l'éloigner des autres. Elle proféra encore quelques injures puis s'écroula d'un coup sur la glace, comme foudroyée par sa propre prophétie.

Son intervention eut pour effet vertueux de ramener les deux lutteurs à la raison. Ils se relevèrent d'un même mouvement, comme si leur pugilat n'avait jamais eu lieu.

– Je crois qu'on s'est tous un peu laissés emporter, grommela Molsen.

– C'est le *pibloktoq*, suggéra Appu, l'air sombre.

Le nom inuit de l'amok, la folie polaire. Lui-même connaissait bien le phénomène, pour en avoir déjà été victime.

– On va dire ça. En attendant, et puisque la majorité d'entre vous s'est exprimée en ce sens, je propose qu'on prenne la direction de la station Summit.

Quelques sourires regonflés d'espoir fleurirent alentour. Même Lotte, qui sanglotait l'instant d'avant, parut rassérénée par la perspective.

– Mais je vous préviens : cette fois, plus question de changer de plan. On vise cet objectif et on s'y tient. Et je préfère vous dire tout de suite que ce ne sera pas une partie de rigolade. C'est pas pour rien que le lieu a été baptisé comme ça. Summit est perchée à plus de trois mille deux cents mètres d'altitude. Moralité, on a près de sept cents mètres de dénivelé à se taper avant d'arriver à destination.

1. « Allez vous faire foutre ! » en danois.

Son laïus achevé, chacun se prépara à reprendre la route. Les chiens, qui avaient suivi l'esclandre d'un œil indifférent, jappaient leur joie d'en découdre avec l'ascension promise. Juste avant qu'ils ne repartent, Qaanaaq prit Molsen à part :

– Je peux vous demander un service ?

– Dites toujours.

– J'aimerais qu'on laisse nos balises GPS ici. Maintenant qu'on a récupéré l'usage des tablettes et qu'on sait où on va, on n'en a plus besoin.

– Vous avez peur de quoi ? Que l'ours soit branché sur le même satellite que nous ?

La remarque se voulait drôle, mais elle ne l'amusa pas. Plus maintenant. Plus dans ces circonstances. Non, l'ours n'était pas le prédateur qu'il redoutait le plus. Il en existait un plus effroyable encore, tapi quelque part dans l'invisible, et qui attendait son heure.

Y aurait-il un jour créature plus nuisible pour ses semblables que l'Homme ?

35

Quelque part au-dessus de l'inlandsis – 11 février

L'ombre du rotor découpait le grand aplat blanc en tranches régulières. Certes, le paysage n'était pas très animé. Mais, à mieux y regarder, Arne Jacobsen fut surpris par les innombrables accidents de relief qui constellaient cette apparente monotonie. L'inlandsis était comme ces toiles monochromes, uniformes si on les considérait de loin ou distraitement, mais dont un examen plus attentif révélait la richesse du travail effectué sur le volume et la matière.

Ainsi, même dans le blanc le plus absolu, tout n'était pas si immaculé.

À l'arrière du Sikorsky, il n'y avait personne avec qui partager ses réflexions. Bornberg avait décliné son invitation, non sans arguments : avec Molsen perdu et l'autre moitié de la Sirius partie pour sa campagne hivernale en direction du nord, il demeurait le seul officier disponible pour assurer la permanence à Daneborg. En aucun cas sa hiérarchie ne lui permettrait d'abandonner son poste, pas même à la demande d'un personnage aussi éminent que le directeur Jacobsen.

– Franchement, avec *ça*, vous n'avez pas besoin de moi, avait conclu l'intéressé.

« Ça », c'était la tablette GPS qu'un membre de la Sirius avait repérée la veille au soir dans les affaires de Lukas, l'un des novices partis avec le trek de la SPA. Apparemment, le jeune soldat avait omis de l'ajouter à son paquetage. Mais, par chance, l'appareil avait été dûment apparié avec les balises embarquées par les membres de l'expédition.

En principe, ne restait plus qu'à suivre le signal... si signal il y avait, bien entendu. Car depuis leur décollage, aucun point lumineux ne se manifestait sur l'écran. À l'avant de l'hélicoptère, le pilote l'informait régulièrement de l'état de la connexion, son pouce jusque-là pointé vers le bas.

– On suit toujours le tracé de la boucle prévue par Molsen ? demanda-t-il dans le casque.

– Oui, oui. De toute façon, pour le moment, on n'a pas grand-chose d'autre à se mettre sous l'œil.

Quelle autre piste auraient-ils pu suivre ?

Une vibration fit frissonner la poche poitrine de sa parka. Sortant le combiné, la Fourmi constata avec un soupir que son correspondant était le même que lors des cinq ou six appels précédents : Alexander Kollman. Il ne pourrait pas éternellement éviter la confrontation avec son patron, mais il ne l'envisageait pas tant qu'il n'aurait rien de plus consistant à lui fournir sur les membres de la SPA que des balises GPS muettes.

Ils volaient depuis plus d'une heure, à présent. Et, même à aussi basse altitude, il devenait de plus en plus difficile d'isoler tel sérac ou tel nunatak. La glace dominait, désormais, et tout se fondait peu à peu dans la nuit débutante qui recouvrait le panorama d'un voile bleuté.

Bercé par le souffle des turbines, Jacobsen mit quelques secondes avant de percevoir le pouce levé dans le cockpit, bientôt accompagné de ce grésillement à son oreille :

– Monsieur ! Monsieur j'ai deux balises... Non, j'en ai trois, quatre... Je crois que je les ai toutes, en fait. Pile aux mêmes coordonnées.

– Où ça ?

– Environ quatre-vingts milles nautiques au sud-ouest.

Soit très au-delà des limites du parc national. Bien plus à l'intérieur de l'île que ne le prévoyait le parcours concocté par le capitaine Molsen, s'il en croyait les dires de Bornberg. *Qu'est-ce que vous êtes allés foutre au milieu de nulle part ? Vous voulez ma mort en même temps que la vôtre, c'est ça ?*

– Pourquoi ne les a-t-on pas captées plus tôt ? s'agaça Jacobsen dans son micro.

– Aucune idée. En théorie il n'y a pas de limites à leur périmètre de détection Et, sauf destruction complète, elles émettent en continu.

– Très bien, on y va.

Le Sikorsky vira aussitôt sur le flanc gauche et fonça sur l'horizon, vers la lumière d'un jour moribond.

Il ne leur fallut qu'une grosse demi-heure pour atteindre le point d'émission des balises. Elles n'avaient pas bougé depuis que le pilote les avait vues réapparaître ; si l'on ajoutait à cela la nuit qui enveloppait désormais l'inlandsis, on pouvait en déduire que le groupe SPA bivouaquait à cet endroit précis.

Jacobsen préparait déjà le savon qu'il allait passer à Qaanaaq et sa bande de bras cassés quand le pilote annonça :

– On descend. On est sur eux dans trente secondes.

– Vous pourriez actionner votre projecteur ?

L'homme s'exécuta et un pinceau de lumière fouilla l'étendue glacée sous eux.

– Vous voyez quelque chose ? Des tentes ? Des traîneaux ?

– Non, rien du tout.

Rien que des volutes blanches sur un fond bleu-gris.

– Attention à vous, on va toucher dans dix secondes, avertit le pilote.

Livide, Jacobsen se cramponna aux poignées disposées de part et d'autre de son siège. Les turbines hurlaient à tout rompre. Il détestait ce genre de sensations. Sa foi en la technologie ne compenserait jamais sa peur viscérale de l'imprévu.

Mais le pilote était décidément un bon. Malgré les bourrasques et l'obscurité, il posa leur engin avec la douceur d'une caresse. Aussitôt fait, il aboya :

– Allez-y, je reste ici. Vu les conditions, je ne peux pas prendre le risque de couper le rotor.

La Fourmi se munit d'une torche, déverrouilla la porte latérale et sortit de l'appareil. En foulant le sol poudreux, il se fit l'effet d'une sorte de Neil Armstrong polaire.

Un petit pas pour moi, un grand pas vers le gouffre pour l'humanité.

Mais l'heure n'était pas aux bons mots. Malgré sa lampe, la visibilité demeurait très réduite. L'échine courbée sous le souffle des pales, il arpenta le périmètre autour de l'appareil, suivant le signal des balises, tablette en main. À en croire celle-ci, les points lumineux qui scintillaient sur l'écran se situaient à quelques enjambées de là seulement.

– Qaanaaq !? hurla-t-il contre le vent et le vacarme de l'hélico. Adriensen, vous m'entendez ?

Il sut très vite que ses appels seraient vains, pourtant il s'époumona ainsi encore quelques instants. Le vide et le mugissement mécanique pour seuls interlocuteurs.

Il trouva les balises GPS non loin, toutes regroupées dans un unique sac à dos abandonné à même la glace. La volonté de brouiller les pistes était manifeste. D'ailleurs, il ne restait aucun autre vestige du passage des trekkeurs. Ni traces de piquets ni cendres d'un feu, pas même les inévitables déjections que les chiens laissent partout derrière eux. Juste ces quelques sillons frais qui attestaient de la présence assez récente des trois attelages.

Ils se sont à peine arrêtés ici.

L'effet de surprise se dissipa vite, remplacé par une onde de colère. Il reconnaissait bien là une de ces provocations dont Adriensen était coutumier. Si les « comiques » du Politigarden voulaient vraiment risquer leur vie, il s'en lavait les mains. Mais après l'inexplicable raté Horason, si les autres membres de la SPA venaient à disparaître à leur tour, il ne donnait pas cher de sa survie à la tête de la police judiciaire.

Alexander « von Sydow » Kollman ne lui ferait aucun cadeau. N'était-il pas l'exorciste, celui qui arrache le mal des âmes en souffrance ?

36

[IMG_0617.jpg / **12 février 2022** / **06 h 44** / Camilla **Feg**
en tenue de femme inuite]

La question paraissait trop futile à Qaanaaq pour qu'il
l'exprimât à voix haute. Et pourtant, elle lui revenait en tête
comme une scie, ce matin-là au réveil : combien de calories
et de grammes perdaient-ils à chaque kilomètre parcouru ?
Cela variait-il d'un individu à l'autre ? De quel poids son
propre corps s'était-il délesté lors du jour précédent, durant
leur ascension vers le sommet de l'inlandsis ?

Avec une telle déclivité, il n'était plus question de se reposer de temps en temps sur le traîneau. Les chiens avaient déjà
bien assez à faire avec le poids du *komatik*. Il fallait marcher,
patiner, déraper, enjamber, gravir, s'enfoncer par endroits,
s'écrouler parfois, et aussitôt reprendre sa marche inlassable.
Sur près d'une cinquantaine de kilomètres, un parcours du
combattant ininterrompu. Des efforts constants. Avec une
telle débauche d'énergie, l'ennemi n'était plus le froid mais
au contraire la chaleur, la sueur qui gelait instantanément,
enveloppant la peau d'une fine gangue de glace.

Balayant l'intérieur de la tente du regard, il put lire l'épuisement sur les visages de ses compagnons. Leurs quelques heures
de sommeil n'avaient rien effacé des douleurs de la veille.

L'irruption de Lotte dans le domaine des hommes l'arracha d'un coup à ses pensées :

– Massaq n'est pas avec vous ? s'écria-t-elle sans un bonjour.

La légiste délirait-elle encore ? Elle affichait cependant son visage ordinaire, le regard clair et la mine résolue.

– Non, pourquoi ? Elle n'est pas chez les femmes ?

– Elle n'y était pas quand je me suis réveillée. Et je ne l'ai pas trouvée autour du bivouac.

Les circonstances lui rappelèrent instantanément la disparition de Sara, trois ou quatre jours auparavant – drapés de blanc, ils finissaient par tous se ressembler. Il fouilla de nouveau la tente des yeux, pour constater qu'aucun homme ne manquait à l'appel.

– Tu as regardé chez Molsen ? Tout le monde est là ?

– Oui. Il n'y a que Massaq qui...

Elle répugnait à mettre sur cette absence un mot définitif.

Jaillissant de la toile mal dressée dans l'épuisement du soir précédent, il se mit à inspecter leur campement, aboyant à l'unisson des chiens le prénom de sa femme :

– Massaq ?! Massaq, *naniitutit*[1] ?

Il inspecta ce coin de désert blanc comme on retourne sa chambre. Balançant les paquetages et soulevant tout ce qui pouvait l'être. Il semblait espérer que son trésor perdu se trouvait là, sous ses yeux, à portée de main, et qu'au bout du compte il se dévoilerait à lui. Mais ici, l'aveuglement avait pour nom l'infini, et pour limites... aucune.

Après quelques minutes à ce régime, entre panique et espoir fou, il se figea au beau milieu du bivouac. Tremblant, les deux paumes arrimées à son crâne, il renonça à sonder les environs, désormais conscient de la réponse qui lui serait donnée. Ses équipiers n'osaient ni intervenir ni lui parler. Qu'auraient-ils pu lui dire ?

– Boss ! Viens voir par ici !

Il n'y avait bien qu'Appu, pour avoir le cran de piétiner

1. « Où es-tu ? » en kalaallisut.

son désarroi. Qaanaaq tituba jusqu'à son ami, à quelques pas de là, en bordure d'une faille assez large pour avaler un homme.

Ou une femme.

– Tu crois que... ?

– Non, bien sûr que non, le rassura Apputiku. Mais tu vois ce sillon ? Ça ne te fait penser à rien ?

Une trace large comme deux traîneaux entaillait la surface volatile, fraîchement rhabillée de neige. Elle s'étirait loin à l'horizon, serpentant à travers les accidents du relief. Familière sans l'être. C'est pourtant à lui, Qaanaaq, que Pitak avait fait son compte rendu, depuis Kangerlussuaq et le point 660 : « Pas aussi fin ni aussi net que des traces de patins. Plutôt comme si on avait tiré un paquet assez lourd pour marquer la surface. »

La même présence fantomatique qu'à l'endroit où Jonas Horason s'était évanoui.

– Milo, souffla Adriensen.

– Il me semble aussi. Il m'a fait croire qu'il trimballait une tente individuelle dans son sac. Mais je pense qu'il s'agissait plutôt d'une sorte de traîneau.

– Gonflable ?

– Probablement. Ça expliquerait la portabilité et la furtivité de l'engin.

Mais aussi le nombre réduit de chiens d'attelage volés par Markus/Milo au moment du rapt de Sara Kaspersen. Cinq seulement. Cela justifiait aussi que des individus a priori aussi vigilants qu'Horason ou Massaq aient pu se laisser surprendre. Si on faisait taire les bêtes avec une muselière, un tel dispositif devait se déplacer dans une économie d'énergie et de bruit sans équivalent.

– Reste à savoir comment il a fait pour nous retrouver, poursuivit Appu. Vu qu'on a bazardé nos balises.

– Paris. C'est pour ça qu'il l'a prise avec lui. Même blessée. De tous nos chiens, c'est la seule capable de retrouver le groupe à des dizaines de milles.

L'ironie amère de la situation n'échappait pas à Qaanaaq : c'est la bête que Massaq voulait ramener chez eux qui avait causé sa perte.

Ils refluaient vers les tentes, la tête basse et le pas pesant, quand Camilla Feg se jeta sur eux :
– Qaanaaq, bredouilla-t-elle.
Pourquoi l'apparence de la Suédoise le troublait-il ?
– Je... je suis désolée. Vraiment.
Ce bonnet épais, produit d'un tricotage maison.
Cet anorak en peau de phoque.
Ces *kamiks* à ses pieds.
De cet ensemble, et en dépit des mèches blondes qui voletaient autour de son visage, se dégageait une silhouette qu'il ne connaissait que trop bien.
– Qu'est-ce que vous foutez avec les vêtements de ma femme ?! glapit-il.
– C'est elle, c'est Massaq qui m'a proposé de troquer nos affaires, hier soir. Je ne supportais plus le froid, et elle disait qu'elle se contenterait très bien de mes fringues modernes, même si elles étaient moins efficaces. On ne devait échanger que pour cette nuit...
C'était Camilla Feg la cible d'Arrensen.
Qaanaaq ravala sa colère en une déglutition douloureuse. Pouvait-il lui en vouloir ? *Non.* Massaq était une grande fille. Elle savait ce qu'elle faisait. Et si sa générosité l'avait placée dans la ligne de mire, alors c'est qu'elle avait elle-même choisi ce coup du destin. Aucune fatalité dans cet enchaînement malheureux – il n'y en avait jamais, pour personne – juste le fruit de ce qu'elle était profondément.
Car s'il fallait à tout prix désigner un responsable, c'était lui (et lui seul) qui devait être montré du doigt.
Lui qui les avait conduits ici plutôt qu'en France.
Lui qui avait satisfait aux exigences de Jacobsen plutôt qu'aux désiderata de sa femme.
Lui qui sacrifiait sans cesse sa famille à son boulot.

Lui qui choisissait toujours le camp de son pays adoptif, et non celui de ses racines.

« Tu veux devenir un véritable Inuk, un Groenlandais qui respecte le pacte de notre peuple avec *Nuna*, ou tu préfères rester une saleté de colon ? » lui avait demandé Appu quelques jours auparavant.

La question ne se posait plus. Il avait trahi les siens, encore et encore, et le temps de payer l'addition était venu. Cette fois, il n'y aurait pas de rémission, comme deux ans plus tôt à Isortoq, quand il avait sorti Massaq, Jens et Else des flammes[1].

Pas de sauvetage miraculeux en hélicoptère. Rien de ces ressorts romanesques qu'Apputiku aimait tant et qui échappaient pourtant à toute vraisemblance.

Juste l'inlandsis à perte de vue, où celle qu'il aimait périrait bientôt. Par *sa* faute.

Il donna son absolution à Camilla d'un geste fugace. Exempt de mots – à quoi bon ?

Puis il tourna les talons et fit quelques pas en direction d'un petit vallon. Les autres, Appu compris, respectèrent son besoin d'être seul. À cette distance, la physionomie du creux dans le relief était à peine perceptible. Il devina juste qu'une dépression se dessinait à cet endroit-là.

Il ne comprit de quoi il retournait qu'une fois au bord du précipice.

Un moulin.

Le gouffre ressemblait à celui dont il avait extrait Paris. Il lui semblait entendre encore la plainte de l'animal s'élever depuis les tréfonds bleutés. L'écoulement d'une eau invisible bruissait doucement, aussi délicat qu'un murmure. Presque une mélopée.

Viens, viens, lui soufflait-il.

En bas, il ne connaîtrait plus ni culpabilité, ni dilemme,

1. Voir *Diskø*.

247

ni blessure de l'âme. Il serait glace à son tour, éternel et apaisé. Il se fondrait dans les entrailles de *Nuna*. Un ventre froid, sans doute, mais une matrice qui l'envelopperait à jamais. Sans plus aucun jugement. Enfin, il deviendrait ce qu'il avait toujours été. Éclat de cristaux. Infime morceau de Groenland.

Il tanguait toujours quand la mâchoire se referma sur son mollet. Ce n'était pas une morsure, plutôt un avertissement. Ce n'était pas Paris, c'était la chienne Sally, détachée de ses traits, qui le fixait de ses grands yeux bleus.

37

[IMG_0639.jpg / 12 février 2022 / 15 h 53 / Image blanche et floue, déclenchement involontaire]

La plupart d'entre eux, réfugiés sous les tentes, ne bougeaient plus depuis des heures, depuis leur dernier repas, si on pouvait appeler ainsi les quelques miettes de biscuit et de pemmican avalées au réveil. Deux jours plus tôt, Molsen avait pronostiqué que leurs réserves tiendraient quarante-huit heures. Son calcul était juste. Et voilà qu'ils parvenaient au bout du bout de ce qui pouvait se manger dans leurs paquetages. Fractionnant et rognant sur les portions, ils repoussaient le moment de ce qui serait leur ultime ingestion.

La dernière bouchée.

Cette seule perspective les faisait frémir. Aucun d'entre eux n'osait l'évoquer. On échangeait très peu, d'un duvet à l'autre, chacun grelottant dans son petit désespoir.

De leur côté, les chiens manifestaient leur fringale de manière plus expressive. Entre deux longs hurlements collectifs, ils rongeaient leurs traits ou, plus consistants encore, leurs harnais en cuir. Mais ce n'était pas par hasard que les Sirius leur avaient limé les crocs dès le plus jeune âge. Avec leurs dents rabotées, les bêtes s'acharnaient vainement, et cette impuissance relançait de plus belle leurs cris.

– Il faut qu'on reparte, annonça Molsen en pénétrant sous la tente de Qaanaaq. Si on reste là, on sera tous morts avant demain soir. Je suis surtout inquiet pour les femmes de votre groupe, Lotte et Camilla.

Et Massaq. Nom de Dieu, oubliait-il Massaq ?!

– Pourquoi ?

– Elles n'ont pas touché à la dernière collation. Et surtout... elles ne parlent plus.

Ce qui en d'autres circonstances aurait pu passer pour une remarque sexiste revêtait ici un caractère tragiquement universel : bien souvent, l'abandon du verbe était un signe annonciateur du renoncement. Lorsque l'humain admettait qu'il n'était plus humain, mais rien de plus qu'un paquet de chairs parmi d'autres.

– Au-dessous des –50 °C, c'est un phénomène classique, poursuivit Molsen. Surtout à cette altitude.

– Altitude ?

– On a dépassé les trois mille mètres. Ajouté au froid, il est tout à fait normal que cela engourdisse les organismes. Raison de plus pour se remettre en mouvement dès que possible. Je le répète : rien de bon ne nous attend dans cette immobilité, croyez-moi.

Repartir vers où ? Repartir pour qui ? se retint de demander Qaanaaq.

– Et les chiens, ils en pensent quoi ? dit-il à la place.

Le concert des animaux affamés valait en partie pour réponse.

– Sur les vingt-cinq qui nous restaient après le départ de Markus, cinq sont morts. En considérant qu'on va pouvoir les donner à manger aux autres, ça nous laisse une vingtaine de chiens valides. Mais même nourris, ils ne seront jamais capables d'emmener un traîneau à six ou sept seulement. On va devoir lâcher un des trois *komatiks*.

– Lequel ?

– Le nôtre, le rouge. C'est le plus grand, et donc le plus lourd à vide.

D'instinct, Qaanaaq comprit ce que cela signifiait : il ne serait plus question de se reposer sur les attelages en cas de défaillance. Désormais, hommes et bêtes seraient logés à la même enseigne, tous condamnés à marcher d'un même pas, chacun responsable de sa propre survie.

– Il reste quelle distance jusqu'à Summit ?

– D'après ma tablette, une petite cinquantaine de kilomètres. Environ une grosse journée.

Cela paraissait peu, au regard de ce qu'ils avaient déjà parcouru et de la promesse contenue dans cet objectif. Et pourtant, si on considérait leur condition présente, on parlait d'un Everest.

Le souvenir de la mort d'Alfred Wegener, cette anecdote macabre servie par Molsen lors de leur première veillée, s'invita brusquement. Comme l'explorateur allemand, allaient-ils mourir congelés à quelques kilomètres seulement du but ?

Méritaient-ils une fin aussi absurde ?

– Et, entre nous, vous croyez que tout le monde va tenir le coup ?

– Je ne sais pas. Mais je crois qu'il est trop tard pour faire ce genre de calcul, commandant. Qu'on parvienne tous à destination ou non... On n'a plus le choix.

Marche ou crève, littéralement.

Les mains encore rouges de la découpe des chiens sacrifiés, il leur fallut déployer des trésors de persuasion pour convaincre les plus affaiblis de reprendre la route. Molsen avait dit vrai : mutiques, Lotte et Camilla peinaient à faire plus de deux pas consécutifs. La première s'accrochait à Niko comme à une bouée. La seconde, arrimée au bras de Qaanaaq, lui faisait penser à ces zodiacs traînés dans le sillage des yachts. À la différence près qu'elle constituait plus un poids qu'un éventuel recours. Entre deux ahanements, elle parvint malgré tout à prononcer ces mots :

– Je n'ai pas été tout à fait sincère avec vous.

– À quel propos ?

– La partie de chasse. Quand vous m'avez demandé si l'un des membres de mon groupe...

Un temps passa, durant lequel elle reprit son souffle.

– … si l'un de nous trois avait fait feu *avant* que n'éclatent les autres détonations.

– Eh bien ?

– Sara. Elle a tiré deux coups.

Quelle surprise.

– Et pourquoi m'avez-vous menti ?

– Parce qu'elle me l'a demandé.

– Solidarité féminine ?

– De mères, plutôt. Elle a prétendu que si cela se savait, quelqu'un de très proche, quelqu'un qu'elle aimait plus que tout, serait en danger.

La gamine en pleurs sur les photos sauvegardées dans son portable.

Sa fille, probablement.

– Ça vous a suffi ? Vous n'avez pas demandé plus d'explications ?

– Ça suffirait à n'importe quelle mère.

Qaanaaq se demandait encore quelle aurait été l'attitude de Massaq en pareilles circonstances quand un cri provenant de l'arrière du convoi les figea tous. Le novice Lukas, musher intérimaire de l'attelage noir, venait de s'écrouler. Il se tenait pourtant sur la portion de patins, située derrière le tréteau, où on pouvait se laisser porter sans efforts – soucieux de ménager ses novices, également très éprouvés, Molsen leur avait laissé les commandes des deux traîneaux rescapés.

– Qu'est-ce qu'il a ? aboya le capitaine de la Sirius à l'intention de l'adjudant Svensen, déjà penché sur Lukas.

Ne lui revint qu'une plainte étouffée.

Recroquevillé sur le corps inanimé, Svensen pleurait. Sanglots brefs, saccadés, qui agitaient son corps par vagues, comme une vieille guimbarde malmenée par les cahots de la route.

– Il est mort ! Il est mort, putain ! finit-il par hurler.

Molsen s'approcha de la scène sans précipitation.

Il semblait se méfier. Après Karlsen la veille, allait-il se faire agresser par son autre lieutenant ?

Mais lorsque enfin Svensen se redressa, deux rigoles de larmes gelées balafrant son visage, c'est sur Qaanaaq qu'il se rua. Boule de fureur explosant dans la nuit polaire.

Ses propos étaient à peine audibles. Son corps parlait pour lui, tendu vers sa cible, les deux mains bientôt serrées autour du cou d'Adriensen.

– Impasse... coupable... charogne... mourir !

Les mots hurlés se confondaient avec les coups. Disait-il « je vais te crever » ou « on va tous crever » ? À ce stade, les deux résonnaient d'une même évidence.

Surpris par la violence de l'attaque, le reste du groupe demeura spectateur durant plusieurs secondes. Enfin, bien qu'épuisés eux aussi, Søren, Appu et Emet s'interposèrent comme ils le purent. Maîtrisant le forcené tant bien que mal, ils le plaquèrent sur le sol glacé, un temps assez long pour le ramener à un semblant de calme.

Pibloktoq, avait dit Apputiku pour définir cette folie qui s'emparait d'eux. Mais chacun sut alors qu'ils étaient entrés dans un état qui ne portait plus de nom. Dans un au-delà de l'humanité telle qu'ils la connaissaient.

38

Copenhague, à Christiana et Brøndby – 12 février

Ce n'était pas aujourd'hui que Karl Brenner enchaîne-rait les séances à la Cinémathèque en bas de chez lui. Et pourtant, les programmateurs du lieu avaient fait fort, cet hiver-là.

Dès le matin, à 10 h 30, leur cycle Bergman ouvrait sur le chef-d'œuvre absolu du maître suédois, *Le Septième Sceau*. Une heure trente-six de pure métaphysique en noir et blanc. Avec en prime le « vrai » Max von Sydow.

Mais à la même heure ou presque, Karl avait rendez-vous avec les ressources humaines de Niels Brocks Gade. « Considérez-moi comme tel », avait-il dit deux jours plus tôt à Alexander Kollman, acceptant par là même de reprendre le poste de Jacobsen à la tête de la police judiciaire. Du moins, quand celui-ci réapparaîtrait – on ne pouvait démettre un directeur en son absence.

En attendant, la dénonciation de son accord de retraite et sa réintégration dans la police danoise impliquaient tout un tas de paperasses à remplir, biffer, signer. Cela aurait pu se régler à distance, bien sûr, mais Karl éprouvait le besoin de mettre un peu de matière sur cette ébouriffante perspective. Lui, patron de la criminelle. Ça n'était pas du cinoche, pour le coup. C'était bien réel.

À 13 heures, ironie du sort, le Danish Film Institute projetait un film de 1940, signé de la photographe Jette Bang et intitulé *Inuit*. Brenner avait déjà repéré et loupé plusieurs fois ce documentaire sur les modes de vie ancestraux au Groenland. Il le manquerait une fois de plus.

Ce n'était pas parce que sa nomination était en suspens jusqu'à ce que la Fourmi se manifeste qu'il resterait les bras croisés. Le « grand complot » dont Kollman avait esquissé pour lui les contours ne souffrirait pas qu'il pantoufle en attendant.

Pas encore intronisé, et déjà sous pression. Assez logiquement, il commença ses investigations là où s'arrêtaient les suppositions de son nouveau patron : dans la sphère privée de Sara Kaspersen.

À l'heure où aurait dû débuter sa séance, il sonna au numéro 12 de Strandgade, en lisière de l'ancienne « ville libre de Christiana ». Depuis 2013 et la fin de l'expérience libertaire du quartier, les dealers et les toxicos avaient cédé la place aux bobos à poussettes à trois roues. D'ailleurs, la voisine de palier de Sara qui lui ouvrit ce matin-là affichait une bonne tête de cadre sup dans le tertiaire, coupe blonde au cordeau et tailleur gris souris. Dans son dos, les cris d'une enfant justifiaient qu'elle fût présente chez elle à l'heure du déjeuner.

– Commandant Brenner, police judiciaire, se présenta Karl, en tendant son badge périmé.

La femme se tourna vers l'intérieur de l'appartement cent pour cent *hygge*[1].

– Astrid, ça suffit ! cria-t-elle. Tu manges cette purée tout de suite, ou je... Pardon vous avez dit ? Capitaine comment ?

– Brenner, commandant Karl Brenner. Vous connaissez bien votre voisine d'en face, Sara Kaspersen ?

– Comme ça, on se croise. On a déjà pris l'apéro ensemble deux ou trois fois. Pourquoi ?

---

1. L'art danois du confort domestique.

– Elle vit seule ?

– Non, avec Lynn, sa fille.

– Je veux voir Lynn ! brailla le monstre dissimulé par l'îlot central de la cuisine ouverte. Je veux voir Lynnnnnnnnn !

– Lynn n'est pas là, chérie, tu sais bien.

– Elle n'est pas là ? embraya Karl.

– Non. Sara m'a dit qu'elle partait en mission quelques jours. Et quand c'est le cas, elle confie toujours la petite à sa mère.

– Je vois. Vous auriez son adresse ?

– Ah non, non, désolée. On n'est pas arrivées à ce niveau d'intimité.

Karl abandonna Astrid et sa mère à leur purée de brocolis – un mouchetis vert fluo sur le sol ne lui avait pas échappé – puis se fendit d'un coup de fil rapide à son ami Hjerne. Moins de deux minutes plus tard, il avait les coordonnées de Lisbet Kaspersen dont le domicile se trouvait à quelques minutes à pied sur Prinsessegade, un immeuble avec vue sur l'église Notre-Sauveur. Brenner en déduisit que Sara s'absentait souvent et qu'elle avait choisi ce lieu de vie à dessein, moins pour le charme canaille de Christiana que pour les facilités qu'une telle proximité lui offrirait au quotidien.

À voir les rides de la septuagénaire se creuser lorsqu'il s'annonça, Karl sut qu'elle s'inquiétait plus souvent qu'à son tour pour sa flic de fille.

– Lynn n'est pas avec vous ?

– Non. Elle devrait ? s'étrangla-t-elle.

– C'est ce que je cherche à déterminer.

Un passage par l'école primaire où était scolarisée la gamine confirma son funeste pressentiment : on n'y avait pas vu Lynn Kaspersen depuis près de quinze jours. Et sa maman n'avait répondu à aucun de leurs appels pour expliquer cette absence prolongée.

– Et vous n'avez pas prévenu la police ?

– Non. C'est-à-dire…

La directrice dansait d'un pied sur l'autre.

– Vous n'avez pas osé parce que Sara est elle-même flic, c'est ça ?

– Quelque chose comme ça, oui.

Si les cordonniers étaient si mal chaussés, ce n'était pas par négligence. Le plus souvent, c'était parce qu'on les croyait déjà submergés de bottes, sandales ou escarpins. On décidait pour eux ; et ce faisant, on les privait de ce que les autres obtenaient de plein droit.

Quelle connerie !

Comme un fait exprès, le film programmé à 15 h 30 et qu'il sauta comme les autres, *Moon Child*, interrogeait le concept de maternité et ses aléas. Selon le synopsis consultable en ligne, la documentariste finlandaise Anna Korhonen y dialoguait avec de futures mères adoptives. Le sujet lui évoqua bien sûr Qaanaaq et Flora, symboles pour leur entourage d'une « greffe » familiale réussie.

Sans prétendre à la maestria déductive des Adriensen mère et fils, Brenner parvint sans peine à cette conclusion : Sara l'infiltrée avait probablement été démasquée par l'AK81. Ceci posé, la suite coulait d'elle-même. Rapt de Lynn, chantage, et pour finir ce marché bancal : des informations de première main sur la SPA et ses actions en cours contre la libération de sa fille. Le séminaire au Groenland avait dû très vite tomber sur la table, ainsi que l'opportunité unique que celui-ci offrait au gang de décimer l'organisme transnational. Mais le deal de dupes ne s'était pas arrêté là, c'était évident. Dans un second temps, l'AK avait exigé de Sara qu'elle participe en personne au commando anti-SPA. Que pesaient quelques vies de flics (inconnus d'elle) contre celle de Lynn ?

Quant à l'intégration de Milo Arrensen au sein de la patrouille Sirius, prévue de longue date, elle était juste tombée à point nommé. Avec un tel fait d'armes, l'AK81 prendrait un ascendant décisif sur le clan rival, celui des Hells Angels.

À 18 heures, Karl renonça sans trop de regrets à un énième visionnage *d'Easy Rider*, et se rendit à la place en banlieue ouest, à Brøndby, vingt minutes du centre en voiture par la route 21, près du double un soir de semaine.

Dégotter l'adresse de l'ex de Sara, le père de la fillette, s'était révélé un brin plus compliqué, même pour Hjerne et ses petits génies. Les malfrats dans son genre envoyaient rarement des bristols quand ils déménageaient, et depuis que les Hells avaient quitté leur berceau de Nørrebro, tous s'étaient éparpillés autour de la capitale. Heureuse initiative, puisque leur influence sur les divers trafics copenhaguois s'en était trouvée renforcée.

Le nid douillet d'Anton Laurig, alias Skelet[1] en référence à son extrême maigreur, ressemblait à un atelier de mécanique à l'abandon. Amas de tôles avec quelques briques en guise de fondations, histoire de faire tenir le tout debout. À l'intérieur, des remugles écœurants d'alcool et d'urine emplissaient l'espace. Aussi efflanqué que le suggérait son surnom, tatoué sur toutes les surfaces de peau visibles, Laurig lui réserva un accueil moins hostile que Karl ne le redoutait. Quadra déjà grisonnant, il paraissait plus dépité qu'en colère. Les cannettes qui gisaient un peu partout sur le sol contribuaient à l'assouplir, c'était certain.

Il ne fallut pas plus d'une dizaine de minutes à Brenner, promesse de discrétion à l'appui, pour le faire parler :

– Sara ne m'a rien dit. Mais quand j'ai demandé à voir ma pisseuse (dans sa bouche, le terme sonnait presque affectueux) l'autre jour et qu'elle a refusé, alors que j'avais zappé une visite quelques jours plus tôt et que d'habitude elle est plutôt contente que je voie la petite… je me suis douté qu'un truc clochait.

– Comment ça ?

– Y a pas cinquante solutions, dit-il, avec une vague expression coupable sur le visage. Quand le gamin d'un

---

1. « Squelette », en danois.

259

des nôtres manque à l'appel, s'il n'est pas passé sous une bagnole ou retrouvé foncedé dans une crack-house, c'est qu'il est entre les mains de ces enfoirés de l'AK, dans une de leurs planques. Et si c'était pas aussi grave, Sara m'aurait forcément donné des nouvelles. Alors que là...

Du pouce et du majeur réunis, il figura un zéro.

– Et vous savez où sont ces planques ? Où ils ont emmené Lynn ?

– Disons que j'ai une idée assez précise, ouais.

Il sirota une gorgée de bière à même le goulot, sans émotion affichée, comme s'il devisait sur les pronostics des prochains matchs au Parken Stadium[1].

– Ça serait où, d'après vous ?

– Un entrepôt à Refshaleøen[2]. C'est là qu'ils retiennent leurs prises de guerre depuis qu'on a déserté le nord de la ville. Mais je sais ce que vous pensez, et je vous arrête tout de suite : *on* m'a interdit d'intervenir pour l'instant.

Sinon, vous pensez bien. C'est quand même ma gosse, merde, clamait son regard embué.

On. Sous le pronom impersonnel se cachaient à n'en pas douter les plus hautes instances des Hells Angels dans le pays. Peut-être même dans toute la Scandinavie.

– Pour quelle raison ?

– *Ils* disent que c'est pas le moment de déclencher un clash frontal. Que si on fait ça, on s'affaiblira tous autant qu'on est, et que le plan antigang de la SPA aura encore plus de chances de nous niquer. De toute façon, branleurs comme vous êtes, vous allez finir par vous bouffer la gueule entre flics.

– Charmant, grinça Brenner.

– Bref, la consigne, c'est d'attendre que cette merde se tasse, et d'ici là, de faire comme si l'AK et nous, on était trop potes. Pas de vagues, ils ont dit. C'te blague.

---

1. Principal stade de la capitale danoise et fief du FC Copenhague.
2. Zone industrielle portuaire au nord de Copenhague.

À ces mots, Skelet découvrit une dentition pour le moins aléatoire, deux rangs de dominos effondrés.

– Des potes qui embarquent vos gosses, quand même.

– Je sais, je sais, soupira l'autre.

L'idée semblait plus le contrarier, ravivant son instinct guerrier, que stimuler sa fibre paternelle. Brenner constata qu'aucune photo de Lynn ne trônait dans sa tanière pouilleuse, quand pullulaient les portraits autosatisfaits du maître des lieux, paradant sur sa bécane.

– Ça n'a pas l'air de vous émouvoir plus que ça.

– Faut pas croire, ça me fait chier, c'est sûr. Mais je sais que ces sous-merdes ne sont pas assez tarés pour m'abîmer ma poupée.

– Pour quelle raison ?

– Parce que ce genre de monnaie d'échange ne vaut plus rien une fois refroidie. CQFD, dit-il en tapotant son front de son index, l'air très content de lui.

Quant au traitement qui serait réservé à Lynn durant son séjour dans le camp adverse, il ne paraissait même pas y songer.

– Mais ils vont bien devoir vous la rendre, non ?

– Oui, oui, dit-il comme si sa gamine était partie en colo. Ils vont finir par faire ça. Y a pas de lézard.

Accablé par tant de bêtise, Karl s'abstint d'affranchir le biker sur ce qui se jouait à l'instant même au Groenland : une hécatombe des membres de la SPA organisée par ses ennemis jurés et menée par son ex-compagne. À quoi bon ? Révéler à cet abruti que, dans la partie d'échecs qui l'opposait aux Hells Angels, l'AK81 avait pris quelques cases d'avance ne ramènerait pas plus sa fille que cela ne contribuerait à l'apaisement entre factions rivales.

Après avoir renouvelé sa promesse de discrétion, Karl sortit de ce bouge et tenta une nouvelle fois de contacter Qaanaaq sur son Iridium. Sans plus de succès que toutes les précédentes.

Nom d'un chien, Q.! Qu'est-ce que tu fous ?! Comment je vais t'aider à mettre fin à ce massacre, si tu ne réponds jamais ?

Les questions se bousculaient en lui comme les voitures autour de sa vieille Volvo noire, sur la voie rapide du retour. S'il accélérait un peu, il attraperait peut-être la séance de 21 heures, *Le Voyou*, un scénario d'Hitchcock de la période anglaise qu'il n'avait jamais vu.

Pourquoi Laurig lui avait-il bavé tout ça ? Pour soulager sa conscience, sans doute. Ce type était un père lamentable, aucun doute à ce propos, mais toute compassion ne l'avait peut-être pas encore quitté.

Partagé entre dégoût et excitation, Brenner ne remarqua même pas la présence de la moto qui slalomait dans son sillage depuis Brøndby. La grosse cylindrée ne le lâchait pas malgré la densité du flot automobile.

39

Copenhague, une rue crasseuse de Brøndby – quinze jours plus tôt, 27 janvier

Putain, c'était si loin, le Groenland, si paumé…

Vue de Copenhague, la grande île blanche lui paraissait perdue à l'autre bout de la planète – ou au moins de l'hémisphère Nord. Certains de ses frères de l'AK y avaient déjà promené leurs pantalons de cuir, qui pour un trek, qui pour une partie de chasse, et vantaient les mérites roboratifs de son air glacé.

Mais très peu pour lui. Que serait-il allé faire dans un pays qui comptait bien plus de phoques que de kilomètres de route bitumée ? L'endroit était à ses yeux si vide d'intérêt, si absurde qu'il peinait à comprendre comment ce qui allait se jouer là-bas dans les jours à venir pouvait avoir un rapport quelconque avec sa planque du moment.

À demi avachi sur sa moto à l'arrêt, une Electra Glide Sport[1] de 1983, son année de naissance, il n'avait pas bougé de ce bout de trottoir miteux depuis la veille. Ordre venu du sommet. Bien qu'il soit habitué à des lieux de vie approximatifs, la casemate qu'il surveillait lui filait le bourdon. Un vrai bidonville. À se demander comment la mère de l'enfant,

---

1. Modèle emblématique de Harley Davidson, produit entre 1977 et 1993.

cette Sara Kaspersen dont le nom agitait son clan, pouvait accepter que sa fille vienne y séjourner de temps à autre. Décidément, les Hells étaient de vrais cafards. D'ailleurs, tout ce temps, l'unique occupant n'avait pas mis une seule fois le nez dehors. D'autres entraient et sortaient, mais à aucun moment sa cible ne s'était manifestée. Les informateurs du biker étaient pourtant formels : Anton Skelet Laurig devait récupérer sa gamine le lendemain. Il n'y avait plus qu'à espérer qu'il quitte son domicile au moins une fois avant ça, de préférence *sans* le précieux sésame.

Depuis les attentats de 2015[1], la sécurité à l'entrée des écoles primaires danoises s'était beaucoup renforcée. Plus encore dans les établissements de ce véritable hipsterland qu'était devenu Christiana. À la Christianshavns Skole, le système de filtrage des parents et de récupération des enfants comprenait non seulement un sas grillagé, unique zone de contact entre l'intérieur et l'extérieur, mais aussi un badge d'accès magnétique et nominatif, détenu par chaque adulte venant chercher son rejeton. Mieux encore, pour éviter toute entourloupe, le badge n'était opérationnel au jour et à l'heure dits que si le parent concerné avait au préalable programmé sa venue à l'école, au plus tard une heure avant la sortie des classes. Ce dispositif, qui interdisait toute improvisation (« Chéri, je suis coincée en réunion, tu peux aller chercher le petit à ma place ? »), avait causé plus d'un drame devant le 45 Prinsessegade.

Mais quelques larmes pouvaient bien couler sur des joues rebondies. En attendant, ce flicage rassurait ceux à qui il était destiné en priorité : les parents d'élèves.

– Ben voilà, tu vois quand tu veux, marmonna le biker dissimulé derrière une épave posée sur ses essieux.

1. Attentats islamistes de Copenhague perpétrés les 14 et 15 février 2015.

Laurig venait d'émerger de son cloaque. Parti à pied, un sac de courses à la main, il allait sans doute au supermarché de son quartier. L'homme à la moto estima qu'il ne disposait que d'une poignée de minutes pour pénétrer discrètement dans le bâtiment – protégé par un simple verrou, facile à crocheter –, fouiller le bazar innommable et mettre la main sur la carte verte frappée du logo de l'école. La chance devait être de son côté, car il accomplit sa tâche sans encombre, et ce bien avant que le cafard ne réintègre sa tanière.

L'étape suivante fut à la fois plus facile et moins plaisante, puisqu'elle consistait à se composer une dégaine de Skelet la plus crédible possible. En tout cas, assez pour ne pas éveiller les soupçons du personnel scolaire une fois le badge passé dans le lecteur et la première grille franchie, ni faire brailler de peur la petite Lynn, six ans, lorsqu'il approcherait d'elle.

« C'est pas mon papa ! Non, c'est pas mon papa, je veux pas de lui, je veux *mon* papa ! » Il imaginait d'ici la scène. La panique des instits et des autres parents. L'appel instantané aux flics. Le signalement dont il ferait l'objet.

Mais peut-être les choses ne se passeraient-elles pas ainsi. Après tout, il le savait, c'est pour sa ressemblance avec Anton qu'on l'avait choisi pour cette mission. Même taille, même âge ou presque, même couleur de cheveux et par-dessus tout, même silhouette décharnée.

Il passa quand même toute la soirée et la matinée suivante à affiner son personnage. Les fringues et les bijoux choisis à l'identique aideraient bien, de même que les lunettes noires vintage dont son modèle ne se séparait jamais. Outre divers portraits de Laurig, ses indics lui avaient fourni pas mal de détails qui auraient leur importance le moment venu : mimiques, voix, démarche, etc. L'un d'entre eux, qui avait approché de près le cloporte des Hells, lui rapporta que ce dernier trimballait en permanence sur lui une odeur de shit, de bière et de pisse mêlés, selon un dosage qui lui appartenait. Consciencieux, le biker fuma, but et se négligea toute la soirée, juste ce qu'il fallait. Au moment de se coucher, il puait à la perfection.

Dès 13 heures le lendemain, se sentant fin prêt niveau look, il répéta son rôle dans un miroir en pied pour tuer le temps. À 15 h 25, un peu nerveux mais plutôt fier du résultat, il attendait face à l'entrée sur Prinsessegade, adossé à l'interminable mur de briques dont les graffitis n'étaient pas sans évoquer l'East Side Gallery de Berlin.

Il retint son souffle jusqu'au moment où la sonnerie retentit, priant pour qu'aucune femme trop sociable, mère d'une copine de Lynn, ne vienne lui tenir le crachoir. Mais Laurig, peu crédible dans le rôle du père parfait, même pour Christiana, ne devait pas se mêler à ses congénères, car personne ne se risqua à l'aborder. Comme ce devait être le cas à chacune des apparitions de Skelet dans les parages, on le toisa au contraire avec un mépris affiché.

Enfin, il traversa la rue et badgea avec succès. Puis il se fondit dans la masse des retrouvailles quotidiennes. Ça criait, ça chouinait, ça réclamait son goûter. Le cœur battant à tout rompre, il se sentait comme un pédophile incrusté dans une fête d'anniversaire. Une verrue sur le gâteau. Quelqu'un allait le démasquer, c'était certain. Quelqu'un allait flairer l'embrouille, littéralement.

Il cherchait encore la gosse du regard dans cette cohue quand une main tira sur les franges de son Perfecto, accompagnée d'une petite voix, entre surprise et impatience :

– Papa ? Tu fais quoi ?

40

[IMG_0691.jpg / 13 février 2022 / 11 h 27 / Une tache bleue sur l'horizon blanc]

À toute lenteur. Ainsi progressaient-ils.

Chaque foulée pesait une tonne, désormais. Alourdie de neige et de lassitude. Pourtant, la pente n'était plus si raide. Au fort coefficient des kilomètres précédents, qui les obligeait à aider les chiens en s'arc-boutant à l'arrière des traîneaux, avait succédé une sorte de faux plat interminable. Il semblait à Qaanaaq que, de manière imperceptible, ils gagnaient peu à peu ces quelques pourcents en moins qui changeraient tout, et les conduiraient à la parfaite planéité des sommets. Chacun se répétait ce nom comme un mantra, une promesse qui ne paraissait plus si folle :

Summit. Vivres, chaleur, communications. Une oasis au cœur de l'enfer blanc.

Il en allait de même avec leurs émotions. Les crises des derniers jours remisées dans leurs paquetages, ils se concentraient sur les efforts exigés par chaque instant. Les rapides funérailles de Lukas, enseveli sous un monticule de glace concassée à la pioche, s'étaient d'ailleurs déroulées dans une économie notable de gestes et de célébrations. Aucun éloge funèbre, pas même une prière, juste le vent et leur silence pour linceul. Et comme il n'était plus question de transporter un poids qui ne soit pas utile à leur survie, la décision de l'abandonner sur place, aussi cruelle fût-elle, n'avait suscité aucun débat dans le groupe.

Avancer. Avancer à tout prix. Dicter leur loi, celle de leurs ultimes réserves d'énergie, celle des hommes, à ce milieu qui n'en connaissait aucune.

Hébétée de fatigue, ses cils en partie soudés par le gel, Camilla fut néanmoins la première à repérer la tache de couleur sur la trame immaculée de l'horizon. Elle tendit un doigt vers le point immobile. D'un bleu sombre.

– Vous avez vu ça ?

– Quoi ?

– Là-bas, souffla-t-elle.

Distante de quelques centaines de mètres, la chose n'était ni minérale ni animale.

Origine humaine ? Probablement. Si l'on excluait l'eau et quelques fleurs, la couleur bleue n'existait pas à l'état naturel, pas plus au Groenland qu'ailleurs, l'écrivaine le savait[1].

Mais il n'y avait pas que la teinte. Cette forme... Cette forme lui était familière, elle aurait pu le jurer. *Et pour cause.*

– C'est ma parka, lâcha-t-elle.

Durant un instant, ce constat glaça mieux ses camarades qu'un coup de blizzard.

« C'est Massaq qui m'a proposé de troquer nos affaires. » Chacun pouvait se remémorer ces paroles, elles ne dataient somme toute que de quelques heures. Et voilà que le vêtement prêté réapparaissait ici, seul, sans sa nouvelle propriétaire.

Malgré ses jambes tétanisées, Qaanaaq se mit à courir à perdre haleine en direction du blouson, aussitôt suivi par Appu. Ils furent dessus en un rien de temps.

La pièce abandonnée était en pièces, justement. Lacérée

1. En effet, le pigment bleu n'existe pas à l'état naturel. Les objets qui nous apparaissent bleus dans la nature, comme l'eau ou les ailes des papillons, ne le doivent qu'à la diffraction de la lumière sur le support qui la reçoit.

sur toute sa surface. Le déchiquetage n'était pas régulier, au contraire. Difficile de le croire intentionnel, encore moins produit par la main d'un homme. On sentait ici de la fureur et du désordre.

– N'y touchez pas ! cria Lotte au moment de les rejoindre. Laissez-moi regarder d'abord.

Ils obtempérèrent. La légiste s'agenouilla et, à travers ses lunettes embuées, ne tarda pas à repérer ce qu'elle redoutait de voir sur le tissu bleu nuit, et qu'elle dut bien appeler par son nom :

– Du sang.

Avec le froid, le fluide avait figé, sa couleur, viré au brun-rouge profond. Mais ce qui frappa par-dessus tout Lotte, c'est qu'aucune goutte ne maculait le blanc parfait de l'in-landsis. Pas même la plus infime éclaboussure.

– Il n'a pas coulé ici, conclut-elle *mezzo voce*. Cette parka a été déplacée, post... Enfin, après coup.

Son effort louable pour ménager Qaanaaq ne trompa pas celui-ci. Il savait parfaitement ce qu'une telle trouvaille signifiait. De quelle rencontre et de quelle issue elle était le témoin.

L'ours rancunier avait retrouvé Massaq. Peut-être même tout l'équipage de Milo.

Où est-il passé ? Et Sara ?

Ce qu'il ne s'expliquait pas, en revanche, c'est pourquoi l'animal avait pris soin de traîner l'habit de sa victime si loin du lieu de son festin. Il ne voyait aucune autre trace, à des dizaines de mètres aux alentours. Le théâtre du drame se situait ailleurs. Quelque part dans cet infini.

Son cerveau de flic turbinait à plein régime. Concentré sur l'analyse de la scène. Mais bientôt, cette ultime digue céda elle aussi sous le choc. Il ne versa aucune larme. Il se contenta de brimbaler sa tête comme un poids trop lourd pour lui. Chaque pensée l'assommait comme une enclume. À nouveau, ses paupières alourdies par le gel papillonnaient à toute vitesse.

Massaq était morte. Par sa faute. Et de cette vérité en jaillit une autre, qui le gifla avec la force d'une évidence : lui non plus ne méritait plus de vivre. La plaisanterie n'avait que trop duré. Il avait fait trop de mal. À tous ceux qu'il aimait.

Maintes fois, Qaanaaq s'était dit que la principale raison pour laquelle les téléphones portables n'étaient pas ses amis résidait dans cette propension à s'imposer sans crier gare. À suspendre la vie, la vraie, dès que retentissait leur sonnerie. Et celle de son propre portable était d'autant plus malvenue dans ces circonstances que...

Merde ! C'est pas vrai, j'ai du réseau !!

L'unique drelin n'annonçait pas un appel. Juste la présence de plusieurs messages vocaux sur sa boîte, comme l'indiqua l'écran d'accueil, enfin mis à jour. Mais tout de même. Il tintait à leurs oreilles comme une cloche un jour d'armistice ou de mariage.

Aussitôt, tous dégainèrent leurs propres appareils. Selon le modèle ou l'opérateur, eux aussi captaient ou non. Et de ce lien fragile avec le reste du monde, ce fil qui d'ordinaire les asservissait et qu'ils maudissaient si souvent, surgit une joie difficile à contenir.

L'instant d'avant ils pleuraient l'une des leurs. Et voilà qu'ils se congratulaient, se tombaient dans les bras. Chacun composa le numéro qui lui paraissait à cet instant le plus vital. Enfin, ils n'étaient plus seuls.

Molsen s'empressa de prévenir Bornberg de leur situation. Quant à Qaanaaq, ballotté entre la peine et l'espoir, il consulta d'abord sa messagerie. Elle contenait plusieurs longs monologues de Brenner.

L'intégration de Milo Arrensen, alias Markus Thomsen, au sein de la Sirius. L'infiltration de Sara Kaspersen dans l'AK81, *in fine* éventée. L'enlèvement de Lynn, sa fille. La passivité complice du père de l'enfant. La disparition d'Arne Jacobsen. Sa propre nomination imminente en lieu et place de ce dernier. Karl avait beau aller à l'essentiel, autant de faits ne se résumaient pas en quelques mots. À la fin de son tout dernier message, il espérait que lui, Qaanaaq, allait bien.

Qu'aurait-il pu répondre à cela, maintenant ? Malgré tout, l'étau qui comprimait son crâne et sa poitrine se desserrait un peu. Un sentiment qu'il n'avait plus ressenti depuis de longs jours, abandonné au fil de leurs épreuves, reprenait le dessus. Ranimait en lui ce qu'il restait de vivant.

La rage.

Elle aurait pu n'être que diffuse, sans objet spécifique. Et pourtant, il sut aussitôt vers quelle cible la diriger : la Fourmi. C'est à Jacobsen que Sara devait sa mission suicide au sein du gang danois, avec les conséquences qu'on savait. C'est à cette ordure qu'ils devaient, tous autant qu'ils étaient, leurs récentes mésaventures. Peu importait que le patron de la police judiciaire danoise ait été ou non informé de l'enlèvement de Lynn, ou qu'il se soit laissé déborder par son plan et ses manipulations à la petite semaine.

Depuis trop longtemps, *il* était la cause de tous leurs maux. En un sens, la mort de Massaq lui incombait, elle aussi.

– Pitak ? Pitak, c'est moi, c'est Qaanaaq.

Sa voix devait être méconnaissable, car son interlocuteur laissa passer plusieurs secondes avant de dire :

– Patron ? J'y crois pas ! Qu'est-ce qui t'es arrivé ? Pourquoi tu répondais plus ?

Assez vite, ils abrégèrent leurs effusions verbales et en vinrent à l'essentiel :

– Contacte les permanents de Summit pour nous. Si mon souvenir est bon, ils ont plusieurs motoneiges. Ça ne devrait pas leur prendre trop de temps pour venir nous cueillir là où on est.

– Tu préfères pas les appeler toi-même ?

– J'ai presque plus de batterie. J'aimerais garder le peu qui me reste en cas de pépin.

– D'accord. Tu me donnes votre position ?

Une fois cette bouée jetée dans l'océan de glace, Qaanaaq hésita à joindre un autre correspondant. Celui avec qui Apputiku parlait à l'instant même, à en croire l'inimitable sourire qui éclairait enfin son visage tanné.

– *Panik una*[1] ! s'exclama-t-il, d'abord pour lui-même, puis à la cantonade. *Panik una !*

Il hurlait son bonheur, repris en chœur par les chiens, comme si l'inlandsis tout entier devait connaître le résultat de la seconde échographie passée par Bébiane Kalakek.

D'un regard, Appu sonda celui d'Adriensen. Même lui avait l'air de partager son allégresse. Contagieuse, elle semblait apte à gommer toutes les peines récentes. Les siennes comme celles de ses compagnons. Ceux qui comprenaient le kalaallisut applaudirent, traduisant pour les autres la bonne nouvelle. Une vie pour une mort, encore et toujours la même antienne. Si brutale et si vraie à la fois.

Mais malgré l'invitation de son ami à féliciter Bébiane, Qaanaaq déclina d'une main levée. À n'en pas douter, elle insisterait pour lui passer les enfants. Et il n'avait en tête aucun mot juste pour annoncer à ceux-ci la disparition de leur mère, fût-elle adoptive.

Tout simplement parce que ces mots-là n'existaient pas.

---

1. « C'est une fille », en kalaallisut.

41

[IMG_0704.jpg / 13 février 2022 / 17 h 11 / Un groupe de trekkeurs agglutinés dans la nuit]

À la toute fin du film *Shining* se glissait une scène terrifiante. Pétrifiante, même. L'ami Brenner eût apprécié la référence. Elle ne durait que quelques secondes et donnait à voir un Jack Nicholson, alias Jack Torrance, mort de froid dans le labyrinthe végétal de l'hôtel *Overlook*. Statue givrée, dans tous les sens du terme.

– Tu sais que Kubrick avait prévu une autre chute ? lui avait un jour révélé Karl. Elle a même été tournée, mais il l'a coupée sur les bobines de projection in extremis.

– Ah bon ? Et ça donnait quoi ?

– Elle s'intercalait pile entre le plan fixe effrayant de Jack et le travelling avant sur la photo ancienne. On y voyait Wendy à l'hôpital, où le patron de l'*Overlook* venait lui rendre visite.

– Et tu sais pourquoi Kubrick l'a sucrée ?

– Eh bien, tu te souviens de la tête de dingo de Nicholson sur ce plan ? Je pense que c'est cette image-là qu'il voulait laisser dans l'esprit des spectateurs. Il voulait qu'ils frissonnent de peur et de froid le plus longtemps possible après la fin de la projection. Il voulait les statufier, eux aussi, comme son personnage.

Ils en étaient là. Ou presque.

Depuis l'échange avec Pitak, les heures avaient filé sans qu'ils s'en rendent compte. Prostrés à même la glace – à quoi bon monter les tentes pour si peu de temps ? – ils attendaient le sauvetage providentiel des scientifiques de la station Summit.

Et la nuit était tombée sur leur bivouac improvisé sans qu'aucune présence n'apparaisse sur l'horizon bleu-gris. Qaanaaq avait bien relancé son jeune adjoint par SMS, moins consommateur de batterie qu'un appel vocal, mais d'après les infos glanées par Pitak, l'équipage censé venir à leur rescousse était parti de la base polaire moins d'une heure après leur première communication.

Ils devraient être là depuis longtemps.

– On fait quoi, alors ? On s'installe ici ? demanda Appu.

Planter les toiles, c'était admettre qu'ils n'y croyaient plus. S'abandonner à la faim qui les tenaillait. S'abîmer dans un sommeil glacé qui finirait par les emporter l'un après l'autre, comme le pauvre Lukas.

– Je préfère qu'on attende encore une heure, trancha Qaanaaq sous l'œil sombre d'un Molsen dépossédé de son autorité.

L'ultime Primus, petit réchaud portatif que chaque attelage possédait en double, avait rendu l'âme quelques heures auparavant. Ne restait plus, pour seule source de chaleur, qu'à se blottir les uns contre les autres. Braseros humains. Plusieurs grappes s'étaient constituées ainsi, à la manière des manchots qui bravent l'hiver antarctique des mois durant. Dos tourné au froid et au vent. Soudés par leurs embrassades. Fronts ou nez collés. La petite poche d'air tiède qui flottait entre eux, somme de leurs haleines, contenait tous leurs espoirs.

Combien de temps tiendraient-ils ?

Personne ne souhaitait poser cette question, encore moins y répondre. À la place, entre deux silences balayés de blizzard, certains contèrent des histoires. Apputiku leur relata celle de Qiqirn, le grand esprit chien. Selon la légende inuite, l'animal malfaisant qui hantait l'inlandsis, pour grande part imberbe, se nourrissait du sang des hommes qu'il attaquait.

– C'est peut-être lui qui nous en veut, dit-il avec sérieux.

La vision de la parka bleue piquée de taches écarlates s'imposa à eux sans que personne n'ose la mentionner.

– Arrête tes bêtises.

– Mais je sais ce qu'il faut faire pour le repousser. Il faut crier son nom très fort, dit-il, puis, prenant une grande inspiration, il hurla à pleins poumons : Qiqirn ! Qiqirn !

Quand il eut fini, une silhouette se détacha d'un autre groupe et se joignit à eux sans demander la permission. La vision de l'anorak si familier, celui de Massaq, pinça douloureusement le cœur de Qaanaaq.

Camilla Feg resta de longues minutes sans prononcer le moindre mot. Lorsque enfin sa voix s'éleva dans la nuit, son ton était celui de la confession. Voix grave, rythme lent, souffle court de celle que l'émotion étreint. Son phrasé avait la solennité des *ultima verba*.

– Vous vous rappelez quand je vous ai dit que vos parents étaient venus au Groenland *avant* votre adoption ?

Cela lui semblait si lointain, à présent. Mais il se souvenait en effet comment l'écrivaine suédoise l'avait tenu en haleine, évoquant un scoop qu'elle réserverait à ses lecteurs. Le privant de l'histoire des siens.

– Et alors ?

– Ils n'ont pas voyagé seuls. Il y avait une troisième personne avec eux.

Même au-delà de l'épuisement, elle trouvait encore le moyen de jouer avec ses nerfs.

– Un ami ?

– Non… Lars, leur fils biologique.

Comme dans ce tome du « commissaire Loksen » dont Apputiku lui avait parlé un an plus tôt, sur le parvis de la cathédrale de Nuuk. Celui où le flic bègue adoptait un enfant inuit après la disparition tragique de son rejeton.

– Ce Lars, il avait quel âge ? l'interrogea-t-il d'une voix éteinte.

– Neuf ans.

Et non onze, comme dans le roman de O.A. Dreyer. Il fallait bien que ce dernier se réserve quelques libertés d'auteur. Qu'il mette la distance de la fiction entre sa douleur et lui.

– Il s'est suicidé, c'est ça ?

– Ce n'est pas aussi clair, non. Le jour de leur retour à Copenhague, pendant leur transit à Kangerlussuaq, il est sorti de l'aéroport. Il est parti se promener seul, en direction du point 660.

Là où Jonas Horason s'était lui aussi évaporé.

– Mais on n'a jamais retrouvé son corps, s'empressa-t-elle de préciser, bien consciente des similitudes entre les deux drames. Il n'a été déclaré mort que deux ans plus tard, quand l'enquête sur place a cessé et que le dossier a officiellement été classé à Copenhague.

Soit en 1974, plus ou moins un an avant sa propre adoption à l'orphelinat Josephine Schneiders Børnehjem. Une année pour achever leur deuil, obtenir l'agrément d'adoption et reconstruire avec lui une famille.

Tant de choses s'éclairaient à la lumière de ce bref récit. À commencer par les raisons pour lesquelles Flora et Knut l'avaient choisi lui, petit sauvageon inuit de trois ans, plutôt que tout autre enfant[1]. Le Groenland leur avait pris un fils ; le Groenland leur en donnerait un autre. Son prénom lui-même, Qaanaaq, manifestait le souhait des Adriensen de ne pas couper le lien avec la terre qui leur avait ravi Lars.

Et de cet élan avait jailli l'amour indéfectible que lui vouait sa mère, mais aussi le mépris affiché par son père. Pour l'une, Qaanaaq était réparation, pour l'autre, une

1. Voir la scène de leur rencontre à l'orphelinat dans *Qaanaaq*.

éternelle source d'affliction et de ressentiment. Un enfant-pansement qui ravivait la plaie béante de Knut autant qu'il oblitérait celle de sa femme.

– Pourtant, s'étonna Qaanaaq, ma mère était déjà entrée à Niels Brocks Gade, à cette époque, non ? Elle devait disposer de moyens de recherches bien supérieurs à ceux auxquels a accès le commun des mortels ?

– Oui et non. Elle n'était encore qu'une jeune officière débutante parmi d'autres. Pas la star de la police danoise qu'on connaît tous. D'ailleurs, je pense que c'est parce qu'elle a culpabilisé de ne pas avoir fait tout ce qui était humainement possible qu'elle a préféré ne jamais vous parler de votre *frère*.

Et elle avait sans doute bien fait. Quel bénéfice aurait-il tiré de la présence de cet autre fantôme[1] dans sa vie déjà couturée de toutes parts ? Au lieu de cela, Flora l'avait conduit à sa suite sur le chemin exigeant de l'expertise criminelle. Plutôt que de lui donner des réponses toutes faites, inutiles et blessantes, elle l'avait armé pour faire ses propres découvertes. Elle ne le voulait pas victime, mais bien acteur de son propre destin.

Au-delà du poids écrasant de ces révélations tardives, un détail intriguait Qaanaaq :

– Comment avez-vous appris tout ça ?

– Par l'un de ses camarades de promotion, arrivé en même temps qu'elle à la direction de la police judiciaire. Il a même été son binôme durant leurs premières années de service. D'après ce que j'ai compris, ils étaient très proches, au point de susciter la jalousie de votre père.

Bien qu'avide d'informations policières de première main pour alimenter son œuvre, Knut avait toujours exprimé la plus grande réserve à propos de l'environnement professionnel de son épouse. « Un ramassis de tarés », l'avait-il entendu dire plus d'une fois, étant enfant.

---

1. Pour mémoire, ceux de sa sœur inuite et de son demi-frère biologique, Leonard Kelly, le hantent déjà. Voir *Qaanaaq* et *Diskø*.

– Qui ça ?

– Il ne vous a jamais parlé de tout ça ? Pas même par allusions ?

– *Pis !* C'est qui ?! s'écria-t-il, si fort que les autres cercles s'ébrouèrent de surprise.

– J'ai envie de dire que vous ne connaissez que lui. Et d'ailleurs, nous aussi, à la SPA. C'est « grâce » à lui que nous sommes tous ici.

Arne la Fourmi Jacobsen. Encore et toujours lui, abcès de ses jours et cauchemar de ses nuits.

42

Copenhague, zone portuaire de Refshaleøen – 13 février

Dehors.

À l'avant de sa Volvo 240 millésime 1993, Karl Brenner dégustait son sandwich à la dinde, s'appliquant à faire durer chaque bouchée bien au-delà des deux ou trois coups de dents d'une mastication ordinaire. Quand on planquait comme il le faisait, savoir gérer son ennui était le meilleur gage d'endurance et d'efficacité.

Quand il eut fini sa collation, il dégaina son Smartphone et afficha une vue aérienne des environs sur Google Earth. Depuis le ciel, avec ses alignements géométriques de hangars, la presqu'île de Refshaleøen ressemblait à un jeu de construction. L'entrepôt devant lequel il guettait, rue Refshalevej, s'étirait sur au moins cent cinquante mètres, immense paquebot de tôle, de béton et de verre sur trois niveaux. D'après le cadastre, la bâtisse appartenait à une compagnie de fret international établie à Copenhague, la JKS Shipping. Sans doute s'agissait-il d'une des innombrables sociétés-écrans de l'AK81.

Hélas, depuis la chaussée, il était impossible de deviner ce qui se tramait à l'intérieur. Par ailleurs, depuis bientôt dix heures qu'il était là, il n'avait vu personne entrer ou sortir, ni capté aucun écho sonore échappé du grand bloc opaque. L'endroit était-il vide ? Anton Laurig s'était-il trompé ou payé sa tête ? Il n'y avait aucun intérêt, on parlait tout de même du rapt de sa fille. Qaanaaq avait tiqué, répondant enfin à ses appels par un SMS très bref.

Tu planques seul ?

Karl l'avait imité, et tapé sa réponse sur son portable.

Tant que la Fourmi n'a pas refait surface et que je n'ai pas réintégré officiellement la boutique, Kollman ne peut m'attribuer aucun moyen. C'est débile, on est d'accord, mais c'est comme ça.

Pour l'heure, il n'y avait que lui et sa Volvo d'un autre âge.

Dedans.

– Pizza ou hamburger ? demanda le biker à la gamine vautrée sur le canapé en velours pourpre.

– Y a que ça ? J'en ai marre. T'as rien avec des légumes ?

Par la porte entrouverte du congélateur, elle devinait les boîtes de nourriture industrielle empilées, désormais familières, vertes et rouges pour les pizzas, oranges et noires pour les hamburgers.

– Ben la sauce tomate, c'est des légumes, non ? argua-t-il.

– T'es sérieux ?

Il y avait d'abord eu la stupéfaction quand elle avait décelé la supercherie – non, cet homme qui sentait aussi mauvais que son père n'était pas son papa. Puis quelques minutes de pleurs et de panique à l'arrière de la moto, sans possibilité de fuite. Suivies enfin de longues heures de désespoir muet, prostrée dans la petite pièce où il l'avait dans un premier temps bouclée, un matelas nu pour seul mobilier.

Mais dès le deuxième jour de sa détention et le transfert dans cette vaste salle de jeu, Lynn s'était laissée glisser dans une forme de routine. À chaque heure, son activité. On s'occupait d'elle comme d'une pensionnaire de marque et, même du haut de ses six ans, elle pouvait l'apprécier. Le faux Anton se relayait avec une jeune femme blonde, vêtue de cuir et tatouée de la tête aux pieds, qui n'avait pas tardé à devenir pour elle une sorte de grande sœur. Avec le premier, elle jouait aux jeux vidéo et regardait des séries sur l'écran plat XXL. Avec la seconde, elle organisait des batailles de poupées et relisait en boucle les quelques livres pour enfants déposés à son intention. Parmi eux, figurait une version illustrée de *Tommelise*[1], un classique d'Hans Christian Andersen. Le crapaud du conte, c'était ce faux papa qui lui servait de geôlier. Et comme la Petite Poucette, elle rêvait de s'échapper sur un radeau de lys par la rivière voisine. N'étaient-ce pas des sirènes de bateau qu'elle entendait claironner au loin ?

Passé le huitième jour, cette colonie de vacances forcée avait cessé de l'amuser, et même Klara, sa matonne pourtant si cool, ne suffisait plus à chasser ses idées sombres.

– OK, va pour la pizza, lâcha-t-elle d'un ton las, trop adulte.

– Fais pas la gueule, Poucette. Y a un super cadeau pour toi qui arrive.

Elle grimaça un sourire et se retint de répondre que le seul présent qui l'eût vraiment contentée ne s'achetait pas. Il s'appelait « maman ». Aussi négligente et imparfaite qu'elle fût.

Dehors.

Karl piquait du nez quand le halo d'un projecteur l'éblouit à travers ses paupières à demi closes. Lorsqu'il émergea tout à fait, le pinceau de lumière mouvant s'échappait déjà de l'autre côté du hangar.

Une moto. A priori une Harley, pour le peu qu'il en connaissait.

D'instinct, il jaillit hors de sa guimbarde, prenant soin de ne pas claquer sa portière. Il parvint à l'arrière du bâtiment colossal en quelques foulées. Ce versant, encombré de containers et de palettes, lui parut aussi calme et désolé que la façade sur rue.

Le motard descendu de son engin, silhouette de cuir noir luisant sous la lune tel un scarabée, s'engouffrait déjà à

1. *La Petite Poucette* en français.

l'intérieur par une porte métallique. Brenner avait-il loupé d'autres allées et venues, faute d'équipier ? C'était probable. Mais la seule chose qui lui importait à présent était ce qu'il avait aperçu dans les mains du biker : une boîte allongée en carton rose fuchsia. Il n'avait jamais eu de fille, et pourtant la nature de l'objet ne faisait pour lui aucun doute.

Putain... Une Barbie !

Dedans.

– Tu pourrais dire merci, au moins.

– Merci, elle est super, répondit la fillette sans enthousiasme.

– L'avantage de cette mission, tu vois, déclara le nouveau venu à son camarade, c'est que je comprends mieux pourquoi j'ai jamais eu de gosse.

– T'exagères. Elle est plutôt correcte, comme môme.

– Vous savez que je suis là et que je vous entends ? dit Lynn.

– Voilà, qu'est-ce que je te disais ?! Aujourd'hui, ce sont plus que des ingrats et des grandes gueules.

Le biker numéro deux, celui que les grands chefs à plumes du clan avaient affecté à la surveillance de Laurig, piocha une bière dans la porte gauche du frigo américain et poursuivit, soudain plus sérieux :

– Blague à part : le flic que j'ai tracé depuis Brøndby...

Il cligna de l'œil pour indiquer à son comparse qu'il était question du père de l'enfant.

– Eh bien quoi ? demanda l'autre.

– Il lâche pas l'affaire. Il est toujours devant, dans sa Volvo de merde.

– On fait quoi, tu penses, on le plante ?

– Arrête tes conneries. On a déjà assez d'emmerdes avec ces *svinekød*[1].

– Tu proposes quoi alors ?

---

1. « Ces porcs », en danois.

– On appelle le boss. Et on se prépare à bouger.

Vous savez que je suis là et que je vous entends ? avait envie de répéter Lynn. Elle avait six ans, tout de même, elle n'était plus un bébé.

43

Quelque part sur l'inlandsis – 14 février

Depuis combien de temps tournaient-ils ainsi sur la glace, tractés par des chiens affamés et à bout de forces ? Deux jours, trois, plus encore ? Difficile à dire, tant les heures et les paysages traversés se ressemblaient. La seule certitude, c'est qu'ils ne progressaient pas en ligne droite mais décrivaient des sortes de cercles, sans doute très larges. Cela se devinait à la manière inhabituelle dont leur trajectoire croisait la course du soleil. Car, même posté aussi bas sur l'horizon, l'astre n'aurait jamais dû les frapper en pleine face au milieu de la journée. C'était bien la preuve qu'ils n'avaient pas mis cap à l'ouest.

La seule variation notable dans cette routine, se souvenait Massaq, remontait à l'avant-veille, lorsque Markus/Milo l'avait détachée quelques instants du traîneau et forcée à retirer la parka bleue de Camilla Feg, lui offrant à la place l'une de ses vestes, trop large pour elle.

À grands coups de lame, son geôlier avait déchiqueté le vêtement, puis imprégné celui-ci du sang d'un chien mort, dont la dépouille alimentait désormais les quatre animaux survivants. Ceci fait, il avait déposé le vêtement lacéré sur un pan de glace en apparence semblable à tous les autres. Mais à voir le soin avec lequel il consultait sa tablette GPS,

Massaq avait compris sans peine pourquoi il avait choisi ce point spécifique.

Le leurre se trouvait probablement sur la route du groupe de Molsen, en chemin vers la base Summit. Si Qaanaaq tombait dessus – on pouvait supposer que leurs chiens seraient attirés par l'odeur du sang –, alors il en conclurait logiquement à son décès à elle. Et l'objectif visé par Milo serait atteint : démobiliser les membres du trek encore valides, et faire d'eux des proies plus vulnérables. *Tu parles d'une Saint-Valentin.*

Mais ce qui la déroutait par-dessus tout était la présence à leurs côtés de Sara Kaspersen. Après que le colosse l'avait enlevée sous sa tente, Massaq avait été surprise de retrouver la flic danoise ligotée sur le traîneau gonflable où elle-même gisait désormais. Sara n'était-elle pas la complice du soldat de la Sirius ? Pourquoi la traitait-il comme une prisonnière ?

Libérée de ses liens depuis, Sara marchait quelques pas derrière l'équipage, mutique, l'œil hagard et le pas lourd. Sa parka écarlate frappait la glace d'un poinçon rouge sang. Elle n'échangeait pas le moindre mot avec Milo, pas plus qu'elle ne répondait aux appels murmurés que lui avait adressés Massaq, pour attirer son attention et sa sollicitude.

Il y avait juste eu ce bref dialogue, quelques heures auparavant, quand Milo avait récupéré un réseau mobile et jeté par-dessus son épaule, à l'issue de sa communication :

– Brenner, commandant Karl Brenner, ça te dit quelque chose ?

– Vaguement, avait éludé Sara, le souffle court.

Pour elle comme pour eux, une faim lancinante s'ajoutait à l'épuisement. Leurs dernières bouchées de pemmican dataient de la veille. Et Milo ne s'était pas encore résolu à leur faire avaler de la viande de chien crue.

– Il bosse à Niels Brocks Gade, oui ou non ? aboya-t-il.

– Oui, oui…

– Je te préviens : si tu sais quelque chose sur lui, si tu sais ce qu'il a sur *nous*, t'as vraiment intérêt à me le dire maintenant.

– Non, je te jure, je vois pas. Pourquoi ?

– Rien. Il traîne un peu trop près de ta môme, c'est tout.

Puis l'un et l'autre s'étaient à nouveau abîmés dans ce silence menaçant qui paraissait mieux les unir que tous les mots.

Allongée à l'arrière du traîneau, la chienne Paris manifesta la première son inquiétude, en une longue plainte aiguë. Les trois bêtes de l'attelage embrayèrent bientôt, les oreilles dressées, leurs regards fixés sur ce point mouvant qui dansait entre les hummocks. Elles stoppèrent net.

La chose qui s'approchait d'eux avait beau avancer à une cadence peu soutenue, plus régulière que véloce, elle était déjà trop proche pour anticiper une quelconque stratégie. Milo tentait encore de détacher les harnais des chiens lorsque la masse fondit sur eux. Gigantesque. Blanche, jaune et grise à la fois. À présent si rapide qu'il était impossible de lui échapper.

En un coup de patte seulement, l'ours désarma l'homme qui avait attrapé son pistolet de détresse – les fusées étaient réputées plus efficaces que les balles pour les faire fuir. En un coup de dents porté au cou, il le saigna comme on égorge un agneau.

Ivres de peur, les chiens braillèrent de plus belle. Le monstre les acheva l'un après l'autre, méthodique, toutes griffes dehors, le geste ample, presque nonchalant. Avec des proies ainsi entravées, c'était trop facile pour lui. Chronique d'une prédation ordinaire.

Tout allait si vite. Sara mit plusieurs secondes à s'arracher à sa stupeur. Ses yeux volaient du corps sans vie de Milo au traîneau.

– Fusil ! s'écria Massaq, attachée et impuissante.

Mais l'ours blessé et revanchard, excité par ses premiers succès, se dressa de toute sa hauteur devant le paquetage arrimé à l'arrière du véhicule. Gueule grande ouverte, il grognait sa joie d'en finir avec la présence humaine.

Sara hésita une poignée de secondes. Puis détala à toutes jambes, aussitôt pourchassée.

Déjà condamnée.

Après quelques foulées, l'animal sur ses talons, elle crut judicieux de se défaire de sa parka rouge et de la jeter sur lui, comme on cherche à leurrer un taureau. Mais, fonçant droit sur sa cible, l'ours ne se laissa pas bluffer. Le duo ondula ainsi une minute ou deux sur l'horizon, puis fusionna soudain, gerbe de sang et de cris. S'élevèrent alors les échos lointains d'un ultime carnage. Malgré la distance, il sembla à Massaq que l'ours, épuisé et repu, s'était effondré sur le flanc.

Immobilisée sur l'engin gonflable, elle sut qu'elle ne devait son salut qu'à sa parfaite inertie. Idem pour Paris, toujours incapable de marcher. Sinistre ironie. Ne leur restait plus qu'à attendre que le froid dévore ce que l'animal avait négligé.

Laquelle de ces issues était préférable ?

Les yeux fermés, elle se laissa bercer par les visages de Bodil, Jens et Else, mais aussi ceux de Qaanaaq, de feu son père Ujjuk, de ses frères et sœur disparus. D'une voix douce, elle entonna une vieille mélopée que lui avait apprise sa mère, un chant des temps anciens qui célébrait l'abandon aux éléments.

Elle qui prônait la communion avec *Nuna*, elle allait être servie. Peut-être la retrouverait-on dans un siècle ou deux, aussi bien conservée que les momies de Qilakitsoq[1], quand, à la place de l'inlandsis alors fondu, s'étendrait ici un vaste bassin verdoyant. Elle avait hâte.

1. Voir *Nuuk*.

Groenland, Kangerlussuaq, mars 1972

Depuis toujours, Arne Jacobsen considère les aéroports comme des horloges. À chaque vol qui décolle ou atterrit à l'heure dite, il le sent, leurs aiguilles rythment nos existences. Elles impulsent et font circuler la sève dans ce grand arbre-monde qu'est la planète Terre. Passager ou simple spectateur, il adore par-dessus tout observer le manège des appareils prêts à partir. La routine millimétrée du personnel navigant. La cavalcade des retardataires se ruant vers les portes d'embarquement.

Mais pas aujourd'hui.

Aujourd'hui, dans cette petite aérogare sans charme, si loin de tout, ce qu'il apprécie tant d'ordinaire ne dispense plus à ses yeux qu'une agitation sans saveur. Il n'en tire aucune jouissance – si tant est que quoi que ce soit puisse lui en procurer. Dans sa vie bien peignée, raie sur le côté et gomina le dimanche pour la messe, il n'y a guère que l'ordre qui le satisfasse. Celui qu'il décèle dans les choses comme celui qu'il cherche à imposer aux autres. Or, dans la situation présente, il ne perçoit que du chaos. Un enfant disparu. Des flics locaux incompétents. Des recherches bâclées.

C'est pourtant lui qui a proposé aux parents du gamin de se rendre sur place pour prendre le relais des investigations infructueuses de ces dernières semaines. Gratter là où personne n'avait songé à gratter.

Chaos également cinq ans plus tôt, quand il a rencontré l'amour de sa vie, Flora, évidemment indisponible, déjà en couple avec ce crétin de Knut Adriensen, étudiant en lettres. Arne et Flora, ça sonnait quand même mieux, non ? Ils entraient tous deux à l'académie de police de Copenhague. Dès le jour de la rentrée, l'intelligence de cette jolie blonde brillait autant que son sourire. Il ne lui avait pas fallu plus de quelques minutes pour l'aimer d'un amour total, puisque par nature voué à l'échec. Puis trois ans de fréquentation quotidienne, assidue, pour lui offrir son âme. Elle était la seule de toute l'école qu'il ne méprisait pas – les autres élèves le lui rendaient bien.

Par un hasard savamment provoqué, on les avait associés dans un binôme qui devait persister bien au-delà de leur formation, lors de leur intégration synchrone à la section criminelle de la police judiciaire. Arne et Flora, le duo de choc. À lui le fer, à elle le flair. L'association flamboyante de la rigueur et de l'instinct. D'ailleurs, quelques succès notables les avaient distingués dès leur première année de service.

Chaos encore, alors qu'il est reçu par le vieil Adam Arnatsiaq, patron de la police de Kangerlussuaq, dans sa cahute officielle, à un jet de pierres de l'aérogare.

– Je vous promets qu'on a fait l'impossible, se défend le flic édenté. Dès que le blizzard s'est dissipé, on a tout repris à zéro. On est repassés sur toutes les zones qu'on avait déjà fouillées. On a même fait venir un chien du Politigarden de Nuuk, spécialisé dans les recherches sous les éboulis de glace.

– Avec combien d'hommes, vos recherches ?

– Une bonne dizaine.

Il semble considérer qu'à l'échelle de ses effectifs, c'est un déploiement de grande ampleur.

– Et des témoignages, vous en avez recueilli ?

– Presque pas. Deux personnes ont vu Lars Adriensen sortir de l'aéroport. L'une d'entre elles l'a aperçu s'engager sur le chemin du point 660. Et puis plus rien.

Arne Jacobsen n'a pas trente ans et en paraît au moins vingt de plus. Et ce qu'il perd en séduction, il le gagne en autorité, dans les mêmes proportions. Il lui suffit de lever un index pour intimer un ordre, avec l'absolue certitude que celui-ci sera exécuté :

– Très bien. Je veux les noms et adresses des témoins en question. Et je veux deux hommes pour m'accompagner chez eux.

Voilà que pour Flora il se mue en homme de terrain, lui qui n'arpente d'ordinaire que des montagnes de dossiers.

Moins d'une heure après cet échange, le voilà parti sur un petit sentier enneigé, à l'opposé de celui emprunté par Lars au moment de sa disparition. Les agents fournis par Arnatsiaq sont du genre bourrins taiseux, ce qui lui convient parfaitement. Parvenus à la première porte, celle d'une cabane en bois brut cachée par un surplomb rocheux, ils la poussent comme ils rentreraient chez eux, sans même s'annoncer. Quoique métis, les flics maîtrisent le kalaallisut. D'un mouvement de tête, ils saluent les occupants, un couple entre deux âges, puis introduisent le type en costume-cravate et parka qui les accompagne.

Jacobsen est saisi par la saleté et la puanteur ambiantes. Dans des seaux en fer-blanc, des quartiers de viande brunie, sans doute avariée, trempent dans un jus aussi épais que de la poix. Il en vomirait presque.

Toujours debout – hors de question de poser une fesse dans un endroit pareil –, il entame sa série de questions, l'un des agents en guise d'interprète. Mais les deux Inuits effarés répètent mot pour mot ce qu'ils ont déjà raconté : oui, ils l'ont vu, un petit garçon danois, blond comme les blés, ils ont juste cru qu'il prenait l'air en attendant ses parents, ils ne se sont pas inquiétés.

291

– Ici, se justifient-ils, c'est pas comme chez vous, on laisse les enfants très libres.

Des irresponsables, en somme, songe Jacobsen en repartant.

Le second lieu qu'ils visitent est pire encore que le premier. Il en a vu de semblables sur des gravures anciennes, mais il n'imaginait pas qu'on puisse encore vivre dans pareils galetas. Pas si près d'un aéroport international et d'un nouveau millénaire.

C'est un vulgaire parallélépipède de guingois, base en pierres et tourbe talochée à la va-comme-je-te-pousse, toit en bois flotté enduit de suie et de graisse. La bâtisse est si courte sur pattes que Jacobsen doit se plier en deux pour y entrer par l'unique ouverture, qui projette un rectangle de lumière vaporeuse à l'intérieur. Là, on devine plus qu'on ne distingue vraiment les formes en présence. Au fond se dresse une sorte d'estrade qui fait office de paillasse pour toute la maisonnée. Plus près de l'entrée, un brasero rougeoie dans la pénombre, éclairant une vieille femme agenouillée, corps en sarment de vigne et visage de gargouille. Elle lève un œil las sur les intrus sans même grogner un bonjour, occupée à touiller son brouet dans un pot en terre cuite.

De nouveau, l'un des agents joue les traducteurs.

À chaque question, l'ancêtre dodeline sans répondre. Cette visite surprise semble l'épuiser autant qu'elle l'indispose. Mais comme l'agent médiateur insiste, lui-même pressé par le regard gris de Jacobsen, elle grommelle à l'envi, presque comme une comptine :

– *Naluara… Naluara… Naluara*[1].

– Elle jure qu'elle ne sait rien de tout ça.

– J'avais compris.

Ils sont sur le point de quitter les lieux quand un frou-frou à peine perceptible agite les épaisseurs de peau qui composent la couche.

---

1. « Je ne sais pas », en kalaallisut.

Animal ? Non, humain, s'ils en croient le petit pied qui dépasse à présent et accroche un trait de lumière.

– Et ça, c'est qui ?

La femme pique du nez dans sa tambouille. Une larme orpheline coule sur l'une de ses joues.

Jacobsen, déjà prêt à franchir le seuil, replonge dans les tréfonds du taudis et fonce vers la plateforme. D'une main décidée, il soulève l'épaisse couverture, révélant un petit être nu et chétif. Muet. Le regard fou. Irisé d'effroi. Ses cheveux sont blonds, ses yeux bleus. Et tout un pan de joue lui manque. Comme tranché net. La plaie, purulente, nécessite des soins décents.

– *Qiturngarsiaqpoq*, sanglote la vieille qui détourne le regard.

– Qu'est-ce qu'elle dit ?

– Elle dit que c'est son fils adoptif. Qu'il est à elle, maintenant.

– Ben voyons. Et on peut savoir qui le lui a apporté ?

Elle renifle, avant de confesser :

– *Nanook*.

Elle se confie encore quelques instants. Jacobsen attend, les yeux fixés sur l'enfant.

– Elle prétend que c'est un ours qui le lui a donné.

– Où ça ?

– Sur l'inlandsis. Il l'a déposé pour elle, en cadeau. Parce qu'ils sont *affariik*.

– *Affariik* ?

– Liés dans le monde de l'invisible, en quelque sorte. C'est le cas quand deux personnes sans lien de sang partagent le même prénom.

– Parce qu'il s'appelle comment, d'après elle ?

– Atka.

– Et ça signifie quoi ?

– Le gardien.

Jacobsen considère le gamin, d'abord sans un mot. Puis il s'accroupit devant lui et souffle :

– Lars ? Tu es bien Lars Adriensen ?

Mais l'enfant hurle et se réfugie aussitôt sous les couches de cuir. Il tremble.

– Tu n'as aucune raison d'avoir peur. Je suis un ami de ta maman, Flora. On travaille ensemble, tous les deux. Je suis là pour te ramener *chez toi*.

Est-ce sa voix aussi suave que du papier de verre ? Est-ce un effet de sa maladresse chronique avec les gosses ?

Redoublement des cris.

C'est évident, désormais : l'esprit de l'ours lui a tout volé. La raison a quitté le petit corps en même temps que ce morceau de chair.

Et Arne Jacobsen, officier de police judiciaire de la Couronne danoise, sait exactement ce qu'il va faire avec l'un comme avec l'autre. Quel semblant d'ordre il va devoir remettre dans ce chaos-là.

Troisième partie

Température réelle : −49 °C
Température ressentie : −61 °C

44

[IMG_0739.jpg / 14 février 2022 / 10 h 38 / Des points mouvants sur l'horizon de l'inlandsis]

Une nuit complète était passée.

À ressasser leurs pertes. Sara, Lukas et enfin Massaq. Combien d'entre eux seraient sacrifiés à l'esprit assoiffé de sang de Qiqirn ?

Une nuit à relancer en vain les permanents de Summit qui ne répondaient plus sur le numéro indiqué par Pitak.

À rêver d'une vengeance illusoire contre le poison Jacobsen, source de tous leurs maux.

À fixer le thermomètre de Molsen, qui chutait irrémédiablement – entre 2 et 3 heures du matin, à la faveur d'un regain de blizzard, il était passé quelques minutes sous la barre des −60 °C.

Étendu à même la glace, le visage livré à la nue bleutée, Qaanaaq contemplait les filaments d'une aurore boréale lointaine, chevelure d'une créature céleste qui se serait égarée sur l'inlandsis.

Le spectacle lui évoqua la crinière d'Arnakuagsak qui frappait son bras droit. S'il sortait vivant de cette folie, aurait-il encore le cœur à faire achever le tatouage cousu ?

Avec lui, Massaq avait voulu partager sa culture et, plus que tout, son territoire. Au fil des années, les deux avaient fusionné dans son esprit, sa femme et le Groenland, formant un seul et même pays. À chaque fois qu'ils faisaient l'amour, il lui semblait découvrir un vallon jusque-là inexploré, un sommet vierge de toute présence humaine, un arpent de banquise dont la beauté le saisissait d'autant plus qu'il le savait par nature éphémère.

Massaq disparue, que resterait-il de son attachement à *Nuna* ? Comment communierait-il avec elle, privé de ce doux lien ? Croirait-il assez fort à leur union pour se passer de sa bien-aimée prêtresse ?

Autour de lui, ses camarades paraissaient abîmés dans une même léthargie. Les grappes s'étaient délitées, et chacun se trouvait livré à ses propres limites. Certains gisaient comme lui sur le dos. D'autres se recroquevillaient, genoux repliés, à la manière d'enfants boudeurs. Les plus affectés reposaient sur le côté, parfaitement immobiles, les yeux clos.

Ils attendaient tous l'inéluctable.

Même les chiens avaient cessé de hurler. Seule Sally, toujours animée de cette étrange agitation, semblait ne pas se résoudre à sa fin. Elle poussait de petits cris brefs et aigus. Se roulait sur le sol gelé, soulevant un nuage poudreux à chaque tonneau, comme pour évacuer cette tension invisible qui la rongeait depuis des jours.

Qaanaaq considéra les rescapés du trek l'un après l'autre. Ceux du Politigarden, ceux de la SPA et ceux de la Sirius. Pour la première fois depuis leur départ, il se surprit à les voir autrement qu'avec ses yeux de patron de la police groenlandaise. Plus pour ce que chacun d'entre eux pouvait lui apporter, mais pour ce qu'il ou elle était vraiment.

Camilla n'était plus à ses yeux cette manipulatrice distillant ses révélations au compte-gouttes, et de laquelle il cherchait lui-même à obtenir un surplus d'informations sur ses parents et son passé – peu lui importait, désormais. Il en allait de même pour les deux autres flics invités, Emet et Niko, ni suspects ni victimes, juste deux braves gars qu'il avait embarqués malgré lui dans cet enfer.

Apputiku, « face de lune » sympathique qui l'avait accueilli à la descente de l'avion quatre ans plus tôt, était devenu son ami depuis longtemps déjà. Mais, comme il l'avait prouvé en assurant son intérim un an auparavant, le capitaine Kalakek n'incarnait plus cet éternel adjoint, naïf et un peu gauche. Il avait gagné l'étoffe d'un chef.

Blottie contre Niko Mäkinen, Lotte avait l'air d'une femme amoureuse, plus d'une machine à analyser la mort qu'ils exploitaient tous sans vergogne.

Quant à Søren, il se révélait être un bras droit potentiel efficace pour Appu, mais surtout un homme d'un sang-froid et d'une loyauté à toute épreuve.

Qaanaaq acheva son tour d'horizon en posant les yeux sur les quatre Sirius encore présents. Eux non plus, il ne les envisageait plus comme de simples soldats. Molsen, exaspérant, mais aussi fiable que le roc. Svensen, l'intendant, démuni bien malgré lui. Karlsen, la boussole humaine, et ce faisant faillible. Bjorn, le dernier novice encore là, si dévoué qu'il trouvait encore la force d'aller réconforter les bêtes transies.

Des hommes sans galons ni uniformes. Comme lui, comme eux tous, des parties infimes de ce territoire fait de cristaux et qui bientôt les engloutirait.

Dégainant son mobile d'une main engourdie, tout juste capable de se refermer sur l'appareil, il composa une réponse au dernier SMS de Karl Brenner. Poussivement. Lettre après lettre.

Quand tu seras en poste, je te donnerai ma démission. Définitive. Pas la peine de chercher à me dissuader. Décision pas prise à la légère. Je resterai à Nuuk, avec les enfants.

Il le devait à Jens, Else et Bodil, comme il le devait à Massaq. Il le devait au Groenland. Il le devait à *Nuna*.

Mais avant cela, il lui faudrait remplir une ultime mission : retrouver le corps de Massaq. Étouffer dans l'œuf ces doutes qui ne manqueraient pas de l'assaillir, si par malheur la dépouille de sa femme demeurait perdue dans cette immensité. Ne pas reproduire l'erreur cruelle de Flora et Knut, près d'un demi-siècle auparavant, quand ils avaient abandonné Lars à la glace du point 660. Ne pas semer en soi les graines du regret et de la folie.

De nouveau, Qaanaaq regarda ses compagnons. Puis il s'allongea de tout son long. Dans le ciel, l'aurore était partie subjuguer d'autres spectateurs. Son ventre vide, perclus de crampes, produisait un lamento déchirant. C'était ça, la faim d'avant la fin ? Ce bruit était si intense, si persistant, qu'il ne distingua pas tout de suite le vrombissement qui s'y mêlait. Comme un bourdonnement léger, puis de plus en plus sonore.

C'est pas possible... On dirait...

Mobilisant le peu de forces qu'il lui restait, il se redressa sur ses avant-bras. Dans les lointains enténébrés, il lui sembla percevoir un point ondoyant à la surface de l'inlandsis. À mesure qu'il le fixait, la tête d'épingle grossissait. Comme si ses espoirs renaissants avaient le pouvoir de la faire grandir. Bientôt, elle fut aussi visible qu'un coup de pinceau sur une toile. Puis qu'une tache que le regard n'aurait su éviter.

La présence mouvante avait aussi éveillé l'attention des bêtes. Plusieurs d'entre elles s'étaient dressées d'un coup sur leurs pattes. Certaines jappaient sur un ton incertain, frémissantes, entre curiosité et crainte.

– C'est bien ce que je crois ? demanda Molsen, pour lui-même.

Il fallut encore une minute d'observation attentive pour que la réponse lui fût donnée.

Un groupe de motoneiges.

Au jugé, au moins trois engins, peut-être quatre. Quand les bécanes ne furent plus qu'à quelques centaines de mètres, les conducteurs se levèrent sur les marchepieds et agitèrent une main gantée dans leur direction. Exceptées Lotte et Camilla, toujours inertes, le reste du groupe Molsen était sorti de sa torpeur. Tous accrochaient leur regard aux silhouettes pétaradantes. Incrédules.

Les quatre motoneiges atteignirent leur campement de fortune quelques instants plus tard, après le franchissement d'un dernier hummock qui les masqua durant une poignée de secondes.

Sautant de l'engin de tête, un homme dont seuls les yeux demeuraient visibles trotta jusqu'à Qaanaaq, avancé de quelques pas :

– Vince Clark, se présenta-t-il avec un fort accent yankee, la main tendue. Je suis le responsable de la station Summit.

– Qaanaaq Adriensen.

Il s'apprêtait à en dire plus, mais un scrupule le retint d'énoncer son titre, déjà caduc.

– Ça va ? enchaîna l'autre en balayant le bivouac des yeux. Vous êtes tous... ?

– Vivants ? Je crois, oui.

– On est désolés d'avoir tellement tardé, mais on n'était pas partis depuis très longtemps quand on a retrouvé deux corps. Un homme et une femme qui n'ont pas eu votre chance. Et comme on n'allait pas les embarquer avec nous pour venir vous chercher, on a dû revenir sur nos pas pour les déposer à la base.

– Une femme, bredouilla Qaanaaq, livide.

– Cheveux longs et noirs, yeux en amande, plutôt métissée. Ça vous dit quelque chose ?

Sara ou Massaq ? La Danoise ou l'Inuite ? La description collait à l'une comme à l'autre. À leur arrivée à Daneborg quinze jours plus tôt, ils avaient tous été frappés par la ressemblance entre les deux femmes.

Comme Qaanaaq restait muet, Molsen reprit le fil de l'échange :

– Capitaine Molsen, patrouille Sirius. Vous avez retrouvé quelque chose sur elle, des papiers ou autre ?

– Rien du tout. Faut dire que...

– Que quoi ?

– Elle était dans un sale état. Vu notre position géographique, ça va vous paraître dingue, mais ça ressemble à s'y méprendre à une attaque d'ours.

– Et autour, vous n'avez rien trouvé d'autre ? Des chiens, un traîneau ?

– Plusieurs chiens en pièces, mais pas de traîneau, non. Et s'agissant de l'homme, il était sans identité, lui non plus. Et totalement défiguré. D'ailleurs, il semblerait que contrairement à elle, il ait été traîné sur une sacrée distance. Comme si, après l'attaque initiale, l'animal avait pris le soin d'embarquer un « casse-croûte » avec lui.

Personne ne s'offusqua de l'expression déplacée. Tous accusaient le coup.

Markus, alias Milo ? C'était plus que probable. Mais l'homme importait peu à Qaanaaq. Il ne pensait déjà plus qu'à cette femme inconnue. Et les hypothèses à son sujet s'affrontaient en lui comme deux avocats hurlant leurs plaidoiries devant le tribunal de sa conscience, moins contradictoires qu'il n'y paraissait de prime abord.

De deux choses l'une. Soit la victime portait la fameuse parka bleue de Camilla au moment de son agression par l'ours, lequel lui avait arraché le blouson puis l'avait lâché là où eux l'avaient trouvé, ensanglanté. Dans ce cas, le corps devait être dépouillé de sa couche supérieure de vêtement. Conclusion 1 : c'était Massaq.

Soit leur découverte (pas si fortuite ?) de la parka bleue n'était qu'une mise en scène imaginée par Milo avant l'attaque, destinée à les démoraliser un peu plus. Dans ce cas aussi, on pouvait penser que la dépouille retrouvée par Vince Clark ne portait aucune veste lorsqu'elle était tombée sous les griffes du monstre. Conclusion 2 : c'était toujours sa femme.

Restait une option, dans laquelle Massaq s'en sortait. Celle où la victime...

– Ce corps, s'écria-t-il comme pour s'en convaincre, il portait quoi ? Une parka rouge, une veste, un anorak ?

– C'est drôle que vous me demandiez ça, parce que ça

nous a étonnés : elle n'avait aucun manteau sur elle. Seulement une polaire.

Le verdict l'assomma comme un glacier vêlant un iceberg sur sa tête. Il chancela un instant sur place. Puis il s'éloigna de quelques pas, dos tourné à la discussion. Au moins son vœu était-il exaucé. On avait retrouvé Massaq. Une fois rentré à Nuuk, il pourrait la pleurer avec ses enfants tout son saoul, dans cette cathédrale où ils avaient baptisé Bodil un an plus tôt. Sans plus nourrir aucune espérance nuisible. Privé de son amour et néanmoins rendu à la vie.

Les autres pilotes étaient descendus de leur monture, bientôt rejoints par le reste des trekkeurs. Mais la joie du sauvetage ne résistait pas à la cruelle incertitude que laissaient planer les propos de leur bon Samaritain polaire. Appu prit la parole, dans son anglais un peu bancal :

– Sur le corps de cette femme, est-ce que vous avez remarqué un tatouage ?

– Sur lui, oui, une sorte de kalachnikov dans le cou.

L'emblème de l'AK81. Il s'agissait bien de Milo Arrensen, plus de doutes possibles.

– Et sur elle ? insista-t-il.

– Vous savez, on n'a pas pris le temps de l'observer sous toutes les coutures.

– Essayez de vous souvenir, vous n'avez pas pu le louper : le motif représente une sorte de déesse inuite, avec de très longs cheveux. Un tatouage cousu, sur l'avant-bras droit, très récent.

– Non, désolé. Ça ne me dit rien du tout.

Malgré les passe-montagnes qui mangeaient leur visage, on pouvait lire le même aveu d'impuissance chez les trois autres scientifiques de Summit. Aucun ne semblait se rappeler un quelconque signe particulier.

– Mais je répète, on a fait au plus vite. Un détail de ce genre a très bien pu nous échapper.

Un détail ? pensa Qaanaaq juste avant de s'effondrer.

45

[IMG_0773.jpg / 15 février 2022 / 08 h 19 / Vue générale de la station Summit, la Big House au premier plan]

Immobile, le corps gisait sur le flanc. Presque méconnaissable. De ses yeux grands ouverts, regard fixe, sourdait encore la souffrance endurée il y a peu. Les assauts sur ses chairs distendues. L'abdomen flétri. La plaie rougie qui fendait son bas-ventre. Tous les stigmates d'une épreuve accablante.

Figé sur le seuil de l'infirmerie située à l'extrémité de la Green House, l'une des plus grandes structures habitables de la base, Qaanaaq contemplait le spectacle sans parvenir à mettre un nom sur les vagues d'émotions qui l'assaillaient. Sidération ? Remords ? Les chocs successifs des dernières vingt-quatre heures l'avaient en partie anesthésié.

Mais il lui suffit de regarder ce qui grouillait à un pas de là pour sentir un éclair de joie pure le frapper. Quatre petits chiots encore exempts de poils, larves rosées, gigotaient dans un grand panier en tissu.

– C'est pas la première fois qu'on me rapporte le phénomène, dit la femme blonde qui couvait la portée des yeux, médecin attitrée de Summit. Lorsqu'une chienne groenlandaise gravide se sait sur le point de mettre bas, elle est capable de flairer le lieu le plus sûr pour sa future progéniture à des centaines de kilomètres à la ronde. À partir de là, rien ne peut plus l'arrêter. Tant qu'elle n'a pas atteint l'abri en question, elle continue à avancer, coûte que coûte.

Parcourue d'un frisson, Sally valida la théorie d'une plainte timide, encore affectée par l'effort du travail.

Voilà pourquoi la femelle de l'attelage jaune s'était tant obstinée à marcher vers l'ouest. Voilà pourquoi, quand tous ses congénères avaient renoncé, elle restait animée d'une force sans pareille, guidée par cette vie qui pointait en elle. En un sens, en les mettant sans cesse sur le bon chemin, y compris quand leurs GPS étaient HS, c'est son instinct de survie et de protection exceptionnel qui les avait tous sauvés.

– On prend lequel ?

La voix dans son dos le fit sursauter. Accoudée au chambranle, d'une pâleur effrayante, Massaq se tenait là, elle aussi bien vivante.

– Tu devais pas rester allongée ?

– On a fait un bilan complet il y a une heure, intervint la toubib. Elle a besoin de repos, c'est certain, mais ça ne lui interdit pas de faire quelques pas. Au contraire. Sa circulation a besoin de mouvement pour reprendre un cours normal.

– Alors, qui sera le successeur de CR7 ?

Qaanaaq cligna des yeux à plusieurs reprises. Lissa son crâne pour en chasser les plus douloureux souvenirs. La perte de son chien dans des circonstances atroces[1] avait scarifié son âme de manière indélébile. Jamais avant cet instant il n'avait songé sérieusement à le remplacer. Quelques jours plus tôt, il s'était même promis de ne plus jamais arracher un tel animal à son milieu naturel.

Mais comment *leur* résister ?

– Je ne sais pas, hésita-t-il, avant de pointer le plus actif des chiots. Celui-là, non ? Il a l'air drôle.

– Très bon choix, reprit la médecin. Par contre, ce sera celle-là. C'est une fille.

---

1. Voir *Disko*.

Il haussa les épaules, un peu goguenard.

– *Nobody's perfect.*

Brenner n'aurait pas renié la référence cinéphilique[1].

Une autre chienne avait connu un destin moins favorable que Sally et ses petits. *Paris...*

La veille, alors qu'ils filaient vers Summit derrière les motoneiges – les engins mécanisés tractaient les trois traîneaux de la Sirius et leurs équipages – l'un des pilotes avait repéré le véhicule gonflable, forme grisâtre inhabituelle dans le grand paysage blanc. Quelques minutes plus tard, ils s'arrêtaient à proximité de l'attelage macabre qui charriait la dépouille d'un chien, décapité d'un coup de mâchoire et encore lié au traîneau par son trait.

Ligotée et inconsciente, dans un état d'hypothermie très avancé, Massaq respirait encore. Paris, elle, semblait avoir cessé de vivre depuis plusieurs heures. Plus tard, Massaq raconterait comment elle avait glané un peu de chaleur au contact de l'animal déjà mort. Un réconfort bien amer, et qui n'avait pas duré longtemps.

Comment avaient-elles dérivé là toutes les deux, si loin du lieu de l'attaque et des corps mutilés de Sara et Milo ?

– Le blizzard, avait supposé Vince Clark. La structure de ce traîneau offre plus de résistance au vent qu'un *komatik* ordinaire.

Très vite, l'un des Arctic Cat avait été libéré de son fardeau et envoyé au plus vite vers la station, Qaanaaq et Massaq à son bord. Une douzaine d'heures de soin attentif avaient été nécessaires pour ramener lentement cette dernière à la vie.

Perchée sur dix échasses métalliques, surplombée par la sphère blanche de son radôme, la spectaculaire Big House recélait le principal réfectoire de la station Summit. La bâtisse

1. Derniers mots du film *Certains l'aiment chaud*, de Billy Wilder (1959).

bleu ciel édifiée en 1989 avait été maintes fois rénovée – sa hauteur par rapport à la surface glacée, en particulier, s'ajustait en fonction de la fonte accélérée de l'inlandsis. Mais ce qui n'avait pas changé dans l'installation scientifique américaine[1], c'était cette bulle de sécurité et de chaleur humaine que constituait son mess, l'une des plus vastes pièces communes de toute la base.

Lorsque le couple Adriensen y fit son entrée ce matin-là, ceux qui petit-déjeunaient à l'une des grandes tables communes les applaudirent avec enthousiasme. Summit avait brisé plus d'un ménage ; il était beaucoup plus rare, peut-être même inédit dans son histoire, qu'elle parvienne à réunir deux êtres que l'inlandsis avait séparés.

Massaq et Qaanaaq s'attablèrent devant les mugs fumants et les assiettes garnies déposées à leur intention. Purée de pommes de terre, haricots à la tomate, bacon ; ils n'avaient rien mangé d'aussi roboratif depuis des jours. Après quelques fourchetées, les conversations allèrent bon train. Comme si rien de ce qu'ils venaient de traverser n'avait existé. En dépit d'engelures assez sévères, tous les rescapés du trek semblaient s'être assez vite requinqués. Après une nuit au chaud, dans un lit digne de ce nom, les visages affichaient ce soulagement, bien connu ici, de qui a échappé de peu au pire.

– Vous avez déjà eu… ? se risqua Appu, éludant ses derniers mots.

– Des pertes ? Non, aucune, répondit avec fierté l'un des scientifiques, le responsable technique de la base. Mais vous savez, en dehors de nos travaux de carottage et d'entretien des équipements, on est des vrais papis-mamies. On quitte assez peu nos chambrées.

Répondant aux inévitables questions sur les rigueurs de la vie quotidienne à Summit, Vince Clark surprit son monde

---

1. Créée et exploitée par la NFS, Fondation nationale pour la science, la station Summit est entrenue par le corps du Génie de l'armée de terre américaine.

en expliquant comment, contrairement à ce que l'on pourrait penser, l'été 2021, d'une clémence exceptionnelle, avait plus mis en péril leur mission que tous les records de froid. Autour de la mi-août, les températures, d'ordinaire négatives tout au long de l'année, avaient flirté avec les 1 °C. De la pluie était même tombée toute une journée, accélérant la fonte de la couche de glace superficielle sur laquelle reposait la base d'altitude. Un tel phénomène n'avait pas été observé depuis 1989.

– À Summit, vous savez, conclut-il, on vit un peu sur une planète inverse de la vôtre. Tout ce qui est source de mieux-être ailleurs s'avère plutôt une mauvaise nouvelle ici. La chaleur, comme vous l'avez compris, mais aussi les passages d'expéditions sportives ou récréatives, qui nous détournent de notre mission, de même que les contacts trop fréquents avec l'extérieur.

Il en parlait comme un astronaute aurait décrit son existence à bord de l'ISS, les visites inopinées en plus.

– Le mieux y est l'ennemi du bien, c'est ça ?

– Si par « bien » vous entendez notre capacité de survie, alors oui, on peut dire ça.

Le repas achevé, Qaanaaq réquisitionna les membres de la SPA et du Politigarden pour un rapide débrief, auquel il invita Molsen et Clark. Le patron de Summit congédia du mess ceux qui n'avaient rien à faire là, et la réunion put bientôt commencer.

– Je sais que vous ne partagerez pas tous mon point de vue...

Des regards interrogateurs, voire suspicieux, s'échangèrent d'un bout à l'autre de la table.

– ... mais je pense néanmoins que *quelqu'un* est la cause de nos mésaventures. Et par là même de la mort de Markus, Lukas et Sara.

– Ah, mais je suis bien d'accord ! s'exclama Emet Girjas. Markus, ou devrais-je dire Milo, est responsable de leur mort à tous les trois. C'est lui qui nous a entraînés dans cet enfer ! D'ailleurs, s'il avait pu, il nous aurait sans doute tous sacrifiés sans hésiter un seul instant. Je pense même que je ne dois mon sauvetage dans le moulin qu'à sa présence à mes côtés à ce moment-là. À moins de griller sa couverture, il ne pouvait pas faire autrement.

Sous son air impavide, le vieux Sami ne semblait pas avoir digéré l'épisode qui avait failli lui coûter la vie.

– J'envisageais plutôt quelqu'un d'autre, rebondit Qaanaaq, un peu déconcerté par cette diatribe.

– Qui ça ?

– Arne Jacobsen.

L'évocation du directeur de la police judiciaire danoise les laissa sans voix.

– D'où vous sortez ça ?

En quelques minutes, Qaanaaq relata la vendetta personnelle que la Fourmi menait à son encontre depuis tant d'années, sans que jamais il ne parvienne à en expliquer le motif originel. Il expliqua ensuite comment Jacobsen, en cherchant à le faire tomber et avec lui le Politigarden, les avait tous mis en péril, les propulsant dans ce séminaire SPA à haut risque.

– Je ne vois pas en quoi c'était plus dangereux qu'une suite de conférences d'un ennui mortel, dans une salle à Niels Brocks Gade, intervint Camilla Feg avec une certaine mauvaise foi, semblant avoir déjà oublié qu'ils avaient frôlé la mort.

– Parce que je ne vous ai pas tout dit.

– Mais encore ?

La vraie-fausse disparition de Jonas Horason, complice du coup fourré échafaudé par Jacobsen ; la présence imprévue de Sara Kaspersen, la protégée de ce dernier, chargée de s'assurer que le plan de son mentor serait exécuté comme prévu.

– Ça prouve qu'il vous en veut assez pour monter des combines tordues, on est d'accord, dit Niko, très discret jusque-là. Mais je ne vois pas le rapport avec la SPA, ou avec nous.

– Sauf que Jonas Horason n'a pas juste été escamoté à sa sortie de l'aéroport de Kangerlussuaq. Il a été enlevé. Déposé seul sur l'inlandsis. Et il en est mort.

Une fois encore, l'information produisit une onde de stupéfaction. Il leur épargna pourtant l'attaque d'ours en furie, trop proche de ce qu'ils venaient de vivre.

– Il est mort ?! s'écria Emet, le seul à avoir déjà croisé le flic islandais.

– Mort de chez mort, dit Apputiku, avec son art consommé des formules maladroites. Il y a près de deux semaines.

Qaanaaq acheva son exposé en survolant les trouvailles faites par Karl Brenner : l'infiltration de Sara au sein de l'AK81, le rapt de Lynn Kaspersen-Laurig par le gang de motards, le chantage exercé sur Sara et son association forcée avec Milo, alias Markus, pour décimer les membres de la SPA réunis au Groenland. Pour les décimer *eux*.

Deux sur cinq, comptèrent les trois miraculés du séminaire, Camilla la Suédoise, Emet le Norvégien et Niko le Finlandais. Qaanaaq poursuivit avec cette véhémence que son équipe lui connaissait parfois, quand l'enjeu le justifiait. Quand la cause lui semblait dépasser tel ou tel intérêt, y compris le sien.

Mais pour l'instant, cette flamme ne suffisait pas à emporter l'adhésion de tous. Le masque affiché par certains des réfractaires trahissait même un réel agacement : comment Adriensen avait-il pu leur dissimuler des faits aussi graves ? N'avaient-ils pas partagé les mêmes épreuves durant leur équipée malheureuse ?

– Si Jacobsen n'avait pas eu l'idée géniale de nous rassembler à Daneborg, reprit-il, dans le seul but de nous humilier, mes camarades du Politigarden et moi, jamais l'AK81 n'aurait piraté son petit stratagème… et jamais nous n'aurions perdu quatre personnes. C'est pour cette raison qu'il ne peut pas rester impuni.

Une rumeur d'approbation circula dans son équipe.

– Soyons clairs : je ne vous le demande pas pour moi. Pour ce qui me concerne, ma décision est prise. Il a gagné : j'ai déjà donné ma démission à qui de droit. Je suis hors-jeu, et pour tout vous dire, pas mécontent de l'être. Je vous le demande pour Sara, pour Lukas, pour Jonas. Et même pour Markus. Je vous le demande pour Lynn ! Au moment où on se parle, elle est détenue dans un hangar de l'AK81 et elle ignore que sa mère est morte. Je ne sais pas si elle en sortira vivante !

Cette fois, son réquisitoire ne laissa pas la frange sceptique de son auditoire indifférente. Désormais, même Camilla, Emet et Niko semblaient abonder dans son sens. Quant à Molsen, l'expression de son visage laissait entendre que lui aussi avait déjà été trahi par sa hiérarchie. Seul Vince Clark affichait une forme de détachement, comme si Summit et les siens faisaient office de terrain neutre.

Après une poignée de minutes où chacun remâcha les arguments déployés en jouant qui avec un stylo, qui avec son mobile, Girjas se risqua le premier :

– Admettons qu'on vous suive dans votre délire. Je dis bien « admettons », car en l'occurrence, je serais plutôt d'avis de laisser la providence régler nos comptes...

« Ne vous vengez pas vous-même, laissez la vengeance à Dieu », disait un proverbe danois. Mais Qaanaaq s'abstint de délivrer cet adage, comme il s'abstint de mentionner la nomination prochaine de son pote Brenner à la place d'Arne Jacobsen. S'ils savaient ça, il était probable qu'ils jugeraient la sanction à l'encontre de la Fourmi suffisante et retoqueraient ses envies de revanche.

– ... vous proposez quoi ? On fait comment pour épingler ses turpitudes sans se mettre tous nos grands patrons à dos ? Je vous rappelle que nous aussi, on doit répondre de nos actes à des « Jacobsen » et à des « Kollman ». Le monde ne tourne pas autour des bisbilles internes de Niels Brocks Gade.

– Je ne dis pas que j'ai *la* solution. Ce dont je suis certain, c'est que si nous nous montrons solidaires, vous et nous, si nous prouvons à nos chefs que la SPA est bien la task force anticriminalité qu'ils appelaient de leurs vœux, tellement incorruptible qu'elle est prête à dénoncer les magouilles de son propre patron, alors je ne vois pas ce qui pourrait les pousser à nous sanctionner. Sans parler de ce que nous venons de subir tous ensemble. Quel groupe serait plus résolu que le nôtre à abattre l'AK81 et les Hells Angels après ce qu'ils viennent de nous infliger au nom de leur guéguerre ? Hein, qui ? Dites-moi !

– Vous êtes plutôt doué pour le team buidling et les discours, je vous accorde ça, railla Camilla Feg. Mais ça ne répond pas à la question d'Emet. On la croque à quelle sauce, votre Fourmi ?

Qaanaaq fit le tour de l'assistance, les deux mains plaquées sur son crâne, fouillant le regard de chacun d'eux comme s'il y cherchait une inspiration qui lui faisait défaut.

– Étape une : l'attirer ici.

– Ici ?

– Il faut le sortir de son bureau et de ses habitudes. Jacobsen est tout sauf un homme de terrain. Amenons-le dans une arène que *nous* maîtrisons, coupée de sa base, et nous disposerons d'un avantage décisif.

– Très bien. Et vous vous y prenez comment pour lui faire enfiler sa parka ?

– Le connaissant comme je le connais, je suis à peu près certain qu'il a borné nos portables depuis le début. À partir de maintenant, on se lâche sur nos appels. Famille, amis... qui vous voulez. Professeur Clark, vous me confirmez que l'antenne que j'ai aperçue en arrivant n'est pas là que pour la déco ?

– Je vous le confirme. C'est une simple parabole VSAT, mais n'importe quel programme de triangulation un peu costaud est capable de l'accrocher et de remonter jusqu'aux cellulaires qui s'y connectent.

C'est ce relais que leurs combinés avaient capté l'avant-veille, certes faiblement, mais assez pour contacter Pitak.

– Je pense qu'on a encore mieux que nos portables pour attirer son attention suggéra Apputiku, son œil rond frisant d'excitation.

– Tu penses à quoi ?

– Celui de Sara. On pourrait appeler la Fourmi depuis son mobile à elle. Et couper la communication dès qu'il a décroché. Si avec ça il ne rapplique pas ventre à terre...

L'étoffe d'un chef, pensa de nouveau Qaanaaq. Le Politigarden serait décidément entre de bonnes mains, lorsqu'il aurait rendu son badge et son arme.

– Et après ? demanda Søren, lui aussi sur le qui-vive.

– Après... En considérant le temps qu'il lui faudra pour nous repérer, faire son bagage et venir de Copenhague, on aura sans doute une dizaine d'heures avant qu'il n'arrive sur place. Sept ou huit au minimum. Ça devrait nous laisser le temps d'imaginer quelque chose, non ?

46

[IMG_0786.jpg / 15 février 2022 / 10 h 33 / Gros plan sur le visage de Massaq]

Les dépouilles se révélèrent plus abîmées encore que ne l'avait anticipé Qaanaaq. Pourtant, dès leur rapatriement à la station, le professeur Clark avait suggéré qu'elles soient remisées dans le Mobile Cold Storage, ce grand entrepôt réfrigéré situé à l'opposé de la Big House sur le site Summit. Martha, la médecin en titre, ayant validé cette option, Sara Kaspersen et Milo Arrensen reposaient là, enveloppés dans deux housses mortuaires d'un blanc immaculé.

Adriensen ne put réprimer un haut-le-cœur en découvrant l'état des chairs lacérées.

Un vrai carnage.

– Je vous avais prévenu, dit Martha en contenant sa propre grimace, une main encore posée sur la fermeture Éclair.

Si Sara présentait encore figure humaine, Markus/Milo s'était vu pour sa part dévisagé au sens le plus littéral du terme. Toute la peau de sa face avait été arrachée d'un coup de patte, comme on retire un masque. Le coup avait dû être si violent que sa mandibule semblait comme dégondée de son point d'attache sur le crâne, et pendait lamentablement sur le haut de sa poitrine. Cette mutilation ouvrait si grand sa bouche que celle-ci restait figée dans un effroyable cri muet. Il aurait l'éternité pour hurler sa haine du clan adverse, celui des Hells Angels.

Qaanaaq estima qu'il avait son compte d'horreurs et, lui qui ne redoutait d'ordinaire aucun spectacle macabre détourna les yeux des zones où l'animal s'était adonné à un véritable festin. À la largeur et la profondeur des plaies, cratères plus que fissures, on pouvait deviner avec quelle vigueur l'ours avait bâfré.

La souffrance des uns, le contentement des autres. Mais les chasseurs inuits qui traquaient le phoque ou le *nanook* procédaient-ils autrement lorsqu'ils croquaient le foie encore sanglant de leur proie à même la glace ? Humains, animaux, tous n'étaient-ils pas les parties transitoires d'un seul et même grand Tout cyclique ?

Une fois n'était pas coutume, Qaanaaq laissa son Leica dans son étui et dégaina plutôt son Smartphone. Ouvrant l'appareil photo, il se contenta de deux vues générales des corps, évitant de zoomer sur les détails les plus trash, clichés qu'il attacha dans la foulée à un SMS. « Karl Brenner », choisit-il dans la liste de ses destinataires. Au précédent message, celui annonçant sa démission, son vieux camarade n'avait répondu que d'un « OK » lapidaire. Celui-ci, qui lui révélait la mort de Sara Kaspersen, ne le trouva guère plus loquace.

Que se passait-il de si grave à Copenhague pour que Brenner oppose un tel silence radio ?

La tentative d'appel qui suivit tomba sur une boîte vocale. Manifestement, son *Lille bastard* préféré ne souhaitait pas être dérangé.

Ce que Qaanaaq lui indiquait là changeait pourtant la donne du tout ou tout. Sara morte, Milo en charpie, l'AK81 se trouvait désormais sans bras armé au sein de la SPA. On ne faisait pas chanter les défunts. Quant à Lynn, elle devenait pour le gang un poids encombrant, et non plus ce moyen de pression dont ils avaient usé pour manipuler la flic infiltrée.

– C'est bon pour vous ? demanda Martha, l'arrachant à ses pensées.

– Oui, pardon. J'ai tout ce qu'il me fallait. Vous pouvez refermer.

– Elle lui ressemblait quand même drôlement, dit une voix féminine dans son dos.

Qaanaaq était si concentré qu'il en avait oublié la présence de Lotte, deux pas derrière lui. Encore très éprouvée par leur odyssée, la légiste avait sauté le petit déjeuner collégial, se bornant à une collation en solitaire. Ils ne s'étaient retrouvés qu'à l'issue du débrief, pour cette rapide observation des corps.

– À Massaq ? Tu trouves ?

– En bien moins jolie, évidemment.

– Évidemment, sourit-il.

– Tu as une idée de comment coincer la Fourmi ?

Plus que jamais cet objectif était d'actualité. Qaanaaq n'avait pas fixé de délai, mais il savait qu'il ne pourrait laisser filer indéfiniment les jours avant de déclencher leur grande offensive. La nouvelle de leur sauvetage ne tarderait plus à remonter jusqu'aux plus hautes instances de Niels Brocks Gade. Jusqu'à Jacobsen en personne.

– Non. Mais si tu as quelque chose en stock, je t'écoute. Après tout, c'est toi l'intello de la bande.

Elle rosit un peu derrière ses lunettes embuées, avant de reprendre, sur un ton on ne pouvait plus professionnel :

– Il y a cette histoire d'autorisation manquante pour Horason. C'est quand même la preuve que Jacobsen avait prémédité de soustraire notre ami islandais au séminaire SPA, ni vu ni connu.

– C'est vrai. Mais c'est léger. Je vois mal un juge engager des poursuites pour si peu.

– Tu crois ?

– J'en suis sûr. Dérouter un invité à la dernière minute ne constitue pas une faute en soi, pas plus que cela n'indique une intention claire de mise en danger des participants. Et de toute manière, je ne doute pas un instant que sa secrétaire le couvrira. Elle prétendra que la Fourmi ne lui a rien demandé de tel et que l'erreur lui revient, à elle seule.

– Probable, admit Lotte avec lassitude.

Sur un point, au moins, Lolotte, comme la surnommaient les garçons du Politigarden, n'avait pas tort. À chaque fois qu'il contemplait sa femme, Qaanaaq s'émerveillait de tant de grâce. Quatre ans après leur rencontre, il lui arrivait encore de la regarder durant de longues minutes à la dérobée, subjugué, moins pour détailler ses attraits que pour s'y abîmer, comme on plonge dans un lac.

Elle ne possédait pas cette perfection lisse des mannequins. Ni l'aura juvénile des vingtenaires. Dans un concours de miss international, sans doute eût-elle fini bonne dernière. Non, sa beauté faite de défauts et d'austérité tenait à autre chose. Malgré son visage de statue, on la sentait « habitée ». Et même son récent calvaire n'avait pas réussi à entamer ce charme profond, ce soleil noir niché au cœur même de la chair, indicible, à peine visible en surface.

Lorsqu'il la rejoignit dans leur chambrette du Berthing Module, ce grand préfabriqué voisin de la Green House où étaient concentrés les hébergements des cinq permanents de la base, Massaq feuilletait un magazine people américain. À voir la vitesse à laquelle elle tournait les pages, il était évident qu'elle ne prêtait pas la moindre attention aux cancans sur papier glacé.

– C'est bon, j'ai parlé aux enfants, dit-elle sans lever les yeux du torchon. Tout va bien.

– Splendide !

– Else prétend que Bodil a prononcé un premier mot.

– Déjà ? Lequel ?

– À ton avis ? Else !

Ben voyons. Il partit d'un rire spontané, auquel se mêla celui de sa belle alanguie, plus cristallin.

– Je vais les appeler ce midi.

– Ils vont être contents. Ils t'ont réclamé, tout à l'heure.

La faculté de ses enfants à aimer un être aussi absent et imparfait que lui surprendrait toujours Qaanaaq. Il fallait croire qu'à sa manière, il faisait le job en tant que père.

– Ça fera aussi plaisir à Bébiane, ajouta Massaq. Depuis le temps qu'on n'avait plus donné de nouvelles, elle commençait à se sentir un peu seule, avec toute notre tribu sur les bras.

Alors Qaanaaq s'autorisa ce qu'il avait jusqu'ici évité : demander à sa femme de relater son supplice. Elle fronça d'abord les sourcils. Puis exposa les faits avec cette économie de mots qui la caractérisait. Les détails étaient bien là, précis, mais comme déshabillés de l'affect qui aurait dû en transpirer. Car ce qu'elle narrait était brutal. De son rapt sans ménagement sous la tente des femmes – elle n'était pas si sûre que son échange de manteau avec Camilla fût à l'origine d'une « méprise » – jusqu'au spectacle abominable du massacre de Sara et Milo.

La suite, sa dérive dans le blizzard, elle l'avait vécue dans un état de conscience altérée. La peur et le froid s'étaient ligués pour emporter ce qu'il lui restait de discernement. Tout était très flou. Whiteout sur ses souvenirs.

Mais à présent qu'elle était tirée d'affaire, elle pouvait tout de même affirmer une chose :

– Sans Paris, je crois que je serais morte, dit-elle sans la moindre théâtralité. Elle m'a donné les deux ou trois heures de réconfort qui m'ont permis de tenir. Quand bien même je n'étais plus en état de m'en rendre compte.

Dans la mythologie inuite, le chien n'était-il pas à l'origine de toute vie humaine ?

Le récit fini, incapable du moindre commentaire, il se contenta de la prendre dans ses grands bras. Elle qui répugnait aux effusions s'abandonna cette fois sans rechigner. Leurs corps restèrent ainsi assemblés durant un moment impossible à évaluer. La tendresse, il le savait déjà, avait ce pouvoir unique d'abolir le temps.

Et quand enfin il se détacha d'elle, en un mouvement plus enjoué que brusque, il la considéra d'un œil neuf. Puis se leva et recula de quelques pas.

Vue de près, Massaq n'était pas Sara, il n'en démordait pas. Mais à cette distance, il devait le reconnaître, l'illusion pouvait convaincre, y compris quelqu'un qui la connaissait aussi bien que lui.

Son regard s'alluma. Un sourire avait éclos. Une intuition, l'une de ses fameuses intuitions, s'était invitée sans crier gare. Juste en admirant ce visage de poupée sévère, et si singulier.

47

Copenhague, Niels Brocks Gade, bureau d'Alexander Kollman – 15 février

– Une Barbie ? s'écria Alexander Kollman. Vous vous foutez de moi ? Vous voulez monter une intervention aussi risquée qu'un assaut de l'AKS[1] sur la foi d'une Barbie ?!

Alexander l'Exorciste Kollman hurlait si fort que, pour le coup, c'est lui qui paraissait possédé. Il accompagna son cri d'un poing écrasé sur le plateau du secrétaire en bois sombre.

Le choc résonna jusqu'aux confins du troisième étage.

– Vous allez me dire aussi qu'il y avait un Happy Meal dans les poubelles du hangar, c'est ça ?

Karl Brenner essuya la dégelée sans broncher. Il avait l'habitude. Certes, les colères de Jacobsen étaient plus froides, presque souterraines, plus proches de la lame de fond que du rouleau, mais elles n'en écrasaient pas moins tout ce qui se présentait devant elles. Qaanaaq pouvait en témoigner. Il laissa passer une poignée de secondes, le temps que l'ire patronale retombe un peu, puis argumenta avec calme :

– Laurig est formel. Cet entrepôt de Refshaleøen est le

---

1. AKS, ou Politiets Aktionsstyrke, les forces spéciales d'intervention de la police danoise.

garde-manger des gros bras de l'AK81. S'ils doivent retenir quelqu'un contre sa volonté, c'est forcément là.

– Et on devrait le croire sur parole ? Vous m'avez soutenu que ce Laurig était un véritable déchet.

Rien n'était plus vrai. D'ailleurs, depuis sa visite au taudis de Brøndby, le père de la petite ne s'était pas manifesté une seule fois – Brenner lui avait pourtant laissé sa carte de visite. Le type semblait persister à considérer le rapt de sa gamine comme une parenthèse anecdotique qui ne tarderait pas à se refermer d'elle-même. Parfois, le lâcher prise tant vanté par les idéologies new age confinait à la connerie...

– C'est une véritable merde humaine, je ne dis pas le contraire, répondit-il sans sourciller. Mais tout de même pas au point de nous aiguiller sur une fausse piste quand il est question de récupérer sa fille.

Kollman quitta son fauteuil Eames en cuir et fit les cent pas dans la pièce, mains croisées dans son dos. Ne manquait plus qu'une soutane pour parfaire sa ressemblance avec le père Lankester Merrin, l'exorciste du film éponyme.

– Hum, grogna-t-il. Vous êtes conscient qu'en s'en prenant de manière frontale à l'AK81, on va passer des mois et des mois d'infiltration à la trappe.

En guise de réponse, Brenner dégaina son mobile, y afficha la photo macabre envoyée un peu plus tôt par Qaanaaq et brandit son combiné en direction de son hôte. À cette distance – Dieu que ce bureau était grand –, il était difficile de distinguer un cliché de cette taille. Kollman prit la peine de s'approcher. Avant de se figer, à quelques pas seulement du portable.

– C'est quoi, cette boucherie ?

– Sara Kaspersen. La mère de la petite. Alors désolé de vous le dire, patron, mais votre belle opération undercover a déjà pris le chemin de la benne à ordure. De toute façon, Sara était grillée depuis belle lurette. Sinon l'AK ne se serait pas emmerdé à kidnapper sa môme.

CQFDD. Pas l'entière vérité – on ne pouvait pas sérieusement imputer une attaque d'ours polaire au milieu de l'inlandsis à l'AK81 –, mais Ce Qu'il Fallait Dire au Directeur pour espérer le convaincre et sauver la fillette.

Kollman se dirigea vers la baie donnant sur la cour des colonnes, puis colla son front à la surface vitrée. Ce qu'il venait de voir l'avait ébranlé. Le halo de buée qui s'élargissait sur le carreau trahissait une respiration chaotique.

Mais il reprit bientôt sur un ton plus posé, presque grave :

– Il y a une chose que vous ne savez pas, à propos de nos grandes manœuvres contre les gangs. Quelque chose que même le directeur Jacobsen ignore.

– Qu'est-ce que c'est ? s'étonna Brenner, un sourcil relevé.

– Disons que malgré l'inexpérience évidente de sa petite protégée, je les ai laissés mener leur mission, Jacobsen et elle.

« Malgré ses états de service limités, elle nous a semblé à tous deux la meilleure candidate », avait pourtant affirmé Kollman cinq jours plus tôt, dans ce même bureau. Il dut sentir dans quelle bouillie contradictoire il s'enlisait, car il s'empressa d'ajouter :

– Vous connaissez Arne aussi bien que moi, il lui faut toujours un nouvel os à ronger, quitte à faire n'importe quoi, comme cette croisade personnelle contre votre ami Adriensen au Groenland… Passons. Mais vous vous doutez bien que je n'allais pas miser toutes nos chances de succès contre le crime organisé sur les seuls beaux yeux d'une quasi-débutante, aussi méritante soit-elle. Personne à Stormgade[1] ne l'aurait compris. Figurez-vous que j'ai des comptes à rendre, moi aussi.

– Vous voulez dire que…

Brenner se souvint soudain de ce que lui avait raconté Qaanaaq quelques jours plus tôt, lors d'un rapide échange

1. 2-6 Stormgade à Copenhague, le siège du ministère de l'Intérieur danois.

323

téléphonique. D'après son vieux camarade, leurs homologues suédois possédaient leurs propres indics au sein de l'AK81 et des Hells Angels. Il tenait l'info de la bouche même de Camilla Feg, l'épouse d'Henrik Kudström. C'était à se demander s'il n'y avait pas dans ces gangs plus de flics infiltrés que d'authentiques malfrats.

– Que je dispose de ma propre équipe de taupes, dans chacun des deux camps. Et que si on met un coup de pied dans cette double fourmilière maintenant en prenant d'assaut l'entrepôt de Refshaleøen, non seulement on compromettra nos meilleures sources au sein des gangs, mais on gâchera aussi tous nos efforts des derniers mois. Après ça, Dieu sait combien de temps il nous faudra pour placer à nouveau *nos* pions dans leur partie d'échecs.

– Justement, c'était pas le rôle de la SPA et de ce foutu séminaire ?

– La SPA ? s'écria Kollman. Laissez-moi rigoler ! Dans le genre gadget technocratique, on fait difficilement mieux. C'est encore un de ces machins qui ne servent qu'à se congratuler dans les sommets internationaux. Moi, je vous parle d'un travail de fond. De terrain. Je vous rappelle d'ailleurs que c'est dans cette optique que je vous ai offert le bureau voisin du mien. Pas pour jouer les héros.

Karl Brenner joignit les mains comme on le fait pour prier, puis les colla entre son nez et sa bouche. Ce n'était pas la première fois que sa hiérarchie le désolait, mais rarement il ne s'était senti aussi déçu.

Oh, il ne pouvait pas se mentir, la perspective de cette promotion, même aussi tardive, l'avait flatté. Peut-être même un peu aveuglé. Mais voilà que s'invitait une question que sa conscience avait jusque-là esquivée, la seule qui valait qu'on s'y attarde au moment d'être recruté : aussi juste fût la cause, avait-il envie de mettre ses talents de flic au service de ces gens-là ? Les Jacobsen et les Kollman ? À son tour, deviendrait-il un manipulateur comme le premier, ou un exécutant résolu et glacial comme le second ? Quelle part d'humanité devrait-il laisser en route, pour accomplir la mission qu'on exigerait de lui ?

– Et Lynn, la petite Kaspersen, vous en faites quoi ? finit-il par demander. On la passe par perte et profits, elle aussi ?

– Nom de Dieu, réfléchissez un peu, Brenner. Vous apporteriez un jouet à une gamine que vous envisagez d'éliminer de sang-froid ?

Tiens, la Barbie revenait sur le tapis, soudain bien commode.

– Croyez-moi, poursuivit Kollman, les chefs de l'AK81 savent très bien ce qu'ils font. Ils ne toucheront pas à un seul de ses cheveux. Tout ça, ce n'est qu'un petit round d'intimidation avant de passer aux choses sérieuses. À la guerre véritable. C'est pour elle que nous devons nous préparer.

Karl se retint de lui dire que ce qui venait de se jouer au Groenland y ressemblait à s'y méprendre. À quoi bon ? Que représentaient quatre vies pour un homme tel que Kollman, si pénétré d'intérêt général qu'il était incapable d'envisager avec empathie un seul être en particulier ?

À la place, il sortit son vieux badge périmé. La photo d'identité remontait au moins à une dizaine d'années. Au temps où Qaanaaq et lui formaient ce binôme d'enfer au sein de la Criminelle. « Les nouveaux Flora et Arne », murmurait-on dans les couloirs de Niels Brocks Gade. Efficacité exemplaire. Jalousie de certains, admiration de tous.

Il n'était pas encore si vieux ni si blasé, à l'époque.

– Qu'est-ce que vous fichez ?

Brenner venait de déposer le petit rectangle de plastique jauni sur le secrétaire de son supérieur. Déjà, il s'était levé et regagnait le seuil de l'immense bureau. Kollman considéra l'objet avec autant de dégoût que si l'on avait chié sur son maroquin.

– À votre avis ? dit Karl en refermant la porte avec douceur. À votre avis…

48

[IMG_0802.jpg / 15 février 2022 / 15 h 18 / Un VTT file sur la glace entre les baraquements de la station Summit]

Là où l'on aurait imaginé une simple cabane perdue sur l'inlandsis, peut-être même un village de tentes, la station Summit s'étendait sur plusieurs hectares et se composait de nombreux baraquements en dur. Cette débauche de moyens ressemblait bien à ce que les missions scientifiques américaines étaient capables de déployer quand il leur prenait l'envie d'investir un lieu aussi désolé. Outre les structures dédiées à la vie courante, telles que la Big House ou la Green House, elle comprenait de nombreux édifices techniques : réservoirs de carburant, générateurs, garages, stocks divers, laboratoires, etc. On dénombrait même un sauna et plusieurs chambres froides.

– Des chambres froides ? s'étonna Qaanaaq lors de sa visite guidée par Alec, le responsable logistique de la base.

Par –60 °C ? D'un bras, il balaya le paysage, l'air incrédule.

– Quatre-vingt-dix pour cent de ce que nous avalons arrivent ici sous forme de surgelés. On ne peut pas prendre le risque d'une rupture de la chaîne du froid dans la durée, ou même de variations trop importantes.

Qaanaaq se garda de répliquer que c'était ainsi que la

plupart des Groenlandais conservaient leurs phoques ou leurs narvals tout au long de l'hiver. À cette différence près que les chasseurs inuits renouvelaient leurs réserves en cours de saison. Ils se contentaient rarement d'une unique prise dont ils auraient étalé la consommation au fil des mois.

– Et je vous dirais que l'épisode de redoux exceptionnel de l'été dernier nous donne plutôt raison, ajouta le dénommé Alec. Si on n'avait compté que sur le climat, tout notre stock de vivres aurait été bon pour la poubelle.

Cela faisait sens, et pourtant, cela revenait à équiper des Touaregs de radiateurs pour les nuits fraîches du désert.

Leur tour complet du camp s'étira sur deux bonnes heures, en plein cœur de l'après-midi. Comme l'avait prédit Molsen, les journées duraient désormais pas loin de cinq ou six heures. La nuit polaire ne serait bientôt qu'un lointain souvenir, emportant avec elle, ils l'espéraient tous, les tragédies des dernières semaines.

Summit était si vaste que, pour s'y déplacer, les permanents employaient de gros VTT munis de roues cloutées. Ainsi, les membres du trek SPA s'adonnèrent aux joies des glissades sur glace. Une sorte de course de relais, improvisée et joyeuse, opposa même les rescapés aux scientifiques de la base, auxquels l'expérience consommée du drift assura une victoire facile.

Quant à ceux qui avaient déjà eu leur compte de sensations fortes au cours des jours précédents, ils se contentèrent de pouponner la portée de Sally dans l'infirmerie de la Green House.

– Tu as une idée de comment vous allez l'appeler ? demanda Lotte à Massaq en désignant la petite femelle choisie le matin même par Qaanaaq.

– Aucune. Mais j'en connais deux qui vont se faire un plaisir de s'écharper sur la question !

« Si tu les voyais, ils sont surexcités ! » avait confirmé Bébiane un peu plus tôt au téléphone au sujet d'Else et

Jens, informés du prochain débarquement du chiot dans la grande maison verte de la rue Paarnarluit. « Ils ne parlent plus que de ça. Même Bodil a l'air de vouloir y mettre son grain de sel. »

Vers 17 h 30, Qaanaaq réunit dans le mess son groupe, flics de la SPA compris, autour d'un *kaffemik* couleur locale, café soluble et pancakes décongelés. Ensemble, ils commencèrent par appeler Pitak. La veille, après leur sauvetage in extremis par Vince Clark et son équipe, Adriensen s'était contenté d'un simple SMS pour le prévenir. Depuis, Pitak l'avait bombardé de questions sur les circonstances exactes d'un tel miracle. Il lui devait bien quelques précisions.

Quand Qaanaaq eut achevé son récit, entrecoupé d'interventions drolatiques d'Appu – « T'aurais dû voir nos têtes hier, des vrais morceaux de *mataq*[1] congelés ! » – il demanda à son subordonné des nouvelles du Politigarden.

– Pas grand-chose de neuf en ce qui concerne Nuuk. Par contre, on a reçu plusieurs appels de la F... du directeur Jacobsen, se reprit-il. Au moins une dizaine ces trois derniers jours.

– Et tu l'as pris ?

– À force, j'ai bien été obligé, admit le jeune Rosing. Hitty ne trouvait plus de bobards à lui servir.

– Il voulait quoi ?

– Savoir si je savais où vous étiez. Mais je te rassure, boss, j'ai été muet comme un flétan. J'ai dit que je n'avais eu aucune news de votre groupe depuis que vos GPS ne renvoyaient plus de signal.

Cela prouvait au moins une chose : Arne Jacobsen ne lâchait pas l'affaire. Où qu'il fût lui-même à cet instant, il persistait à vouloir manipuler ses troupes comme de vulgaires soldats de plomb, quitte à condamner certains d'entre eux. Et rien que pour ça, décidément, il méritait qu'on le châtie.

---

1. Quartiers crus de peau de narval ou de baleine.

– Une carpe, corrigea Søren à distance. On dit « muet comme une carpe ».

– Oh ça va, c'est bon, ça marche aussi avec les flétans.

– Parfait. Tu as très bien fait, dit Qaanaaq, le sourcil soucieux.

Alors seulement, il partagea avec eux l'intuition folle qui l'avait frappé quelques heures plus tôt, en admirant le visage de sa femme. À Massaq, il avait déjà indiqué quel rôle il lui réservait dans la mise en scène qui occupait son esprit. Quel nouveau sacrifice il attendait d'elle, avant qu'ils ne rentrent pour de bon auprès de leurs enfants, un chiot sous le bras. Restait à briefer les autres.

En quelques phrases, ce fut chose faite. Le dispositif envisagé était audacieux, et même un peu fou, il fallait l'admettre. Et pourtant, personne ne le remit en question, pas même ceux qui, quelques heures plus tôt, avaient récusé le principe d'une vengeance. Appu, Søren, Lotte, Emet, Niko, Camilla... Ils écoutèrent les instructions de Qaanaaq comme on écoute un général avant la bataille. Obéissants et résolus.

Puis tous passèrent les appels téléphoniques destinés à mettre en éveil les écoutes de Niels Brocks Gade, à quelques milliers de kilomètres de là. Puisque la Fourmi se souciait de leur position, cela ne faisait désormais plus beaucoup de doutes, il avait probablement réclamé le bornage de leurs mobiles.

Enfin, Qaanaaq confia à Massaq la communication la plus importante, celle qui ferait office de déclencheur. Si des mots devaient être prononcés, mieux valait qu'ils le fussent de la bouche d'une femme. La main un peu tremblante, elle empoigna le mobile de feu Sara Kaspersen et pressa le contact d'Arne Jacobsen dans le journal d'appels.

Une sonnerie, deux sonneries...

– Sara ?! crissa la voix métallique à l'autre bout. Vous êtes où, nom de Dieu ?! Qu'est-ce que vous...

Mais, comme prévu, elle raccrocha aussitôt, privant son

interlocuteur de la confirmation espérée. *L'hameçon est jeté dans l'agloo*[1]. *Plus qu'à attendre que le poisson morde.*

Le réfectoire bruissait encore de leur fièvre commune quand Camilla, qui n'avait pas réussi à joindre son époux Henrik, reçut un appel.

– Quoi ? s'écria-t-elle après quelques secondes. Tu es sûr ? Fait chier !

– Qu'est-ce qu'il y a ?

Collant le micro du combiné sur sa poitrine, elle murmura :

– C'est votre pote Brenner.

– Eh bien quoi ? s'impatienta Qaanaaq.

– Il s'est grillé tout seul. Henrik vient d'avoir sa taupe au sein de l'AK81. Les bikers qui détiennent la petite l'ont repéré à l'extérieur du hangar où ils la retiennent. Moralité, si les flics tentent une intervention, ce sera forcément un fiasco.

– Ou un carnage, si les mecs de l'AK ont le temps de se préparer à un assaut, commenta Appu.

– *Pis !*

Qaanaaq se saisit de son propre Smartphone. Il fallait prévenir Karl du péril qui pesait sur lui sans délai. Pas dans une heure, pas même dans cinq minutes, *maintenant* ! Alors qu'il s'apprêtait à presser le bouton vert pour déclencher l'appel, toutes les lumières de la pièce s'éteignirent d'un coup.

– C'est quoi cette merde ?!

À l'extérieur, par les étroites fenêtres de la Big House, tous constatèrent que l'ensemble des installations de la base étaient plongées dans le noir. Comme un arbre de Noël qu'on débranche en tirant d'un coup sec sur la prise. Le vrombissement léger des appareils électriques, frigo ou cafetière, s'était tu lui aussi. Plus grave encore, les barres

---

1. Trou dans la banquise utilisé pour la chasse au phoque ou la pêche au flétan.

indiquant la réception d'un réseau GSM avaient disparu de tous leurs portables.

Ils cherchaient encore à comprendre quand Alec, le technicien, entra en trombe, couvert de la tête aux pieds d'un voile poudreux.

– Panne générale, annonça-t-il, essoufflé.

– Ça peut durer longtemps ?

– Difficile à dire, c'est très rare. Depuis que je suis ici, c'est la première fois.

– Vous l'expliquez comment ?

– C'est sans doute dû à la surcharge de conso depuis hier. On va devoir vérifier tous les générateurs un par un pour trouver ce qui cloche.

Sans les désigner nommément, il leur attribuait en quelque sorte la responsabilité de ce soudain black-out.

– Et vous n'avez pas de batterie de secours ? s'étonna Qaanaaq, piqué au vif (il ne manquerait plus qu'on leur reproche d'avoir survécu).

– Si. Mais si elle n'a pas pris le relais tout de suite, c'est qu'elle est également en rade.

– Je ne comprends pas pourquoi ça impacte aussi la connexion mobile, intervint Søren en brandissant son combiné.

– Ça impacte tout. Des caméras de surveillance de la station jusqu'à nos sondes plantées dans la calotte. Et pour ce qui est des communications téléphoniques, Vince vous l'a dit : elles passent par notre parabole VSAT. Et sans jus disponible sur le site, pas de VSAT.

Plus d'échanges avec le reste du monde. Isolement total. Des hectares de glace ultra high-tech, certes, mais désormais égarés au milieu de millions d'autres. Malgré les moyens colossaux mis en œuvre par les Américains, Summit n'était guère mieux loti à présent que leur équipage à la dérive quelques heures plus tôt.

Ne restait plus qu'à espérer que du côté de Copenhague, les grandes oreilles du programme de bornage aient eu le temps de les localiser. Que la Fourmi ait senti ses antennes frémir, et qu'il se soit mis en route.

Mais déjà Qaanaaq envisageait comment intégrer cette nouvelle tuile à son plan. « À quelque chose, malheur est bon », prétendait ce proverbe étranger qu'il avait glané Dieu sait où. Les Danois n'avaient pas le monopole de la sagesse.

49

Copenhague, Daneborg et la station Summit – 16 février, en fin de journée

Copenhague

Les fourgons d'assaut stationnés à quelques rues du hangar, ramassis de vieilles bagnoles disparates, n'avaient rien d'orthodoxe. Leurs occupants, tous munis d'oreillettes Bluetooth, n'affichaient pas non plus la flamboyante jeunesse des commandos de l'AKS. Aucun d'entre eux ne portait d'uniforme ni de gilet pare-balles. Quant à leurs armes de poing, elles paraissaient plutôt tombées du camion d'un receleur tchétchène que des casiers numérotés de Niels Brocks Gade.

– De Brenner à tous, murmura Karl dans son écouteur. Je vous rappelle la consigne : on ne shoote pas les premiers, et on ne réplique qu'en dernier ressort, uniquement si les AK nous canardent.

– Et s'ils prennent la gamine pour bouclier ?

Que pouvait-il répondre à cela ? Il soupira :

– Aucun tir si elle est dans le champ, c'est bien compris ?

Malgré le caractère illégal et improvisé de l'opération, Brenner n'avait pas rencontré de difficultés pour mobiliser une dizaine de flics retraités. Ils devaient s'ennuyer ferme pour accepter de mettre leur pension en péril sur un coup de tête. Aucun d'entre eux ne l'avait interrogé sur les éventuelles conséquences. D'ailleurs, tous s'étaient déclarés partants sur la seule foi de son récit tronqué, qu'il terminait sur l'ultime portrait de Sara Kaspersen en mode sashimi. Parfois, des images chocs valaient mieux que de longs discours.

À son signal, tous quittèrent leurs véhicules et progressèrent par paires dans la venelle encombrée de bennes à ordures, perpendiculaire à la rue Refshalevej et son gigantesque entrepôt. Flingues en main.

Brenner aurait pu jurer que certains de ses hommes souriaient.

Qu'elle leur était douce à nouveau, cette adrénaline !

Daneborg – Summit

Par instants, Arne Jacobsen avait le sentiment de ne pas avoir quitté ce damné Sikorsky depuis des jours et des jours. C'était vrai et faux à la fois.

Après la découverte des balises abandonnées en plein inlandsis, le pilote l'avait baladé autour de ce point durant quelques heures, en vain, jusqu'à épuiser l'autonomie de l'appareil. Ce soir-là, ils étaient rentrés à Daneborg la jauge presque à plat.

– Vous faites quoi ? Vous repartez à Copenhague ? lui avait demandé le commandant Bornberg au saut de l'hélico.

– Certainement pas. Pas tant que j'ignore où sont passés *vos* séminaristes.

Le directeur Jacobsen, ou l'art de faire porter aux autres les responsabilités qui lui incombaient. Car la vérité, c'est qu'il n'imaginait pas se présenter devant Alexander Kollman sans preuve que les membres de la SPA avaient survécu à sa cabale.

S'était ensuivie une drôle de cohabitation entre les deux officiers, faite de simagrées, de piques bien senties et, plus que tout, d'évitement. Le quartier général de la patrouille Sirius était assez vaste pour qu'ils ne se croisent guère qu'au moment des repas.

Dès le lendemain, Jacobsen avait contacté le service des écoutes de Niels Brocks Gade, exigeant un bornage immédiat des portables de tous les membres du trek. Sur le moment, la triangulation n'avait produit aucun résultat. Il lui fallut patienter quatre jours de plus avant que le technicien mandaté ne revienne vers lui avec de quoi étancher son impatience. Et, plus troublant encore, avant qu'il ne reçoive lui-même cet étrange appel.

– Sara ?! Vous êtes où, nom de Dieu ?! Qu'est-ce que vous…

Mais sa correspondante raccrocha, lui coupant la chique. Il rappela aussi sec, mais la ligne basculait sur la boîte vocale. Au moins tenait-il des coordonnées : 72.579689 de latitude, et -38.4604051 de longitude. Il les saisit dans l'application GPS de son mobile, et n'en crut pas ses yeux. La station Summit ! Le fin fond du trou du cul de l'inlandsis. Le sommet du Groenland. Et l'un des spots les plus inhospitaliers de la planète. Pour ainsi dire inaccessible sans ailes ou sans rotor. Comment Adriensen et ses invités avaient-ils pu dériver aussi loin à l'intérieur des terres ?

Moins d'une demi-heure après avoir reçu ces informations, Jacobsen embarqua de nouveau dans le Sikorsky, direction la base scientifique américaine, houspillant son pilote pour que celui-ci pousse l'engin jusqu'à ses limites. Moyennant quoi, il ne leur fallut que cinq heures, au lieu des six à sept estimées, pour rallier Summit et se poser sur cette piste aménagée à cinq cents mètres au nord-ouest du site.

L'impression fantomatique que lui procurait la station depuis sa périphérie se confirma lorsqu'il rallia seul les premières installations – des réservoirs de carburant, semblait-il.

– Attendez-moi ici et tenez-vous prêt à redécoller d'une minute à l'autre, avait-il ordonné en quittant l'hélico, sa parka rouge sur le dos.

On eût dit une version polaire de ces villages abandonnés du far-west américain. Le gommage des contours, estompés par le blizzard, en prime. Des silos et des containers, quelques baraques préfabriquées, une sorte de campement de tentes vides, mais surtout pas la moindre trace de présence humaine à l'extérieur.

Par près de –50 °C, cela se justifie, songea-t-il en sentant le froid aussi dense et dur qu'un mur heurter son visage. À chaque mouvement, une claque glacée. Il n'était pas là depuis deux minutes, et lui aussi rêvait déjà de fuir cet enfer pour se réfugier au chaud. Mais un détail qu'il n'avait pas remarqué jusque-là le saisit soudain. Dans aucun des édifices qu'il pouvait distinguer dans ce paysage uniforme ne brillait la moindre lueur. Aucune lumière n'était allumée nulle part. Dormaient-ils tous ? Il n'était pas si tard, autour de 20 heures selon sa montre. Plutôt l'heure du dîner que du roupillon.

Malgré le manque criant d'éclairage, il déambula au cœur de ce hameau si singulier et ne tarda pas à repérer un préfabriqué un peu plus grand et avenant que les autres, de couleur verte. Le VTT stationné au pied de l'escalier, la clochette accrochée à la porte, les décorations collées aux fenêtres, tout indiquait qu'il ne s'agissait pas d'un bâtiment technique, mais bien d'un logement.

– *Hej*[1] ? Il y a quelqu'un ? lança-t-il en pénétrant dans le vestibule encombré de bottes et de raquettes, sur un ton qu'il voulait désinvolte.

Mais son appel ne rencontra aucun écho. Une pénombre grise régnait dans le petit édifice. Le lieu avait beau être plutôt chaleureux, il en émanait une forme de désolation, de tristesse, même. La température y était certes moins glaciale qu'au-dehors, mais il ne perçut pas le choc thermique qu'il escomptait.

Ce qui le frappa en débouchant dans la pièce principale – un réfectoire, manifestement – était d'une tout autre nature : trois corps inanimés, allongés à même le lino, dans des postures grotesques qui attestaient d'une perte de conscience et d'une chute brutale. De leurs bouches

---

1. « Salut », en danois.

338

entrouvertes s'échappait un filet de bave épaissi de débris alimentaires. Une flaque trouble constellait le sol devant chacun d'eux.

Lui que rien n'ébranlait, il était si choqué qu'il ne contrôla même pas le pouls des victimes, deux hommes et une femme, tous dans la force de l'âge. La seule chose qu'il releva, c'est qu'aucun de leurs visages ne lui était familier.

Le cœur au bord des lèvres, Jacobsen ressortit, un peu chancelant. Il marcha d'un pas lourd à travers la station. Il ne savait plus où poursuivre son inspection. Dans le bleu du soir et sous leur voile de neige fraîche, tous les bâtiments se ressemblaient. D'instinct, il opta pour le plus massif et le plus proche d'entre eux, un cube de tôles flanqué d'une sorte de gros compresseur. *Cold Storage 1*, indiquait un panonceau métallique.

Une chambre froide ?!

L'incongruité d'un tel dispositif à cet endroit lui tira un rire nerveux. Soulevant la clenche en acier, il déverrouilla la porte et l'entrouvrit. Son œil ne perçut qu'un noir absolu, mais son nez capta les remugles caractéristiques de chairs en décomposition.

Il recula de deux pas.

Le scénario qui se dessinait sous ses yeux dépassait ce qu'il pouvait concevoir de plus absurde : dans l'un des lieux les plus gelés de la planète, ces hommes et femmes étaient probablement morts d'une intoxication alimentaire due à une rupture de la chaîne du froid, conséquence probable de pannes de courant répétées – comme celle qui frappait le site à l'instant même. Les décongélations et recongélations successives de denrées carnées avaient sans doute favorisé la prolifération de bactéries très virulentes. Il n'était pas spécialiste de la chose, mais il en savait assez pour comprendre de quelle manière celles-ci pouvaient terrasser des organismes humains pourtant solides.

Dominant son dégoût, il rouvrit le frigo ridicule et entra à l'intérieur, son mobile en mode torche au poing. Le spectacle qui l'accueillit était plus abject encore que ce qu'il avait anticipé. Dans un grand bac-coffre muni d'un couvercle vitré gisaient deux corps entrelacés. Leurs vêtements lacérés portaient des traces de sang figées et néanmoins bien visibles.

Sous la couche de givre qui laquait l'un des visages, celui d'une femme, il devina des traits qui le laissèrent sans voix.

Sara...

Quant à l'homme, tatoué d'un fusil d'assaut à la base du cou, toute la partie inférieure de son visage semblait avoir été arrachée. Sa bouche ainsi élargie béait plus que de raison. Comme un masque brisé.

À l'aide de son Smartphone, Jacobsen immortalisa chacun d'entre eux à la va-vite. Puis il sortit en trombe, s'agenouilla et déversa aussitôt le contenu de son estomac à même la glace, en longs spasmes qui soulevaient ses viscères par vagues successives.

Copenhague

Brenner s'attendait à une sérieuse opposition, mais tout de même pas à un tel déluge de balles. Les bikers avaient ouvert le feu dès que ses camarades et lui avaient poussé la porte à l'arrière de l'entrepôt. Celle qu'avait empruntée l'homme à la Barbie quelques jours plus tôt. La mitraille était si nourrie que gravir les marches conduisant au premier palier se révéla mission impossible, au moins jusqu'à ce que l'un des retraités ne dégotte une plaque en fonte en guise de bouclier.

Ils nous attendaient. Je ne sais pas comment ils ont fait, mais ils savaient qu'on arrivait pour Lynn.

L'affrontement se poursuivit bientôt au premier étage, dans une sorte de vestibule semi-ouvert, dépourvu de portes. Retranchés derrière un épais mur de briques, les AK canardaient à tout va. Ils paraissaient ne craindre ni pour leur vie, ni pour celle de l'enfant qu'ils détenaient. Ce n'était pas les meilleurs tireurs de la terre, mais leur rage impressionna les assaillants.

– Tu vois la gosse ? demanda l'un des acolytes de Brenner entre deux salves.

– Non. Ils ont dû la planquer derrière. Peut-être même à un autre niveau.

Combien pouvait-il y avoir de pièces dans un bâtiment aussi gigantesque ?

Ils bataillaient depuis une bonne dizaine de minutes, cris, odeurs de poudre, quand le hululement lointain de plusieurs sirènes s'invita dans le concert de détonations. Aussi grotesque qu'un tintement de triangle au milieu des cymbales.

Manquaient plus que les collègues.

Le voisinage avait beau être très restreint – les résidents des bateaux de plaisance, à trois ou quatre cents mètres de là – quelqu'un avait dû sonner l'alarme, inquiété par leur pétarade.

À un moment, un incendie dut se déclencher quelque part car les sprinklers se mirent à cracher, cascade aussi soudaine et drue qu'une pluie tropicale. En quelques instants, ils furent trempés. L'événement doucha aussi la furie meurtrière des bikers, juste quelques secondes avant qu'elle ne reparte de plus belle.

Karl ne sentit la douleur foudroyante déchirant son épaule gauche qu'une fois à terre, baignant dans le jus brunâtre qui tapissait le sol en béton brut. Lorsqu'il vit quelques gouttes de sang s'y diluer, il comprit qui était celui d'entre eux qui beuglait comme un porc.

Lui. Karl Brenner. Officier retraité de la Criminelle. Démissionnaire d'un poste de directeur avant même de l'avoir endossé. Et piètre libérateur. Sa dernière pensée fut de chercher à quel film de siège un tableau aussi pitoyable pouvait faire référence.

Alamo ? Les Sept Samouraïs ? Rio Bravo ? Il ferma les yeux avant d'avoir tranché.

Summit

Arne Jacobsen divaguait encore entre les baraquements de la base, sonné par sa découverte, quand la réponse lui parvint, d'une double vibration sur son Smartphone.

Milo Arrensen, AK81.

Le SMS renvoyé par le technicien de Niels Brocks Gade lui parut d'une sobriété louable. À l'image de sa requête, adressée un quart d'heure plus tôt, jointe à la photo du crâne en miettes :

Qui est cet homme ?

La Fourmi se montra même agréablement surpris de constater que les algorithmes de reconnaissance faciale étaient capables d'effectuer une analyse si rapide à partir d'un faciès aussi détérioré. Ce n'est que dans un second temps qu'il mesura la teneur exacte de cette annonce.

Sara Kaspersen était morte en compagnie d'un membre du fameux gang de motards. Et ceux qui avaient récupéré leurs dépouilles avaient semble-t-il jugé judicieux de les associer pour l'éternité.

Voilà qui expliquait l'absence de manifestation de son infiltrée, quasi injoignable ces deux dernières semaines. De même que la mort de Jonas Horason, détourné à sa descente d'avion à Kangerlussuaq. Sans compter les multiples menaces qui pesaient depuis le premier jour sur ce séminaire SPA à l'issue désastreuse.

Il n'envisageait qu'une explication plausible à une telle déconfiture : Sara s'était sans nul doute fait retourner par Arrensen et les siens. De taupe, elle était devenue agente double. Une traîtresse, en somme.

Alors comment ? Et pour quel motif ? De ce qu'il connaissait de la jeune femme, il ne pouvait l'imaginer adhérant à l'idéologie délétère du clan en question. Pas au point de tuer pour lui, et surtout, plus maintenant. Certes, étant jeune, elle avait fréquenté les rangs de la faction rivale, celle des Hells Angels. Mais tout cela était si ancien, désormais. De son propre aveu, cet engagement de nature romantique n'était qu'une erreur de jeunesse. Un aveuglement comme les adolescents en connaissaient tous – sauf Jacobsen –, pétri d'idéaux stupides et saupoudré d'amourettes. Le chemin de sa rédemption, passé par l'académie de Brøndby puis par Niels Brocks Gade, était à l'opposé exact de telles errances.

Droiture, rigueur, loyauté. Et cette efficacité exemplaire qui l'avait propulsée sur le devant de la scène policière, et sous son propre scope de directeur de la police judiciaire.

Ses pas le guidèrent jusqu'au second pôle d'habitation du camp. Cet édifice-là, de couleur bleue, était coiffé d'un globe blanc, houssé de neige. Le dôme immaculé attirait le regard de loin. *Big House*, indiquait l'affichette fixée à la balustrade du perron. Fallait-il en déduire que cette bâtisse était la plus peuplée ?

Pourtant, le même silence et la même obscurité macabres s'y étaient abattus. Dès le seuil franchi, il y observa un désordre plus important encore que dans la maison verte. Pas vraiment des traces de lutte, plutôt les effets d'un mouvement de panique : chaises renversées, plats et assiettes tombés sur le sol, empreintes de mains souillant les murs.

Le réfectoire était un peu plus grand que la précédente « scène de crime » et, comme si ce carnage respectait une forme de logique, le nombre de corps y était plus important. D'un rapide survol, il en dénombra six. Le premier groupe était celui du Politigarden : Qaanaaq Adriensen, Apputiku Kalakek, et cet agent métis qu'il n'avait vu qu'en photo, Søren quelque chose. Le deuxième paquet réunissait les trois derniers membres actifs de la SPA : Emet Girjas, Niko Mäkinen, et la célèbre Camilla Feg, auréolée de blondeur et de vomi.

Un instant, un instant seulement, Jacobsen envisagea de les faire disparaître. De les déclarer perdus sur l'inlandsis. Mais il renonça aussitôt à ce projet. Comment aurait-il procédé, de toute façon ?

On ne parlait pas d'un unique corps malingre à escamoter, cette fois, mais bien de six hommes et femmes adultes. Des policiers de premier plan et que leurs gouvernements respectifs n'abandonneraient pas sur un simple compte rendu, même signé de sa main.

Lassé par ce spectacle, il ressortit de la Big House, préférant encore le froid à l'horreur.

– Bornberg ? dit-il dès que son correspondant décrocha. Jacobsen. Je suis à Summit. J'ai besoin d'un deuxième hélico sur place, grande capacité, type Bell 212. Le plus vite possible.

– Pourquoi ?

– Et aussi d'une dizaine de sacs mortuaires, ajouta-t-il dans la foulée.

Sa liste d'emplettes jeta un blanc.

– Pardon ?

– M'obligez pas à répéter, vous m'avez très bien entendu. On a huit à dix victimes au minimum. Sans doute plus que ça. Et je ne compte même pas vos hommes ; je n'ai pas encore mis la main dessus.

– Mais qu'est-ce que... ? bafouilla l'autre.

– Merde, Bornberg, réveillez-vous ! On est dans le même bateau, vous et moi. Sans votre idée de trek à la noix, notre séminaire n'aurait jamais viré à l'hécatombe.

– Qu'est-ce qui s'est passé, bon sang ?!

– Peu importe. Ce qui compte maintenant, c'est la version « officielle » qu'on va servir à nos hiérarchies respectives. En attendant, pas un mot à vos chefs à Holmen. De même que je ne dirai rien pour l'instant au directeur Kollman.

– D'accord, d'accord.

– Alors secouez-vous.

Jacobsen laissa filer une nouvelle pause, avant de préciser, la voix étreinte :

– Vous savez, Adriensen et les autres, toute sa bande de bras cassés du Politigarden, j'essayais juste de les mettre sur la touche. De les empêcher de nuire. Je n'ai jamais voulu que ça finisse comme ça.

– Oui, bien sûr, répondit Bornberg, sans conviction.

La conversation s'achevait à peine quand la Fourmi releva les yeux vers le préfabriqué fatal.

En haut de la volée de marches, portable en main, Qaanaaq le filmait. Un Qaanaaq Adriensen aussi vivant que lui. Jacobsen n'eut pas le temps d'ouvrir la bouche que déjà les autres « intoxiqués » apparaissaient à leur tour sur le perron. Ceux de la SPA et ceux du Politigarden. Ils se mirent à l'applaudir de concert. Un vrai bal des morts-vivants. Un clap-clap retentit dans son dos. Il se retourna, effaré. Elle se tenait là, à une dizaine de mètres environ. Sara Kaspersen, ou ce qui pouvait s'en rapprocher de mieux. Livide, mais ressuscitée. Revenue de son congélateur et d'entre les morts.

Copenhague
– Lynn ? Lynn, tu es là ? C'est la police. On est des amis de ta maman, tu n'as plus rien à craindre. On va te ramener chez toi, c'est promis. Lynn !

Traversant l'enfilade de pièces vides, immenses et détrempées, Brenner hurlait à tout rompre, une main pansant tant bien que mal son épaule blessée. Son étourdissement n'avait pas duré très longtemps. Il reprit ses recherches aussitôt sur pied.

Il déboucha sur une sorte de salon équipé d'un canapé d'angle, d'une table basse et d'un immense écran plat. Des restes de pizzas et des cannettes de soda vides traînaient un peu partout. Çà et là, des mouchetis de sang prouvaient que des AK avaient été touchés, eux aussi.

Mais il eut beau appeler et appeler encore, le hangar abandonné par ses bikers ne résonna d'aucune voix d'enfant. Pas plus à cet instant que lorsque les flics officiels, après avoir maîtrisé les assaillants – les papis flingueurs n'opposèrent aucune résistance – fouillèrent à leur tour les moindres recoins de la bâtisse.

La petite Kaspersen avait-elle jamais été là ? La Barbie aperçue par Karl était-elle destinée à une autre fillette ? Aucune réponse. Juste des douilles, de l'eau, et cette odeur âcre de l'hémoglobine et des combats perdus.

50

[IMG _0837.jpg / 16 février 2022 / 20 h 41 / Arne Jacobsen au pied de la Big House, station Summit]

— Vous pensiez vraiment vous en tirer avec votre petite mascarade ?! cria Jacobsen, parti dans les aigus. Vous rêvez, mon vieux ! C'est pas le KIT[1], ici ! C'est pas Halloween !

La tête rentrée dans les épaules, sa capuche abaissée, il tremblait de tout son corps, sans qu'on sache si c'était un effet de la température ou d'une extrême fébrilité.

Qaanaaq avait coupé l'enregistrement de la scène et, à présent, tous les rescapés encerclaient le patron de la police judiciaire. Sans son bureau et sa cravate, sans son horloge suisse et les ors de Niels Brocks Gade, l'autorité d'Arne Jacobsen ne se résumait plus à grand-chose. Poussière d'ego dispersée dans l'immensité.

Personne ne le craindrait plus désormais. Pas plus dans ce désert glacé qu'à Copenhague. Il n'était plus que ce petit homme sec, acculé, piaillant une vaine défense de sa voix de crécelle :

— Vous ne m'avez pas laissé le choix, lança-t-il à l'adresse d'Adriensen. Vous le savez aussi bien que moi, Qaanaaq :

---

1. Københavns Internationale Teater, ou KIT, principale scène théâtrale de Copenhague.

347

je ne pouvais plus vous laisser gérer votre équipe n'importe comment !

Appu intervint, prêt à sauter à la gorge de la Fourmi :

– À moi, elle me semble très bien gérée, son équipe.

– Vous plaisantez, j'espère ? Les dossiers couverts sans autorisation ! Les petits arrangements dans mon dos ! Les hélicos qui plongent dans la banquise et les victimes collatérales comme s'il en pleuvait[1] ! Vous appelez ça une bonne gestion ? Sans oublier les hallucinations de *monsieur* et ses autres délires !

– J'appelle ça le Groenland, répliqua-t-il du tac au tac, dans un danois pour une fois exemplaire. Tout simplement le Groenland. Et si vous vous intéressiez un peu plus à ce pays et un peu moins à vos statistiques, vous sauriez qu'on n'est pas flic ici comme on l'est dans les rues de Copenhague. Alors oui, ça déborde parfois un peu du cadre. Et non, ça ne s'apprend pas dans un manuel à Brøndby. C'est juste *notre* réalité. Et, si vous voulez mon avis, il serait peut-être temps que ceux dont nous dépendons la prennent en compte.

Quand il eut fini sa diatribe, tous les visages affichaient une même approbation silencieuse. Le plaidoyer sous-jacent pour l'indépendance groenlandaise n'échappa pas aux Inuits présents, Massaq et Søren en tête. Niko et Emet eux aussi paraissaient partager les propos d'Apputiku. Dans leur pratique policière, les particularismes régionaux n'étaient pas en reste. Et, chacun à leur manière, il leur fallait défier chaque jour leur hiérarchie pour être en mesure d'accomplir leur mission.

Qaanaaq fit mine de s'approcher de Jacobsen, mais celui-ci dégaina son HK USP[2] de sous sa parka. Il l'agita avec la maladresse de celui qui n'a pas tenu d'arme depuis longtemps.

– N'approchez pas !

1. Références aux événements de *Qaanaaq*, *Diskø* et *Nuuk*.
2. Modèle compact de l'armurier allemand Heckler & Koch, arme de service officielle de la police danoise.

Il balayait l'espace devant lui, tenant tour à tour en joue ceux qui l'entouraient.

– Restez où vous êtes, je vous dis ! Vous m'avez entendu, Adriensen : vos sacs mortuaires sont en route. Alors ne m'obligez pas à les remplir.

Qaanaaq avançait toujours, résolu. Et chacune de ses vieilles blessures, vibrante d'émotion, lui rappelait pourquoi il importait de faire taire Jacobsen une fois pour toutes. Ici. Loin de Copenhague et de ses lois. L'inlandsis pour seul juge.

Soudain, un premier coup partit vers le ciel blanc, figeant tous les protagonistes. Puis un autre dans les confins du camp – le *ploc* mat de la balle sur un pan de tôle s'entendit d'un bout à l'autre de la station. Au moment de son troisième tir, la Fourmi paraissait ne plus rien maîtriser, en proie à une forme de panique. Il manqua lâcher le pistolet, puis son doigt gelé s'agrippa à la détente comme à une bouée. La détonation résonnait encore dans la brume obscure quand Lotte s'écroula.

– Non ! Lotte, non ! hurla Niko en se jetant sur elle.

Durant quelques secondes, la confusion générale provoquée par cet incident profita au tireur. Le rideau humain autour de Jacobsen se déchira, et il se glissa dans la faille. Déjà, il courait à toutes jambes en direction de l'héliport. Ombre mouvante dans le tableau bleuté.

Molsen, qui se tenait en marge de leur étrange cénacle, brandit son Glock 20 en direction du fuyard, prêt à faire feu. Voilà que le sévère capitaine de la Sirius choisissait un camp – ou, peut-être, juste un pays. Mais la poigne ferme de Qaanaaq le retint.

– Pas comme ça. C'est tentant, mais pas comme ça. Il y a de bien meilleures manières de le punir.

Ceci dit, il se lança aussitôt à la poursuite du fugitif. La silhouette de ce dernier se fondait peu à peu dans la nuit. Par chance, il n'avait ni la puissance ni l'endurance de son poursuivant. Et en dépit de sa patte folle, souvenir d'un temps où il obéissait encore aux ordres de la Fourmi, Qaanaaq ne tarda pas à le talonner.

Slalomant entre les baraquements, ils filaient à travers la base mais de moins en moins vite, leurs pieds comme aspirés par la couche de neige fraîche. Les deux hommes ahanaient telles des bêtes. Comme ils passaient à proximité d'un vieil attelage sans chiens, relief de pratiques anciennes, Qaanaaq attrapa un trait de nylon à la volée.

Sans marquer de pause, il bricola une sorte de lasso qu'il fit bientôt tournoyer dans l'air, cow-boy des glaces. Lorsqu'il le projeta vers sa cible, la boucle siffla, tel un fouet.

Le premier essai s'égara sur le tapis blanc, mais dès le second jet, le piège se referma sur la botte de son patron. Il n'eut plus qu'à tirer de toutes ses forces, ses deux mains dénudées cisaillées par le câble. Ce fut presque trop simple. Jacobsen chuta d'un coup, son visage plongeant vers le sol gelé avant qu'il n'ait le temps d'interposer ses mains.

À quelques pas de là, stationnait l'une des motoneiges Arctic Cat qui avaient secouru le trek deux jours plus tôt. Encore essoufflé mais galvanisé par ses douleurs présentes et passées, décidé à laver toutes les humiliations subies, Qaanaaq traîna son fardeau à demi inconscient jusqu'au véhicule.

Constata avec satisfaction que la clé était insérée dans le contact.

Lia l'extrémité libre de la corde au garde-boue arrière – deux nœuds, pour être sûr.

Enfourcha l'engin sans une once d'hésitation.

Alluma le moteur, enclencha la première vitesse, mit les gaz.

Partit en trombe sur la glace, grisé par le vent et la vitesse, le paquet humain dans son sillage. Sourd aux hurlements qui s'élevaient derrière lui.

Ivre de cette vengeance que réclamaient les siens, et toutes les Sara Kaspersen de la Terre.

51

[IMG _0855.jpg / 16 février 2022 / 21 h 11 / Déclenchement involontaire, image sombre et illisible]

L'attelage morbide s'effaçait dans la nuit de l'inlandsis, point pétaradant fuyant sur l'horizon, plus petit et silencieux à chaque seconde. Sous peu, il ne serait guère plus consistant qu'un cristal de neige ou qu'un souvenir.

Au moment où la course-poursuite s'était engagée, personne parmi le groupe des trekkeurs n'avait réagi. Mais en quelques secondes, chacun s'était fait son avis.

Il y avait ceux qui cautionnaient ce déchaînement de violence, regrettant même, pour certains, de ne pas en avoir pris l'initiative, ou de ne pas y participer.

Il y avait ceux, prudents, qui préféraient se tenir à distance, incertains quant à l'issue de cette folie – Dieu seul savait de quelles représailles Jacobsen était capable s'il s'en sortait vivant.

Et puis il y avait la majorité effarée. Tétanisée. Ceux qui ne comprenaient pas ce qui se déroulait sous leurs yeux, qui ne reconnaissaient pas le Qaanaaq pondéré qu'ils avaient côtoyé tout ce temps. Comment avait-il pu basculer dans cette sauvagerie ? Piéger le patron de la police judiciaire danoise pour le contraindre à avouer ses torts, passe encore. Mais le torturer, vraiment ?!

Les traits tirés, son regard noir perdu dans le lointain, Massaq, la fausse Sara de leur mise en scène, ne cachait pas son désarroi. Rien de bon, elle le savait, ne pouvait sortir d'une telle fureur. Rien qui ne pût plaire à *Nuna*...

Sans se concerter, Appu et Emet se dirigèrent d'une même foulée vers une autre Arctic Cat, garée à proximité. Sur celle-ci aussi, la clé était restée fichée dans le contact – sans doute un moyen de prévenir le gel en cas de démarrage urgent. Sous les cris de leurs compagnons qui, remis de leur stupeur, se précipitaient vers Lotte, l'Inuit prit d'autorité les commandes et le Sami grimpa à l'arrière. Comme sa devancière, la motoneige partit au quart de tour puis fila hors du campement. Droit vers Qaanaaq et Jacobsen, ou plutôt vers ce qu'il restait d'eux sur cette étendue uniforme, à peine plus qu'une tête d'épingle dansant dans l'obscurité. Le repère le plus fiable était ce sillon creusé par la chenille, dans lequel ils s'engouffrèrent sans hésiter.

Lors de leur arrivée à Summit, épuisés par les jours d'errance et de privation, ils n'avaient pas mesuré à quel point le sommet de la calotte glaciaire était cabossé. Mais à présent, rebonds et crevasses surgissaient ou se dérobaient tour à tour sous leurs patins, les secouant comme des sacs, menaçant à chaque instant de renverser leur engin. Il fallait à la fois foncer pour rattraper l'autre véhicule, et maîtriser leur trajectoire pour éviter les obstacles les plus dangereux, sans compter bien sûr ceux qui se dérobaient à leur regard, enveloppés de neige fraîche.

– Attention ! vociféra Emet à plusieurs reprises, désignant telle faille ou tel sérac.

Au sein de la police des rennes norvégienne, cela faisait au moins trois décennies qu'il sillonnait les hivers lapons sur ce genre de monture. Il en avait traqué, des fugitifs. Et pas que des animaux égarés.

Ils n'étaient partis que depuis quelques minutes lorsqu'un voile blanc s'ajouta aux ténèbres, brouillant un peu plus leur perception. Dans le faisceau du phare avant, des flocons lourds voletaient, de plus en plus gros, de plus en plus denses, plaqués sur le sol par des rafales déchaînées. *Du blizzard.* Encore et toujours. Réfugiés dans le confort relatif de la base, ils en avaient oublié les rigueurs de l'inlandsis. Le souffle mugissait de toutes ses forces face à eux. Mur de vent et de glace.

– Je les vois, ils sont là ! hurla le Sami.

À une cinquantaine de mètres environ, sur leur gauche, l'équipage qu'ils pourchassaient gisait sur le flanc. Un hummock sournois avait eu raison de la motoneige échouée comme un animal blessé, son moteur hoquetant par saccades. Jacobsen, reconnaissable à sa parka rouge, reposait non loin, sur le dos. Gémissant et inerte.

Mais leur regard fut happé par une autre silhouette, celle de Qaanaaq. Debout devant son patron livré à sa merci. Une sorte de barre métallique entre les mains.

Un *tuut*[1] !

D'un mouvement lent, solennel, il dressa l'objet au-dessus de sa tête, prêt à abattre sa pointe affûtée sur sa proie. Il paraissait attendre que le blizzard lui souffle l'ordre d'accomplir son rituel. Une forme de noblesse émanait de ce sacrifice suspendu. De cette liturgie barbare.

– *Sorrargit*[2] *!* s'écria Appu depuis son engin. Ne fais pas ça !

Sautant à bas de sa machine encore vrombissante, il se rua sur son ami. Il tenta d'abord de le désarmer, en vain. Les deux mains nues de Qaanaaq semblaient soudées à l'acier, par le froid intense ou la colère immense. Peut-être les deux.

– Lâche-le... *Illali*[3], supplia-t-il de nouveau, d'abord d'une voix douce, puis de plus en plus fort.

Pris d'une sorte de frénésie, il se mit à gifler Qaanaaq, une fois, deux fois, puis sans s'arrêter. Des coups sans haine, des coups pour le sauver.

---

1. Sorte de grand pic à glace destiné à sonder la banquise.
2. « Arrête ! » en kalaallisut.
3. « Je t'en prie », en kalaallisut.

– Un Inuk ne fait pas ça ! Tu m'entends : un Inuk ne tue pas un homme à terre, même s'il le mérite !

Les coups cessèrent. Un peu sonné, Qaanaaq parut sortir d'un songe, le regard vide, les lèvres tremblantes. Comme par magie, le *tuut* lui échappa et tomba sur la glace, à quelques centimètres à peine du visage terrorisé de Jacobsen.

– Un Inuk ? Parce que maintenant, je suis un Inuk ? dit-il, entre fureur et hébétude.

« Tu veux devenir un véritable Inuk, un Groenlandais qui respecte le pacte de notre peuple avec *Nuna*, ou tu préfères rester une saleté de colon ? » Ces mots prononcés par Apputiku près de deux semaines plus tôt au moment de partir chasser l'ours, ces mots si durs le hantaient toujours.

Un silence s'immisça dans le vacarme des bourrasques.

Emet les avait rejoints. Quant à la Fourmi, profitant de cette intervention miraculeuse, il rampait déjà à quelques pas d'eux, le visage tuméfié, plusieurs filets de sang givrés zébrant sa peau bleuie. La gaucherie de ses gestes trahissait l'état déplorable de ses membres, sans doute victimes de nombreuses contusions. On ne rebondissait pas impunément sur la glace et sur de telles distances. Il n'irait plus très loin, désormais.

– Tu l'as été dès l'instant où tu as posé le pied sur le tarmac de Nuuk, reprit Appu, à nouveau calme. Il y a quatre ans.

La scène revint à Qaanaaq, aussi vivace qu'au jour dit.

La face lunaire d'Appu. Son danois approximatif. Cette dégaine échappée d'un film comique. Si on lui avait prédit alors que cet homme deviendrait son meilleur ami, sans doute ne l'aurait-il pas cru. On était bien loin de Karl Brenner, de ses airs de Columbo hipster et de sa culture de cinéphile.

– Tu l'as été dès que tu as pris le parti de ce pays plutôt que de tes propres intérêts. Dès que tu as considéré les menaces qui pèsent sur *nous* avec autant de sérieux que tu l'aurais fait à Niels Brocks Gade.

Il était vrai que sa morgue initiale passée, il n'avait jamais envisagé sa mission au Groenland comme un job au rabais, mettant autant de passion dans ses enquêtes sur place, des corps déchiquetés du Primus aux suicidés d'Uummannaq, qu'il en avait mis aux côtés de Karl. Peut-être même plus. À l'émulation d'un binôme avait succédé la solidarité d'une équipe complète. À l'effervescence urbaine, les mystères insondables de ces immensités.

Inuk, il l'avait été dans sa joie des *kaffemiks* au Politigarden, dans ses innombrables déplacements à travers le pays, mais aussi dans sa douleur de perdre CR7. Ou, plus cruellement encore, quand il avait vu sa mère biologique, Pipaluk, s'évanouir sous la surface de la banquise[1]. Il était arrivé au Groenland plein de certitudes, et il n'avait cessé depuis de soulever des questions, les seules qui valaient vraiment, celles qui concernaient son passé et son identité.

Inuk il l'était devenu enfin et une fois pour toutes en épousant Massaq, en lui donnant ce fils, Bodil, en préférant pour eux les faubourgs de Nuuk à ceux de Copenhague.

Être un Inuk, c'était élire une terre, *cette* terre. Et ce choix, ce choix viscéral, Appu avait raison, il l'avait fait depuis longtemps déjà. Sans retour possible.

Soudain, Qaanaaq s'effondra, ses deux genoux plantés dans la neige, le visage penché vers la terre de ses ancêtres, comme abîmé dans la prière. Des larmes gelaient doucement sur ses joues.

– Ça y est, alors ? demanda-t-il à mi-voix, comme si le sens de sa question allait de soi.

Appu comprit. En guise de réponse, il offrit à Qaanaaq son désarmant sourire. Sans doute parce qu'il n'y avait, chez cet homme-là, pas meilleure façon d'ouvrir grand les bras.

1. Voir *Nuuk*.

52

[REC _16022022-18.mp3 / 16 février 2022 / 21 h 30 / Enregistrement audio réalisé par Emet Girjas]

[Rafale de blizzard, bruit sourd dans le micro]

AJ :... Vous pensez vraiment vous en sortir comme ça ?! On se congratule entre péquenauds et on continue ses petites magouilles comme si de rien n'était ?

QA : Sérieux ? C'est vous qui me parlez de magouilles, Jacobsen ?

AJ : Directeur Jacobsen !

QA : Non, figurez-vous. Plus depuis quelques jours.

AJ : Pardon ?

QA : Kollman a enfin repris ses esprits et nommé Karl Brenner à votre place. Vous n'êtes plus directeur de la police judiciaire danoise. La nouvelle n'a pas encore circulé à Niels Brocks Gade, mais ce n'est plus qu'une question de jours, peut-être même d'heures.

AJ : Brenner ?! C'est une blague ? Si c'est une blague, elle est de très mauvais goût.

QA : Vous n'avez qu'à appeler votre patron, ou plutôt votre ex-patron, si vous ne me croyez pas.

AJ : Mais je le ferai dès que j'aurai du réseau, je le ferai. Et je mettrai un terme définitif à vos méfaits, Adriensen, vous pouvez en être sûr. Vous pensiez sincèrement vous en tirer en me cachant la mort d'un membre de la SPA ? Quand le ministère de l'Intérieur islandais connaîtra les détails de ce qui est arrivé à Jonas Horason, ça va faire du bruit bien au-delà de nos frontières. Et quand ils réclameront une tête, je me ferai un plaisir d'offrir la vôtre sur un plateau.

QA : Et vous, vous pensiez sincèrement mettre sa disparition en scène sans que je m'en aperçoive ?

AJ : Jusqu'à preuve du contraire, je gère mes services comme je l'entends.

QA : Quitte à mettre vos troupes en danger de mort ? Quitte à sacrifier les enfants de vos meilleurs agents ? Super gestion, dites-moi !

AJ : Les enfants ? De quoi vous parlez ?

QA : Lynn Kaspersen, la fille de votre infiltrée, Sara Kaspersen, ça ne vous dit rien ? L'AK81 la retient depuis près de deux semaines dans un hangar de Refshaleøen, pour faire chanter sa mère.

AJ : C'est pour ça que...

QA : Oui, c'est pour ça que Sara n'a eu d'autre choix que de devenir le bras armé de l'AK dans notre séminaire. Chaperonnée par Arrensen. Et si vous vous souciiez plus de faire votre job que de planter vos propres équipes, vous l'auriez vu venir. On n'en serait pas à compter les housses mortuaires.

AJ : Je ne vais pas en rester là, vous savez. Je vais porter plainte contre vous et votre bande de décérébrés. C'est *vous* qui aviez la charge des membres de la SPA sur le terrain. Vous et vous seul !

QA : Mais qu'est-ce que je vous ai fait, nom de Dieu ? Pourquoi vous vous acharnez sur moi comme ça ? Ça ne vous a pas suffi de m'éloigner ici ? De me retirer mon poste quand ça vous chantait ? De m'infliger toutes ces humiliations : le séjour en prison[1], la tournée inutile, l'obligation de soins psys[2] ?

1. Voir *Diskø*.
2. Voir *Nuuk*.

AJ : Dit le type qui confond ses cauchemars et la réalité…

QA : Faites très attention à ce que vous dites !

AJ :… et qui croit parler à sa mère morte ! Ah ah ! Un cinglé qui pense être dans son bon droit. Voilà ce que vous êtes, Qaanaaq !

[Nouvelle rafale de blizzard qui masque leurs propos quelques instants]

QA : Je vous interdis de parler de Flora. Laissez-la où elle est.

AJ (plus calme) : Croyez-moi, je préférerais. Mais ce n'est pas si simple.

QA (après un temps) : Comment ça ?

AJ : Si vous saviez quel rôle j'ai joué pour vous et votre famille, vous seriez plus enclin à me remercier qu'à me hurler dessus.

QA : Un rôle ? Quel rôle ?

AJ : Vous saviez qu'on formait un sacrément bon binôme, Flora et moi, à nos débuts à NBG. Une vraie machine de guerre contre le crime.

QA : On m'a dit, oui. Mais quel rapport avec moi ? Vous voulez vous venger du fait qu'elle a plus pris la lumière que vous ? Flora Adriensen, la légende, et Arne Jacobsen, son factotum resté dans l'ombre ? Vous déversez sur moi plusieurs décennies de jalousie et de frustration, c'est ça l'idée ?

AJ : Oh non. C'est même plutôt le contraire. Je vous ai rendu un service inestimable. D'ailleurs, c'est simple, sans moi, vous ne seriez pas le flic que vous êtes aujourd'hui – aussi imparfait soit-il. Vous ne seriez pas le même homme.

QA : *For Guds skyld*, Arne ! Arrêtez de tourner autour du pot et expliquez-vous.

AJ : Notre association magique s'est arrêtée brusquement, environ trois ans avant votre adoption. Quand Knut et Flora sont venus ici en visite.

QA : Au moment de la disparition de Lars à Kangerlussuaq ?

AJ : Je vois que vous détenez quelques éléments. Mais

sans doute pas le tableau complet. D'ailleurs, à part moi, personne ne le connaît. Pas même feu vos parents.

QA : Eh bien, montrez-le-moi. Je ne demande que ça !

AJ : Je ne suis pas sûr qu'il vous plaise. Je suis même à peu près sûr du contraire, pour tout vous dire.

QA : C'est plutôt à moi d'en juger, non ?

AJ : À vous, oui. Mais aussi à lui. *Surtout* à lui.

QA : À lui ?

AJ : Lars.

QA : Vous voulez dire que...

AJ : Posez-vous juste cette question : le corps de Lars Adriensen a-t-il jamais été retrouvé, en 1972 ou après ?

QA : Je croyais que les recherches avaient été abandonnées et le dossier classé dès 1974 ?

AJ : Et si la réponse est négative, demandez-vous *où* il peut bien se trouver aujourd'hui ?

QA : Il est vivant ?! Lars est vivant ?!

AJ : C'est vous qui le dites. Sur ce, si vous permettez, j'ai un hélicoptère qui m'attend. Avec vos méthodes de voyou, je vais avoir besoin de soins médicaux.

[Ahanement poussif du blessé qui se hisse sur l'engin. Jurons et râles inaudibles. Bruit de moteur qui redémarre, ronronne, puis hurle quand les gaz sont mis.]

QA : Attendez ! Arne, attendez ! Vous ne pouvez pas me laisser comme ça !

AJ (voix de plus en plus distante) : Vous êtes flic, non ? Alors faites votre boulot, Qaanaaq. Enquêtez ! Faites parler les morts ! Vous verrez, c'est fou comme ils sont loquaces quand on leur demande gentiment !

53

[IMG _0900.jpg / 21 février 2022 / 13 h 04 / À Nuuk, le salon de la maison verte, rue Paarnarluit, plein de monde]

Elle était belle, cette douleur. Si douce à son âme qu'elle effaçait toutes celles qui l'avaient précédée, y compris les blessures qui l'avaient conduit jusqu'à elle, jusqu'à cette aiguille plantée dans son bras.

– *Pis !* grinça Qaanaaq. J'avais oublié à quel point c'était agréable !

Un rire joyeux parcourut l'assistance, mug ou biscuit en main.

– Petite nature, répliqua Massaq, installée dans le fauteuil voisin.

C'est elle qui avait eu cette idée, dans le Twin Otter[1] du JAC qui les avait rapatriés depuis Summit : achever leurs tatouages jumeaux d'Arnakuagsak en public, entourés de leurs proches, lors d'un grand *kaffemik*. Comme une sorte de renouvellement de leurs vœux, un an à peine après les avoir prononcés. Comme un moyen d'affirmer une fois pour toutes leur union aux yeux du monde et de *Nuna*.

---

1. Muni de patins, c'est l'un des rares avions adaptés à l'atterrissage sur glace ou sur neige.

Et, comme pour toute réjouissance de ce genre, ceux qui ne s'y présenteraient pas compteraient au moins autant que ceux qui s'y rueraient.

Les absents

Parmi eux, il fallait bien entendu recenser les morts. À leur manière, ils hantaient encore l'esprit de tous les convives. Policiers ou simples amis et voisins.

De Jonas Horason, il avait été question pas plus tard que la veille, lorsqu'il avait quitté son tiroir du Politigarden pour rallier Reykjavik dans un cercueil plombé. Des obsèques officielles étaient prévues dans la capitale islandaise. Alexander Kollman s'était employé, avec un relatif succès, à calmer les tensions diplomatiques que cette disparition avait suscitées entre les deux alliés scandinaves. À Kangerlussuaq, Pakak Arnatsiaq et ses agents avaient enfin mis la main sur les affaires personnelles du flic de la SPA, jetées dans une crevasse à quelques kilomètres de l'aérogare. Couvertes d'empreintes de Milo Arrensen et Sara Kaspersen. Les dépouilles de ces derniers s'étaient pour leur part envolées pour Niels Brocks Gade, dès le lendemain de la « punition » infligée à Arne Jacobsen par les trekkeurs réunis.

Il paraissait à présent établi que la mort d'Horason n'était le fruit d'aucune négligence de la part de la police danoise, mais bien celui d'une conspiration menée de main de maître par l'AK81, impossible à éviter.

Quant à Lukas, le défunt novice de la Sirius, deuxième soldat de la patrouille à avoir perdu la vie en mission, son corps demeurerait à jamais enseveli dans la glace de l'inlandsis. Mais il ne serait pas oublié, lui non plus. Le commandant Bornberg avait tranché dès la réception de l'image sur sa boîte mail : son beau portrait réalisé par Qaanaaq resterait accroché de manière permanente dans le mess de Daneborg. Un honneur pour l'un comme pour l'autre.

– Alors, tu as reçu des news de Karl depuis notre retour ? demanda Appu en s'approchant du couple installé sur leurs chaises de supplice.

– Kollman a passé l'éponge sur son intervention façon western, mais tu te doutes qu'il n'est plus question de lui refiler le poste de la Fourmi. Je pense même que si la gamine n'avait pas été retrouvée en vie, il n'aurait pas échappé à la révocation de sa pension.

Une poignée de minutes seulement après la fin de l'assaut sur l'entrepôt, Lynn Kaspersen avait été repérée dans un bateau de plaisance amarré à quelques centaines de mètres de là. Terrorisée mais bien vivante, échappée des mains de ses ravisseurs à la faveur d'une exfiltration pour le moins cafouilleuse.

– Elle sait pour sa mère ?

– Oui, répondit Qaanaaq en piquant du nez sur son avant-bras livré à l'aiguille de la tatoueuse. Mais comme Anton Laurig a été jugé inapte à assurer sa garde, la petite va valser de famille d'accueil en famille d'accueil.

– Je comprends pas. Sa grand-mère n'a pas demandé à la prendre ?

– Si, mais tu sais comme moi que l'adoption danoise ne fonctionne pas comme l'inuite. Ce n'est pas si simple, hélas. Il va sans doute falloir des mois et des tonnes de paperasses avant qu'elle n'obtienne gain de cause.

À ces mots, Appu jeta un œil sur Jens et Else qui jouaient avec le chiot à l'autre bout de la pièce, gavant l'animal de toutes les miettes tombées sur le parquet. Du récit (édulcoré) de l'expédition de leurs parents, les jumeaux Adriensen avaient tiré ce nom pour le successeur de CR7, le bébé de Sally : Summit. Ça sonnait bien, Summit, aussi net qu'un coup de fouet. Aussi léger qu'un flocon de neige.

– Et Jacobsen, reprit-il, il a refait surface ?

– Pas à ma connaissance, non. En tout cas, pas depuis qu'il a quitté Summit. Le pilote qui l'a ramené à Copenhague ne sait rien de plus. Officiellement, le directeur Jacobsen est toujours en arrêt maladie longue durée. Mais je serais surpris qu'il ne finisse pas par se manifester...

– Avec l'enregistrement que tu as fourni à Kollman, il encourt quand même de sacrées sanctions, non ? Peut-être même des poursuites au pénal ?

– Sans doute. Mais tu sais, les fourmis, c'est comme les chats, ça retombe toujours sur ses pattes.

Les présents
Qaanaaq laissa son regard errer sur l'assemblée du *kaffemik*. Qu'elle fût professionnelle ou personnelle : sa famille. Comment aurait-il pu s'en passer ? Comment aurait-il pu vivre loin d'elle ?

Søren et Pitak étaient en grande conversation, visiblement heureux de reformer leur éternel binôme, sans jalousie ni arrière-pensées. La plupart des agents du Politigarden, y compris les inamovibles Peter, Jakob et Hitty, avaient répondu présents, flattés de se voir admis dans le premier cercle de leur patron. Le fantôme de Mikkel, feu leur pilote, ne devait pas errer bien loin, lui non plus.

Blottie dans un fauteuil, un plaid écossais posé sur ses jambes, Bébiane la serviable berçait un Bodil assoupi. Depuis que l'échographiste du Dronning Ingrids Hospital lui avait promis une fille, un sourire béat ne quittait plus ses lèvres. « En fin de compte, tu es bon à quelque chose », avait-elle dit en guise d'accueil à son Apputiku de mari.

S'agissant de couple, Lotte et Niko ne se lâchaient plus, pelotonnés sur le canapé du salon, aussi soudés par la douce chaleur du foyer Adriensen qu'ils l'avaient été par le froid de l'inlandsis, affichant désormais leur idylle naissante sans la moindre retenue. Même le bandage sur le bras blessé de la jeune médecin légiste ne pouvait plus ternir leur félicité.

– T'as craqué pour lui tout de suite ? s'était renseigné Søren, durant le vol retour à Nuuk. Dès notre premier repas à Daneborg ?

– Non. Pour tout te dire, si je l'ai collé au début, c'est

parce que je le trouvais un peu suspect. Du genre trop parfait pour être honnête.

– Même quand il s'est mangé une balle pendant la chasse à l'ours ?!

– *Surtout* quand il s'est pris une balle. Il n'y a pas meilleur moyen de se disculper pour un coupable que de se faire passer pour une victime.

– Et alors, qu'est-ce qui t'a convaincue que tu faisais fausse route ?

– Eh bien, rosit-elle, tu promets que tu ne te foutras pas de moi si je te donne la vraie raison ?

– Promis.

– C'est sa manière d'embrasser. Un salaud ne peut pas embrasser comme ça, c'est juste impossible.

– Lolotte ! s'esclaffa Søren, beau perdant. Petit cœur de beurre, va !

Et si celle-ci avait choisi de passer sa convalescence chez elle, à Nuuk, elle envisageait déjà de visiter son amoureux longue distance en Finlande dès qu'elle serait remise sur pied.

Ces absents qui ne le sont pas tout à fait

Les derniers mots de Jacobsen résonnaient encore aux oreilles de Qaanaaq : « Enquêtez ! Faites parler les morts ! Vous verrez, c'est fou comme ils sont loquaces quand on leur demande gentiment ! »

Ainsi, Lars avait survécu. Dans les heures qui avaient suivi cette révélation, Camilla Feg et lui avaient longuement échangé. Bien qu'elle l'ignorât jusque-là, l'écrivaine suédoise ne paraissait pas vraiment surprise par cet ultime coup de théâtre. Elle qui avait remplacé son mari, Henrik, dans le seul but de parachever sa biographie d'O.A. Dreyer, elle était servie.

– Je vous l'ai déjà dit : par bien des aspects, la vie de votre père, Knut, est mille fois plus romanesque que ses propres livres.

– En effet. Mais vous n'avez aucune idée de ce qui a pu advenir de Lars après 1974 ? Où il a pu échouer ?

– Aucune. Est-il resté caché ici, au Groenland, ou a-t-il été reconduit à Copenhague à l'insu de ses parents ? Mystère total. En revanche, je pense qu'une seule personne est susceptible de répondre à cela. Ou, au moins, de nous aiguiller.

– Jacobsen...

Encore et toujours lui.

Mais pour quelle raison ? Quel rôle exact l'ex-partenaire de Flora avait-il joué dans l'escamotage de Lars Adriensen, après qu'il eut, semblait-il, retrouvé sa trace à Kangerlussuaq ?

« Je vous ai rendu un service inestimable », affirmait Jacobsen sur l'enregistrement audio réalisé à leur insu par Emet Girjas. Qu'entendait-il par là ? Que sans son intervention, Lars aurait repris sa place légitime auprès de Flora et Knut, et que jamais ceux-ci n'auraient songé à adopter ? À l'adopter lui, Mina, l'orphelin inuit, devenu Qaanaaq Adriensen ?

Sa vie d'homme n'était-elle que l'heureuse conséquence d'une telle ignominie ?

Ils avaient poursuivi leur dialogue par Messenger une fois Camilla rentrée à Stockholm, et ce jusqu'au matin même de ce *kaffemik* d'anthologie.

– Si le cœur vous en dit, nous pourrions poursuivre les recherches concernant votre frère, vous et moi. À ce propos, j'ai contacté votre ami Christian Zakker, aux archives de Niels Brocks Gade. D'après lui, aucun profil d'enfant sans identité ayant été retrouvé entre 1972 et 1975 ne correspond à Lars en termes d'âge et de description physique.

– Ni ici, ni au Danemark ?

– Ni l'un ni l'autre. Si Jacobsen a dit vrai, si Lars est bien vivant, alors il a été sorti des radars officiels après sa disparition. Et il a évolué tout ce temps hors des circuits de la police ou de l'aide à l'enfance.

Une adoption officieuse à l'inuite ?

– Merci pour les infos, et pour l'offre. Mais sauf cas de force majeure, j'ai décidé de ne plus quitter le Groenland.

– Plus du tout ?

– Vous savez, quand on a eu autant de mal que moi à savoir où l'on était vraiment chez soi, on se doit d'être un peu sédentaire lorsqu'on est enfin fixé.

Lorsqu'on *s'est* enfin fixé, faillit-il se corriger. Il ajouta plutôt :

– Mais si vous voulez écrire tout ce que vous venez de me raconter dans votre livre, allez-y. Vous avez ma bénédiction. Qui sait, cela contribuera peut-être à faire sortir mon frère de son trou.

– Merci, Qaanaaq. Vous allez faire quoi, maintenant ?

– La seule chose que je sache faire correctement.

– Plus de démission en vue, alors ?

– J'avais dit à Karl que je la lui remettrais quand il serait devenu pour de bon mon chef. Du coup, je suppose qu'elle est devenue caduque.

Aux dernières nouvelles, Alexander Kollman envisageait même d'étoffer l'équipe du Politigarden et de créer en son sein une académie de police cent pour cent groenlandaise. On parlait d'un certain Apputiku Kalakek pour en prendre les rênes. Celui-ci y réfléchissait, mais réservait sa réponse. Après tout, peut-être était-il possible d'être à la fois un Inuk *et* un flic ?

– C'est une bonne façon de voir les choses. Tant qu'une ligne n'est pas écrite noir sur blanc, rien n'est vraiment écrit, foi d'auteure.

De même, pour que s'ouvre un nouveau livre, il fallait accepter de tourner la dernière page du précédent. Que chaque histoire ait une fin. Que les derniers caractères s'évanouissent dans le blanc absolu du papier, et avec eux le destin des personnages.

Il fallait oublier. S'oublier.

– Qaanaaq ? Qaanaaq, tu es avec nous ?

La voix chaude de Massaq le tira de sa rêverie.

Les deux tatoueuses avaient fini leur ouvrage et remballaient déjà leur matériel. La chevelure d'Arnakuagsak les unissait à présent, Qaanaaq + Massaq, en un seul et même filet d'où jaillissait une pêche miraculeuse, une corne d'abondance. Pour la première fois depuis des lustres, ses vieilles cicatrices lui semblaient indolores. Les drames passés... effacés.

Enfin, ils allaient pouvoir quitter leurs fauteuils et se mêler à leurs convives. Boire et rire avec les autres. Diluer leurs soucis dans la joie.

– Toujours, dit-il avec une gravité hors de propos. Je suis *toujours* avec vous.

Épilogue

Demenscentret Pilehuset[1], Copenhague – 1ᵉʳ mars 2022

– Il se tient tout le temps là, avec nous, sous la véranda. L'aide-soignant pointe l'homme en fauteuil roulant qui leur tourne le dos. Chevelure grise. Ratatiné contre le dossier. Il fait face au grand parc qui s'étend en contrebas. Son regard bleu et fixe sonde invariablement le même rideau d'arbres.
– Il se croit toujours à Göteborg ? demande le visiteur.
– Oui. Il dit que quand la brume se lève, il aperçoit le fjord Gullmarn[2]. Il regrette juste de ne plus pouvoir s'y baigner.
– Je vois.
Le grand type en blouse blanche se poste devant le pensionnaire :
– Lars ? Ton ami Arne est là. Est-ce que tu veux passer un moment avec lui ?
– Arne ?
Le visage hâve s'éclaire un peu. Un rayon orphelin s'égare sur ses traits décharnés, modelant cette absence de joue qui le défigure. On dirait un portrait peint au couteau, tout droit sorti d'un imaginaire cubiste.

1. Un hôpital psychiatrique en banlieue nord-ouest de Copenhague.
2. Un fjord situé sur la côte ouest de la Suède, lieu de villégiature de Knut Adriensen, où il a écrit la plupart de ses romans.

– Je crois qu'il a un cadeau pour toi.

Quelques pas en retrait, Jacobsen tient une épaisse enveloppe entre ses mains. Les croûtes et autres marbrures qui les zèbrent, de même que sa figure, jurent avec son aspect policé.

– Je veux bien, oui, murmure le quinquagénaire aux allures de vieillard.

D'une fois sur l'autre, il oublie jusqu'à son existence, mais quand même, Lars aime bien Arne. Il n'est pas très drôle, mais il est bien habillé et il sent bon le propre – pas le propre d'hôpital, à vomir, plutôt ce propre aux accents de cuir et de fleurs séchées qui rassure.

À chaque nouvelle visite, deux à trois fois par an en moyenne, lui reviennent des bribes de la précédente. Arne lui apporte toujours un livre. Il ne les lit pas, il n'en est plus capable. Mais il apprécie l'odeur et le contact du papier imprimé. Parfois, un infirmier plus serviable que la moyenne lui raconte un chapitre ou deux, à voix haute. Il s'agit presque toujours d'une enquête de l'inspecteur Oskar Loksen. Lars adore ces histoires. Sans trop savoir pourquoi, il s'y sent comme chez lui.

Un jour, il y a quatre ou cinq ans, Arne lui a posé une grosse liasse de feuilles volantes sur les genoux et lui a suggéré de signer sur la toute dernière page. D'une main hésitante, Lars a barbouillé le papier blanc d'une signature d'enfant, plus proche de la croix que de l'autographe.

– Parfait. Tu veux qu'on ajoute aussi le lieu et la date ? lui a proposé Jacobsen. Comme ça, ce sera comme si on l'avait écrit ensemble, toi et moi.

La perspective a tiré à Lars un sourire plus proche du rictus.

– Oui.

– On est quel jour, d'après toi ?

– Je sais pas.

– C'est pas grave. Moi je sais. On est le 18 mai 2017.

– D'accord.

– En revanche, tu sais où on se trouve ?

– Oui. La maison du fjord Gullmarn. La résidence d'été de feu Knut Adriensen. Là où, sous le nom d'O.A. Dreyer, il a rédigé tous ses livres.

– Très bien, a menti Jacobsen. On va mettre ça, alors : « Fjord Gullmarn, Göteborg. » Ça te plaît, comme ça ?

– Oui. Ça me plaît.

Et le manuscrit est parti sous pli anonyme vers Politkens Forlag, l'éditeur de la série Loksen depuis le tout premier volume. Malgré les risques encourus vis-à-vis des ayants droit, la maison d'édition n'a fait aucune difficulté ni pour accepter le texte, ni pour s'asseoir sur le vide juridique que constituait l'identité fantôme de son auteur. Elle a même fermé les yeux sur le compte off-shore où ce dernier réclamait de percevoir ses royalties.

La suite est connue : ce tome posthume a été un énorme carton de librairie. L'héritier légitime de Dreyer, Qaanaaq Adriensen, a bien engagé un avocat et des poursuites contre Politkens Forlag. Mais l'affaire s'est réglée *in fine* à l'amiable, avec un gros chèque en faveur du plaignant et une proposition de tournée promotionnelle l'impliquant en personne. L'intéressé a rejeté cette dernière perspective, de même qu'il s'est bien gardé de toucher au compte en banque ainsi engraissé. La gloire et la fortune de son père adoptif semblent bien peu lui importer, au fond.

Pour Arne, subtiliser son fils à Knut Adriensen était une chose – à l'époque, il voulait surtout épargner de nouvelles souffrances à Flora, s'étant convaincu lui-même que jamais celle-ci n'aurait supporté de retrouver Lars dans un tel état. Mais s'approprier son œuvre et son nom d'auteur représentait une plus grande victoire encore.

Ainsi a-t-il pris à jamais la place qui lui revenait de droit auprès de sa bien-aimée. C'est lui, désormais, l'écrivain. C'est *lui* O.A. Dreyer. Et plus personne ne pourra venir lui contester ce statut.

Aujourd'hui, comme quelques années plus tôt, Arne Jacobsen dépose son nouveau roman sur le plaid qui couvre les jambes de Lars. Il a eu tout le temps nécessaire pour le peaufiner, avec ces trajets interminables en hélico et en avion.

– C'est quoi ? demande l'infirme.

– Notre nouveau livre. Tu veux le signer, comme l'autre fois ?

– Oui, je veux bien.

Lars décachette l'enveloppe, en extrait le contenu et découvre le titre qu'il serait bien en peine de déchiffrer : *Loksen n'est pas mort.* Jacobsen lui tend un stylo Montblanc, un modèle Meisterstück si élégant qu'il mériterait d'être suisse, et tourne les feuillets à sa place, jusqu'au tout dernier. Une fois le gribouillis appliqué, Arne récupère son bien et écrit à son tour : « Fjord Gullmarn, Göteborg, 1er mars 2022. »

– Voilà, conclut-il. Paré pour conquérir le monde.

La perspective semble réjouir l'invalide.

– J'aime bien quand tu viens, dit-il.

– Moi aussi, Lars, j'aime bien venir te voir. Mais tu sais, c'est ça qui est chouette quand on écrit des livres : même quand on est reparti, on reste encore là. On est toujours là.

Remerciements

Un roman, c'est toujours le fruit d'une recherche, d'un voyage, d'un périple. Parfois, cela s'apparente à une errance au milieu du désert ; ou à l'inverse, à la traversée d'une forêt de signes, dont on ne sait lesquels retenir.

Il arrive même qu'on s'y perde, privé de tous repères. Alors il nous faut trouver une (ou plusieurs) boussole. Cela peut être le lieu où l'on plante son décor. Les personnages récurrents qu'on y fait évoluer. Mais aussi celles et ceux qui accompagnent notre écriture.

C'est pourquoi je tiens à remercier ici Marie Leroy, pour avoir cru aux aventures de Qaanaaq Adriensen dès leurs débuts. Merci à mon agent, Gregory Messina, toujours présent et attentif. Mais aussi, et en particulier pour ce tome-ci, à Carine Barth, pour sa lecture si précise et si bienveillante (promis, Carine, je ne « tuerai » pas tout de suite le successeur de CR7).

Merci aussi, évidemment, à toutes ces personnes qui ont guidé mes pas sur place, au Groenland. Et à ceux qui, chaque jour, contribuent à faire grandir ma connaissance et mon amour de ce pays sans pareil. Je pense notamment à l'ami Nicolas Dubreuil (j'y crois, Nicolas, on finira par aller ensemble à Kullorsuaq !).

Merci enfin à tous ceux qui ont eu la gentillesse de suivre mes péripéties groenlandaises en images, sur les réseaux sociaux (mo_malo sur Instragram, et mo. malo2 sur Facebook) ou grâce à ma petite exposition photo itinérante.

Leur soutien, ainsi que celui des très nombreux lecteurs, blogueurs, libraires et bibliothécaires qui me suivent et se manifestent avec chaleur, m'est précieux.

D'ailleurs, je le leur avais promis, j'adresse ici un salut amical aux élèves de Mme Geneviève Poulsom, professeure de français à Toulon.

Ici ou ailleurs, j'espère tous vous retrouver bientôt pour d'autres aventures !

Mo

Liste des personnages

Qaanaaq Adriensen : anciennement commandant de la police criminelle danoise, à Copenhague. Détaché à Nuuk, la capitale du Groenland, pour diriger les forces de police du pays. D'origine inuite, il a été adopté à l'âge de trois ans par un couple de Danois, Flora et Knut Adriensen. Il est le père de jumeaux également adoptés, Jens et Else, âgés de quatre ans, ainsi que de Bodil, l'enfant conçu avec sa cousine, Massaq Nemenitsoq, devenue son épouse.

L'équipe du Politigarden de Nuuk, au Groenland

Apputiku Kalakek : officier de police, adjoint de Qaanaaq Adriensen ; surnommé Appu.
Lotte Brunn : médecin légiste du Politigarden.
Pitak Rosing : agent de police, métis mi-inuit, mi-danois.
Søren : agent de police, métis mi-inuit, mi-danois.
Hitty : réceptionniste à l'accueil du Politigarden.

Autres personnages, au Groenland

Massaq Nemenitsoq : cousine de Qaanaaq et fille d'Ujjuk Nemenitsoq ; épouse de Qaanaaq, et mère du jeune Bodil.
Bébiane Kalakek : femme d'Apputiku, mère de leurs deux garçons, Pana et Kallik.
Jens et Else Adriensen : jumeaux, enfants adoptifs de Qaanaaq.

Tobias : agent de sécurité à l'aéroport de Nuuk.

Pakak Arnatsiaq : chef du poste de police de Kangerlussuaq.

Erik Olsen : pilote d'hélicoptère pour Air Greenland.

Emil Bornberg : commandant de la patrouille Sirius, à Daneborg.

Capitaine Molsen : officier de la patrouille Sirius, responsable du trek de la SPA (Scandinavian Police Association).

Lieutenant Samuel Karlsen : officier de la patrouille Sirius, éclaireur.

Adjudant Svensen : officier de la patrouille Sirius, intendant.

Markus Thomsen : novice de la patrouille Sirius, responsable du chenil.

Lukas et Bjorn : novices de la patrouille Sirius.

Sara Kaspersen : officier de la police judiciaire danoise, et représentante de son pays au sein de la SPA.

Camilla Feg : écrivaine, et représentante suédoise au sein de la SPA.

Henrik Kudström : mari de Camilla Feg, officier de la police judiciaire suédoise.

Jonas Horason : officier de police islandais, et représentant de son pays au sein de la SPA.

Niko Mäkinen : officier de police finlandais, et représentant de son pays au sein de la SPA.

Emet Girjas : officier de police norvégien, et représentant de son pays au sein de la SPA.

Vince Clark : scientifique en chef de la station polaire Summit.

Paris et Sally : chiennes de traîneau de la patrouille Sirius.

Jesper Jorgensen : commandant du Joint Arctic Command, à Nuuk.

Au Danemark

Arne Jacobsen : dit la Fourmi, actuel directeur de la police judiciaire danoise.

Alexander Kollman : dit l'Exorciste, actuel directeur général de la police danoise

Karl Brenner : officier retraité de la police criminelle à Copenhague ; collègue et ami de longue date de Qaanaaq.

Knut Adriensen dit aussi **O.A. Dreyer** : défunt, père adoptif de Qaanaaq et auteur réputé de romans policiers (série du commissaire Loksen).

Flora Adriensen : défunte, mère adoptive de Qaanaaq et ancien officier de la police judiciaire danoise.

Hjerne : chef du service informatique de la police danoise.

Anton Laurig : dit Skelet, ex-compagnon de Sara Kaspersen et père de la petite Lynn Kaspersen, six ans.

Lynn Kaspersen : six ans, fille de Sara Kaspersen.

Hallmar Enginnson : directeur de la police judiciaire islandaise.

DÉCOUVREZ
LES PRÉCÉDENTES ENQUÊTES
DE QAANAAQ ADRIENSEN

Disponibles en poche P**O**INTS

En France, un livre a le même prix partout. C'est le « prix unique du livre » instauré par la loi de 1981 pour protéger le livre et la lecture.

L'éditeur fixe librement ce prix et l'imprime sur le livre. Tous les commerçants sont obligés de le respecter.

Que vous achetiez votre livre en librairie, dans une grande surface ou en ligne, vous le payez donc au même prix.

Avec une carte de fidélité, vous pouvez bénéficier d'une réduction allant jusqu'à 5 %, applicable uniquement en magasin. Si vous payez moins cher, c'est que le livre est d'occasion.

RÉALISATION : NORD COMPO À VILLENEUVE-D'ASCQ
ACHEVÉ D'IMPRIMER SUR ROTO-PAGE
PAR L'IMPRIMERIE FLOCH À MAYENNE
DÉPÔT LÉGAL : JUIN 2022. N° 147543 (100508)
IMPRIMÉ EN FRANCE